SCHWELLENZEIT

SCHWELLENZEIT

44 Autorinnen und Autoren schreiben zur Corona-Zeit

Herausgegeben
von Bettina Spoerri
& Anne Wieser

MIDAS

Inhalt

Warum dieses Buch?

Anfang Jahr hofften wir noch alle, dass der neue Coronavirus so weit von uns entfernt bleiben würde, wie es China, wo die Pandemie ihren Anfang genommen hatte, geografisch ist. Doch die Welt ist heute so dicht vernetzt, dass sich Viren wie derjenige, dessen Namen wir erst etwas später erfahren sollten, innert kurzer Zeit überallhin ausbreiten. Das Lyrikfestival *Neonfische* im Aargauer Literaturhaus Anfang März stand bereits unter dem starken Einfluss der steigenden Corona-Ansteckungen insbesondere in Italien, die Lesungen und Gespräche erlebten die Anwesenden als von besonderer Dringlichkeit angesichts des Unaufhaltsamen, das auf uns alle zurollte. Dann war es so weit: der erste Fall in der Schweiz. Und bald waren die Bilder geschlossener Restaurants und Geschäfte, von leergefegten Straßen und maskentragenden Menschen in der Öffentlichkeit, die wir bis dahin nur in den Medien gesehen hatten, auch bei uns in Europa Wirklichkeit.

Am 16. März saßen wir beide im neuen Homeoffice-Modus zusammen, ja: mit Abstand, und berieten uns über die Möglichkeiten, ein Literaturhaus-Programm unter den völlig veränderten, gänzlich präzedenzlosen Voraussetzungen auf die Beine zu stellen. Nach den Entscheidungen des Bundesrates, die wir an jenem Nachmittag online mitverfolgen konnten, war klar, dass die öffentlichen Veranstaltungen, die wir für März und April organisiert hatten, abgesagt werden mussten, und es wurde schnell immer wahrscheinlicher, dass auch im Mai und Juni keine Veranstaltungen durchführbar sein würden. Autor/innen fördern, Literatur vermitteln, mit Lesenden in Kontakt sein, diese Kernaufgaben erfüllen wollten wir aber weiterhin, nun erst recht.

Sosehr die Gegebenheiten dessen, was man heute das globale Dorf nennt, zur Verbreitung eines Virus' wie Covid-19 beitragen – einen Vorteil haben wir: dass seit rund zwanzig Jahren digitale Technologien existieren, die uns ermöglichen, online in Kontakt zu treten und Informationen, Texte, Literatur, Kunst zu vermitteln. Die Ideen der #AargauerLiteraturhausimNetz-Projekte wurden an jenem März-Nachmittag geboren: Schriftstellerinnen um ihre Reflexionen zur Situation in Form von täglichen Notizen anzufragen, Autoren zu einem gemeinsamen Fortsetzungsroman einzuladen, und einer Auswahl von jenen Frühjahrsnovitäten, die wegen der Corona-Krise unterzugehen drohten, eine Plattform auf unserem neu eingerichteten Literaturhaus-YouTube-Kanal zu geben. Drei Tage später gingen die ersten Tagebucheinträge und die erste Folge des Fortsetzungsromans online. Und kurz darauf kamen das regelmäßige Literaturquiz für alle zum Mitraten dazu sowie das YouTube-Projekt, in denen Bettina Spoerri Bücher aus ihrer privaten Bibliothek vorzustellen begann. Als sich Covid-19 innert kurzer Zeit zu einem flächendeckenden, globalen Phänomen ausbreitete, lag die Entscheidung nahe, auch Autorinnen und Autoren aus der ganzen Welt zum Schreiben einzuladen.

Es waren unvergessliche Wochen und Monate, für alle Menschen: die absolute Ausnahmesituation, der Lockdown. Und das Ganze ist wohl auch noch länger nicht ausgestanden, nicht zuletzt im Hinblick auf die langfristigen mentalen, ökonomischen, sozialen Folgen. Für uns sind die Monate März bis Juni 2020 aber auch zu einer Zeit vieler neuer Entdeckungen und Ideen angesichts von Überraschung und Notwendigkeit geworden. Wir sind mit Autorinnen und Autoren, die unsere Wege auf die eine oder andere Art schon einmal kreuzten, in Kontakt getreten, die schnellen Zusagen waren ein Gradmesser der Abwesenheit eines Alltags, wie wir ihn alle bis dahin kannten.

Für diesen Band haben wir die literarischen Texte so ausgewählt, wie sie in drei der Literaturhaus-im-Netz-Projekte in diesem Entstehungsprozess ineinandergriffen und auseinander hervorgingen: den Tagebüchern, dem Fortsetzungsroman und den Texten «Corona einmal um die Welt». Peter Stamm, Dorothee Elmiger bzw. im zweiten Lockdown-Monat Monica Cantieni teilten in ihren Online-Tagebüchern ihre Gedanken, Kritik, Ängste und scharfe Beobachtungen mit uns Lesenden, den Auftakt des Fortsetzungsromans schrieb Jaroslav Rudiš, er gab den Griffel weiter an Monica Cantieni, und in den folgenden Tagen und Wochen spielten sich Autor/innen aus der Schweiz, Deutschland und Österreich den gemeinsamen Text in lustvoll waghalsigen Wendungen gegenseitig zu. Statt auf Podien oder an Branchenanlässen begegneten sich die Schriftsteller/innen hier in literarischer Form, reagierten schreibend auf die Texte ihrer Kolleginnen und Kollegen. In den Texten aus der ganzen Welt wiederum, deren Form für die Schreibenden übrigens frei wählbar war, spiegeln sich die außergewöhnliche Conditio humana der Pandemie, eine schicksalhafte Verbundenheit über den ganzen Erdball von Kalifornien bis Iran, Israel bis Litauen, Mexiko bis Ukraine, Island bis Taiwan. Zugleich konturieren sich aber auch die Ungleichzeitigkeit in der Gleichzeitigkeit, die kulturellen, politischen Unterschiede, wie dem großen Fall aus Arbeit, Alltag, Bewegungsfreiheit in Europa, Amerika, Asien begegnet wurde. Die literarisch hochstehenden Texte erstrangiger Autor/innen wie Judith Schalansky, T.C. Boyle, Etgar Keret, A. L. Kennedy, Zsófia Bán oder André Aciman und vielen anderen mehr sind einmaliges Zeitdokument und Tiefenbohrung zugleich. Dokumentarisches und Fiktionales verschleifen sich auf einzigartige Weise ineinander. Deutlich wird die universelle Verbundenheit über den ganzen Erdball durch die Ansteckungsgefahr, die uns alle gleichermaßen betraf und noch immer betrifft, das Versagen der Politik allerorten wie auch die Wirkungen fehlender Empathie und der problematische Umgang mit Verletzlichkeit, gerade auch der älteren Generation. Und immer wieder wird die Frage gestellt: Wie kann man in so einer Zeit noch Kunst kreieren?

Die Mehrheit der hier versammelten Texte waren nur kurz auf unserer Website online und auf Social Media verknüpft, weil wir keine Online-Gratiskultur fördern wollen – aber nun sind sie hier in einer von uns kuratierten Fassung in Buchform (wieder) zu lesen. Den Titel unserer Anthologie haben wir dem Essay von María Cecilia Barbetta auf Seite 68 entnommen. Wir danken dem Verleger Gregory C. Zäch für seinen Mut und seine schnelle Entschlusskraft, dieses Projekt innert weniger Wochen zu verwirklichen. Die grundlegende Unsicherheit wird bei Erscheinen des Buches Anfang September wahrscheinlich immer noch dieselbe sein, aber die Texte werden uns helfen, das Covid-Trauma zumindest besser mit anderen zu teilen und annähernd verstehen zu können.

Bettina Spoerri und Anne Wieser, Sommer 2020

Sehr geehrte
Frau Bundespräsidentin Sommaruga ...

Das Tagebuch von Monica Cantieni

21.4.20
Wie still es ist. Selbst die nahe Autobahn ist leiser. Es liegt nicht am Wind.

Ob es jetzt auch stiller ist in Indien? Das habe ich vergessen zu fragen, als ich vor wenigen Tagen mit meinem englischen Verleger in Kalkutta sprach. Er erkundigte sich, wie es mir gehe, dieser große, ernste Mann mit seinen schwermütigen Augen und einem weichen, gepflegten Englisch. Ich weiß, wie es im Verlag riecht, welche Menschen er am Morgen begrüßt und wie. Ich weiß, dass der ganze Verlag sich am Mittag zusammensetzt, dass entweder Essen mitgebracht wird von zu Hause oder jemand in den zahllosen Gassenküchen aus den umliegenden Straßen Essen holt, dass es dann dort steht, Töpfchen und Tiegel wie auf einem Gabentisch, umrahmt von Bücherwänden; verschiedene Gerichte, Fisch und Gemüse aus dem Gangesdelta. Ich nahm die Einladung dazu nur zu gerne an. Für einige Gemüsesorten wollte sich noch nicht einmal eine englische Übersetzung finden lassen. Während der Tage, in denen ich dort war, waren die Fenster immer offen.

Ich reise gern. Das Verloren-Sein rückt mir den Kopf gerade. Bei allem Luxus und Behütet-Sein, mit dem ich als privat und freiwillig Reisende genieße, fühle ich mich auf Reisen verloren. Prinzipiell. Ich reise noch nicht einmal gern, um andere Landschaften zu sehen (außer das Meer, an dem ich mich nicht sattsehen kann), sondern weil ich die Relativierung meiner selbst auf Reisen immer schon als wohltuend empfand. Überschwemmt von unsortierten Eindrücken, fühle ich mich in einen Urzustand versetzt, der sogar den Gebrauch der eigenen Beine schwer macht. Als müsste ich immer wieder von vorne beginnen: gehen lernen. Gehen lernen mit Wörtern. Wenn sie trugen, schafften es diese Beine, mich von Hier nach Da zu tragen, von Ich zu Du. Und manchmal nach Wir. Andere Weltbilder, Menschen und ihre Denkweisen, eröffneten mir auch immer Gemeinsames, zu dem ich Bezug herstellen konnte; ein Bezug, der ein ganz persönlicher war und ist, der aber auch immer über mich hinausgeht, über die Schweiz und über Europa hinaus, um dann beim Heimkommen als Erstes festzustellen, dass die Beine schlottern und dass es sogar ohrenbetäubend still ist in der Schweiz.

22.4.20

Ich bin so ungerecht. Und manchmal brauche ich es.

Auf meinen Spaziergängen begegnen sie mir jetzt noch öfter: die Kontrolleure. Die, die jetzt bei der Polizei anrufen, wenn sich Menschen nicht gemäß den Regeln verhalten, die der Bundesrat erlassen hat. Dieselbe selbstgerechte Gattung Mensch, die sich in jeder Stadt, in jedem Dorf nur zu gern dazu verdingen lässt, für ein Trinkgeld Parkbußen zu verteilen, um so einen Schluck Restbedeutung zu tanken: in Sandalen, Wollsocken, Käppi vom Volg oder von Märklin und Fischerwesten, Cordhosen, alles in beige und grau. Der Gang, der gerne noch wiegend sein möchte, besonders auf Tour, es aber nicht mehr kann und leichte Verunsicherung in sich trägt, weil er eigentlich zu Hause bleiben und sich nicht jeden Tag draußen herumtreiben sollte. Er, der in seiner Funktion den Stift hinter dem Ohr hervorzieht, dessen Brille auf der Nase langsam nach vorne rutscht, während er den Mund öffnet zum Schreiben, weil es anders nicht geht. Hundertzwanzig Franken. So! Der alleinerziehenden Mutter, deren Mann keine Alimente zahlt (selber schuld, man muss sich ja auch nicht scheiden lassen). Der haben wir es jetzt aber gezeigt! Oder dem Ali, der meint, er müsse Merz fahren und könne hier die Hand aufhalten und auch noch falsch parken, weil er nicht lesen kann, der Kameltreiber, der Dürümfresser. Dem haben wir schon die Petersilie verhagelt, als er Türme bauen wollte für Versammlungsorte für seinesgleichen: für Terroristen. Die Nester haben wir rechtzeitig ausgeräuchert. Mit uns haben die nicht gerechnet, die wir für Ordnung sorgen. Ordnung muss sein. Ordnung ist – wohliges Spielen der Zehen in den Wollsocken, Ablecken der Finger beim Abreißen des Knöllchens, lustvolles Zurückschnappen-Lassen des Scheibenwischers, Zurückstecken des Knöllchenblocks in die rechte Fischerwestentasche, Zurückstecken der zweiten, übrig gebliebenen Plastiktasche für das Knöllchen in die linke Fischerwestentasche.

Die Sonne scheint. Jetzt ein Kafi Träsch im Glas! Er denkt ans Vreni, die den Träsch bringen wird, die er in ein Gespräch verwickeln wird, der er zehn Rappen Trinkgeld geben und sie wie zufällig berühren wird. Die ist ja auch alleinerziehend, die hat keinen, der tut das sicher gut, die zehn Rappen wie die Berührung, die ist ja auch nicht so eine; die weiß, was sie ihren guten Gästen schuldig ist, und auch Malush in der Küche ist nicht so einer. Der weiß, wo sein Platz ist: Abwaschen kann der, das muss man ihm lassen. – Schnitt.

Ich bin so ungerecht, so ungenau, und manchmal ist das befreiend und befriedigend. Zumindest für die Zeit des Schreibvorgangs. Schon für die Lesezeit nicht mehr: Scheinbar anderen den Spiegel vorzuhalten und dabei nur sich zu sehen, wenn auch nur in kleinen Teilen, ist banal und deshalb schnell langweilig.

Mein Schreiben entsteht nicht, indem ich mich schnell zufriedengebe. Auch wenn alles erfunden ist, muss es zunächst in seinen Fakten recherchiert sein. Logisch. Zum anderen gehe ich immer auch meinen Bildern in mir auf den Grund, auch den nicht gar so platten.

Beim Schreiben denke ich oft an meinen Vater. Aber zunächst zu den Fakten: Eine Parkbuße darf nur verteilen, wer eine Prüfung zum Ordnungsbußengesetz abgelegt hat. Es ist nicht der Rentner, der in seiner Bedeutungslosigkeit versinkt (ein weiteres Klischee), sondern Frauen und Männer, die von Sicherheitsfirmen angestellt sind, die ihrerseits bei der Polizei unter Vertrag stehen. Die rückt nun täglich zwischen vier Uhr nachmittags bis Mitternacht aus, weil sie zahllose Anrufe erhält, die scheinbare oder tatsächliche Verstöße gegen die bundesrätlichen Verordnungen des *Social Distancing* melden. Ich habe nachgefragt. Es sind Menschen, die enervierend pflichtbewusst sind, gereizt, berechtigterweise aufgebracht, schlicht bösartig oder ganz einfach ängstlich. Frauen oder Männer wie mein Vater, dachte ich mir. Mein Vater, der lieber einmal zu viel die Polizei rief als zu wenig, der lieber Bier trank als Träsch, der «seine» Bedienung in «seinem» Restaurant zwar sehr mochte, sie aber nie noch nicht einmal mit einem ungehörigen Blick bedacht hätte, der rechts wählte und es richtig fand, dass Malush abwusch in der Küche, der aber gern auch andere hätte abwaschen sehen wollen: zum Beispiel «die Neoliberalisten in Bundesbern, die vorgeben, Sozialisten zu sein, diese Sesselfurzer, die Fahrradwegplaner, diese Mittelstandsvernichter, die ...» Er konnte sich wirklich aufregen. – Er, der sich nie hätte scheiden lassen, obwohl er mir unter dem Weihnachtsbaum das Versprechen abnehmen wollte, «diesen Blödsinn nie zu tun». Er, der als ehemaliger Koch Mittagstisch machte im Dorf für Scheidungskinder, die ihm teilweise bis an sein Lebensende verbunden blieben. Er, der nach eigenen Aussagen Ausländer nicht mochte, in Teilen auch antisemitisch war, ohne es zu merken, genauso wie homophob und obendrein katholisch, obwohl er aus der Kirche ausgetreten war. Er, bei dem In- wie Ausländer so ziemlich aller Religionen zum Kaffee zu Besuch waren, weil er sie alle einlud und weil sie wussten, dass er sie beraten würde, damit der Versicherungsvertreter sie anderntags nicht übers Ohr hauen konnte; er, der In- wie Ausländer, die bei ihm beim Kaffee saßen, aufbrausend zurechtwies, wenn sie über Jan und Henrik herzogen, die ein Paar waren.

Er, der in so viele Widersprüche verwickelt war, dass es beileibe nicht immer schön war, und schon gar nicht richtig, aber so lebendig, dass es sich zu streiten lohnte. – Fast ein Stück Literatur.

23.4.20

Es ist zum Heulen! Jetzt schlägt die Gratiskultur wieder zu. Und sie hat der Medienlandschaft schon nicht gutgetan.

Lesungen werden gepostet, Tanzvorführungen und Theatervorstellungen im Wohnzimmer gegeben, Balkonkonzerte, Quartiersmusik werden organisiert, Museen können online besucht werden. Die Kulturinhalte brauchen noch nicht einmal mehr gehackt und auf Plattformen illegal zur Verfügung gestellt werden. Sind die Beiträge nicht in irgendeiner Weise institutionell eingebundene Auftragsarbeiten (die es Gott sei Dank gibt!), ist die Kultur gratis. Es ist das Paradies! Auf allen Social-Media-Plattformen. Man muss die Künstler/innen noch nicht einmal dazu anstiften. Disruption at its best: Sie tun es von allein. Aus Not, aus Langeweile, weil Geschaffenes anders nicht beworben werden kann, aus Angst, vergessen zu gehen, und alles sind valable Gründe. Manche wissen noch nicht einmal, dass sie auch noch die Rechte ihrer Beiträge mit dem Upload an Zuckerberg abtreten. Beispielsweise.

Die, die nicht unmittelbar zum Zug kommen, weil sie zum Beispiel als Filmteam derzeit nicht reisen können, gehen Spargeln stechen, was in einem Bericht als kreative Lösung gefeiert wird, weil sie dem Bauern noch ein bisschen am Zeug flicken, will heißen: an der Vermarktung seiner Produkte.* Muss man denn Not immer beschönigen? Liegt darin so viel Würde und nicht vielmehr die Bequemlichkeit, nicht darüber nachdenken zu müssen, unter welchen Umständen Kultur und Kunst entsteht (und wie man das ändern könnte)? Heul leise! – Damit nicht genug: Eine Uniprofessorin postet den Bericht und schreibt dazu: «So geht das!» Blanker Hohn, der mich verletzte. Heulte ich vorher vielleicht brav leise, sehe ich bei solcher Ignoranz rot.

Wie sagte schon Erich Kästner? «Was auch immer geschieht: Nie dürft ihr so tief sinken, von dem Kakao, durch den man euch zieht, auch noch zu trinken.»

27.4.20

Heute schon vor dem Spaziergang im Wald die Sehnsucht, wieder einmal in ein Restaurant zu gehen, wie ich es sonst nur auf Wanderungen mache und nicht während Spaziergängen, und nach dem Essen verwegen genug bin, um einen Espresso zu bestellen, der mich nördlich der Alpen in neunzig Prozent der Fälle enttäuscht.

* *https://www.srf.ch/news/regional/zuerich-schaffhausen/hilfe-in-der-corona-krise-rueebli-ausliefern-statt-filme-drehen?wt_mc_o=srf.share.app.srf-app.facebook)*

Ich stelle mir vor, die Zeit hat an uns gearbeitet, an uns beiden, an der Wirtin, dem Wirt und an mir: dass Wirt oder Wirtin ihrer Arbeit wieder gerne nachgehen, endlich wieder Geld verdienen und ruhiger schlafen können, weil sie Geld verdienen. Dass sie an ihre letzten Italienferien dachten in der Zeit, wo sie nicht arbeiten durften – wenigstens nicht mit Menschen meiner Art, mit ihren Gästen, und sich entschlossen, nicht nur die Gartenstühle zu schrubben, sondern auch die Kaffeemaschine, deren Heizgruppe und vor allem die Mühle neu einstellen zu lassen, die Wasserhärte zu kontrollieren, einen anderen Kaffee auswählen, weil sie sich die Zeit dazu nehmen konnten, verschiedene zu probieren, ihn an der Maschine zu probieren und sie das Resultat überrascht hat, und sie vielleicht durch dieses Detail oder ein anderes die Liebe zu ihrem Tun wiederentdeckten, nun mehr ausprobieren möchten und darüber nachdenken, wie sie es möglich machen könnten, ab und an solche Pausen zu schaffen, in denen sie etwas ausprobieren können; nicht nur in der Tasse, sondern auch in Gläsern, auf den Tellern.

Und ich – weil ich erfahren habe, wie sehr mir dieser Luxus fehlt, auf den ich zweifelsohne verzichten kann, wenn es sein muss, aber es nicht möchte, jetzt noch weniger möchte – ich verspreche, diesen Luxus still zu genießen, auch öfter, und – stünde am Ausgang eine «Tüftelkasse» – künftige Auszeiten fürs Tüfteln auf Tellern, in Tassen und Gläsern finanziell ein wenig mitzutragen, weil es mir richtig scheint, neue Erkenntnisse und gewonnene Freiheiten nicht wieder herzugeben und sie zu teilen; in ihren Pflichten wie in ihren Rechten, die sie mit sich bringen.

28.4.20
In den letzten Wochen während der Maßnahmen gegen die Pandemie ist es mir zur Gewohnheit geworden, erst die Nachrichten zu hören, bevor ich etwas anderes hörte: Monk oder Bach oder eine vertraute menschliche Stimme über den Telefonlautsprecher.

Der Hunger nach neuen Erkenntnissen, nach Einordnung, nach Zahlen, nach Fakten, die einigermaßen verlässlich schienen, die ein bisschen einen Weg in eine nahe Zukunft zeigten, die vor der Pandemie planbar war und somit gesichert schien, trieb mich dazu, diesen Stimmen den Vorrang zu geben, sie in mein morgendliches Ritual einzubinden, sie einzulassen in eine Intimität, aus der sie bis anhin ausgeschlossen waren. Es waren für die Wochen der außerordentlichen Maßnahmen die ersten Stimmen am Tag, die ich hörte.

Schon letzte Woche begann es sich aber abzuzeichnen, dass ich nachlässiger wurde und träge, was die Nachrichten anging. Dass der Hunger nach Information nachließ, weil der Informationsgehalt nachließ.

Es scheint mir, dass es im Moment nicht viel Neues gibt und wir stattdessen von Tag zu Tag hinaushorchen in etwas, was anders und exponentiell in Gang kommen wird, als wir es uns vorstellen mögen und können. Auch die Aussicht darauf, dass ein bunt schillernder Teppich aus Verschwörungstheorien, Versuchen, die Pandemie politisch auszuschlachten, und Schuldzuweisungen sich ausbreiten könnte, scheint mir wenig hilfreich für eine Zukunft, die für jene düster ist, die nicht wissen, wie sie bereits jetzt oder in einem Monat der Armut entgehen sollen. Jene, die einen Menschen verloren haben und mit ihrer Trauer weitgehend allein sind, da niemand sie trösten kann, weil keiner sie berührt; jene, die nach wie vor in der vollkommenen Vereinzelung leben, auf sich gestellt, weil sie zu Risikogruppen gehören; selbst im Freundeskreis, was ich nicht bedacht habe, von dem ich noch nicht einmal wusste, weil ich nicht fragte.

Ich reduzierte meinen Medienkonsum. Denn mehr als Momentaufnahmen oder Spekulationen über die Zukunft beschäftigt mich, wie ich wach, offen und aufnahmefähig bleiben kann, um mich den Menschen und Themen zuzuwenden, denen meine Gegenwart und Zukunft gehören oder gehören könnten. Deshalb irritiert es mich, wenn «von der Rückkehr in die Normalität» die Rede ist, als wäre sie etwas Abstraktes, etwas, das uns von außen strukturieren würde, ein Exoskelett, das so noch verlässlich wäre, als würden wir nicht grade die Verletzlichkeit unserer selbst erfahren, als hätten wir nicht die Gestaltungshoheit darüber, was Normalität ist, als wären nicht wir dafür verantwortlich, sie mitzugestalten; immer wieder aufs Neue, fortwährend, Schritt für Schritt.

30.4.20

Ich habe keine direkte Leitung zum Bundesrat. Ich befürchte auch, dass mein Brief an die Bundespräsidentin nicht bei ihr persönlich landen würde, aber ich habe ihn nach der gestrigen Pressekonferenz schreiben müssen. Zumindest das.

Sehr geehrte Frau Bundespräsidentin Sommaruga

Erst einmal möchte ich Ihnen und dem Bundesrat danken für die geleistete Arbeit. Auch wenn mir mulmig war, dass nun 7 Menschen über 8,6 Millionen weitere bestimmen. Ich habe Ihnen vertraut. Ich bin dennoch froh, wenn es Ihnen möglich sein wird, sich aus der alleinigen Verantwortung wieder zurückzuziehen, und freue mich diesbezüglich auf Ihre «Exit-Strategie», die Sie uns sicher bald präsentieren werden.

Ich habe die Pressekonferenz vom 29.4. mit Spannung erwartet und musste feststellen: Es gibt uns nicht. Uns, die Kulturschaffenden. Kultur ist «Bibliotheken und Museen». Wunderbare Institutionen, die weitgehend von Bund, Kanton und Städten finanziert werden.

Nach gestern möchte ich Sie fragen:
Wie sollen wir weitermachen? Wir Schriftsteller/innen, die Slampoet/innen, Musiker/innen, Schauspieler/innen, bildende Künstler/innen, Filmschaffende, Fotograf/innen, Tänzer/innen, die Kunstschaffenden aller Sparten; die Kulturverantalter/innen: Kinos, die Literaturhäuser, die Theater, die Kleinkunst- und Konzertbühnen, die Verlage, die Buchhandlungen.

Wir, für die es offenbar keine Lobby gibt, wir, für die sich niemand einsetzt, jedenfalls nicht spürbar. Wir, die wir kein «nennenswerter» Wirtschaftsfaktor sind. Wir, die wir deshalb auch tatsächlich nicht genannt wurden. Wir, die kein Treffen mit Ihnen hatten wie der Gastroverband oder die Tourismusbranche. Noch nicht.

Wir, die wir selbstständige oder partiell unselbstständige Kleinunternehmen sind mit nationaler und internationaler Strahlkraft, manchmal mehr und manchmal weniger – wie jedes Unternehmen – deren Gewinne nicht so hoch sind, aber auch die Verluste nicht; jedenfalls werden diese kaum je sozialisiert. Wir, die wir ganz und gar zur Schweiz gehören in vier Sprachen, mindestens so sehr wie jene Fluggesellschaft, deren Eigentümer die deutsche Lufthansa ist. Wir, die wir übersetzt sind in viele Sprachen oder schlicht international verständlich; wir, die wir Sie in andere soziale Schichten, in andere Sphären tragen oder mit dem harten Boden diverser Realitäten konfrontieren, wie es nüchterne Zahlen nicht können; wir, die wir für eine internationale Anbindung der Schweiz an andere Länder sorgen; wir, die wir Exporteure sind.

Wir, die wir diplomatische Dienste leisten durch Austausch, durch Perspektivenwechsel. Wir, die wir für Integration sorgen durch Neugier und Kooperation, durch Beschreibung der Welt durch Erfahrbarmachung derselben. Und schließlich: Wir, die wir Ärzte ohne Grenzen sind und die Finger in Wunden legen und Sie ärgern oder zum Lachen bringen. Manchmal, so hoffe ich.

Sie als Musikerin, als konzerterfahrene Pianistin haben uns mit keinem Wort erwähnt.

Indem ich Ihnen schreibe, möchte ich Ihrem Schweigen und dem Schweigen Ihrer Kollegen, was uns angeht, gerne mitgeben: Es gibt uns. Wir sind die, die jetzt den Menschen von Berufs wegen und bisweilen unbezahlt Kultur über alle Online-Kanäle geboten haben und bieten, jetzt, wo es schwierig ist. Weil wir es können, weil wir vor allem nicht anderes können und weil wir nicht verschwinden wollen. Wir wollen es auch in Zukunft nicht.

Wir möchten uns in Erinnerung rufen. Wir sind da. Wir möchten Ihnen sagen: Sie dürfen uns ansprechen und uns beim Namen nennen. Mehr noch: Wir möchten, dass Sie uns zuhören. Wie den

Wirtschafts- und den Tourismusverbänden, der Gastronomie der «Swiss» oder «Edelweiss».

Bleiben Sie gesund. Wir versuchen es auch.
Freundliche Grüße,
Monica Cantieni

5.5.20
(...)
Die Wertschöpfung in der Wirtschaft ist quantifizierbar.

Bei der Kultur ist es schwieriger. Als Schriftstellerin arbeite ich weder *lean* noch *agile*. Ich arbeite langsam, immer mal wieder auch unproduktiv, ich zahle drauf. Ich arbeite nicht an Texten, die in Sprints entstehen und dann an die Öffentlichkeit gehen, also fortwährend ausgetestet werden, ob es gefällt oder nicht, und ich habe nur dort die Leser/innen im Auge, wo es darum geht, verständlich zu sein und nie, nie langweilig. Ich suche nicht nach Marktlücken, wenn es um Stoffe geht oder Stile. Ehrlich gesagt: Ich weiß gar nicht, wie das geht. Ich arbeite allein. Ich arbeite mit dem Verlag. Wenn es gut läuft, generiere ich Aufmerksamkeit, was heute eine Währung ist, die man zumindest online recht gut messen kann. Ich verkaufe ein Buch, ich mache Lesungen, werde für weitere Texte angefragt, Schulen möchten Workshops buchen, Berichte erscheinen, und dann verschwinde ich wieder für eine ungewisse Zeit an den Schreibtisch.

Wie lässt sich die Wertschöpfung in der Kultur quantifizieren?

Wie sollten sich Wissenstransfer, Lesegenuss oder Erkenntnisgewinn, Unterhaltungs- und Bildungswert quantifizieren lassen? Jedenfalls nicht nach gängigen Mustern. Und wie soll das jemand mit einem Flair für Zahlen und dem Drill des Neoliberalismus im Rücken auch verstehen können?

Es hilft nichts: Wir müssen es einander erklären, immer wieder. Und die Muster hinterfragen. Wir möchten gesehen werden. Also bitte: Bauen wir Bühnen. Aber nicht gratis! Es hilft vielleicht nicht bei der Quantifizierung, noch nicht, aber so bleiben wir im Gespräch.

6.5.20

Jetzt trudeln sie ein, die ersten Abrechnungen der Corona-Erwerbsentschädigung für Kunstschaffende. Sie trudeln ein bei solchen, die die Titelblätter in der Schweizer Kulturberichterstattung off- wie online zieren. Kunstschaffende, die man aus dem Fernsehen kennt, deren Bücher gelesen werden, deren Stücke umgesetzt und gespielt werden, die Tausende von Menschen mit Kultur versorgen und dafür mediale Beachtung finden.

Ob sie verzweifelt Witze darüber reißen, die Faust im Sack machen oder sich sammeln und formieren, um konstruktiv und kreativ dem individuellen wirtschaftlichen Desaster zu begegnen, das sich abzuzeichnen beginnt – die erste Reaktion ist unisono die: Es ist deprimierend, auf den eigenen Minderwert in Form einer Zahl zu schauen.

13.5.2020

Ich habe keine Körper zu Besuch. Nur Stimmen und Bilder. Es sind kleine Runden, Runden im Kleinformat. 16:9, um genau zu sein. Die Gäste wackeln und zittern, sie verlieren sogar ihre

Stimme oder stehen gar ganz still, je nach Qualität der Verbindung. Je nachdem, wie viele sonst noch im Haus Gäste sehen; die meisten kommen aus Hollywood.

In meinem Kopf brennen sich Bilder von meinem Gegenüber ein, wie ich sie im Zusammensein am Tisch, im Gespräch, im Kaffeehaus nie speichern würde. Wie anders ich Menschen anschaue. – Offensichtlich sortiere ich Bilder einfach aus, ich mache mir eins. Ich greife immer zu einem anderen. Selbst bei Menschen, denen ich weniger bis gar nicht zugeneigt bin, greife ich zu einem anderen Bild und lege es ab. Das Herz ist genauer.

15.5.2020

All die Kultur im Netz! Literatur, Slam, Comedy, Musik – selbst ganz Große streamen live aus ihren Wohnzimmern. Ich habe noch nie so viele intime Einblicke erhalten in gepflegte Räume, abgewrackte Ateliers mit schmutzigen Fenstern, einer pingeligen Ordnung auf den Werkbänken, den Kabelsalat in Heimstudios mit den unvermeidlichen Teppichen, die anderswo ausrangiert worden waren.

Ich habe noch nie Zutritt gehabt zu so vielen Wohnungen, den Blick frei auf Gasleitungen in Altbauwohnungen, auf serbelnde Topfpflanzen, den Balkonkräutergarten, Küchenzeilen, Sofaecken, Dachstühle, den Mitbewohner, Schreiborte und Büchergestelle, bei denen ich die Augen zusammenkneife, weil ich gern lese, was andere lesen. Das passiert mir auch bei Küchenzeilen, die ich nach bekannten Produkten oder der Lieblingstasse absuche, nach einer anständigen Kaffeemaschine. Aber ich stelle fest, dass manche von ihnen so spartanisch oder so aufgeräumt sind, dass sie den Gedanken nahelegen, sie wären keine festen Arbeitsplätze, sondern zur Verfügung gestellte Infrastruktur, ähnlich wie im Großraumbüro, in dem alles Persönliche am Abend in einen Caddy verstaut wird, damit sich anderntags auch eine andere Kollegin aus einer anderen Abteilung hinsetzen kann.

Seit ich in so vielen andern Wohnungen zu Gast bin, fühle ich mich in meiner eigenen wie im Hotel. Nachts horche ich wieder mehr auf die Geräusche, die ich längst kenne, die mir aber irgendwie neu erscheinen. Ich schlafe so leicht wie im Schlafwagen in einem Zug, der Fahrt aufgenommen hat, und wie auf Reisen wache ich öfters durstig auf. Es dauert, bis ich mich zurechtfinde; mit jedem Schluck Wasser etwas mehr. Als Orientierung dient mir der Mond, wenn er zu sehen ist.

Ich reise nachts, stelle ich fest. Ich habe mich noch nicht einmal gefragt, wohin. Ich genieße das Unterwegs-Sein. «Halt auf Verlangen» stand irgendwo, als ich den Kopf hob. Draußen an einem Baum, wenn ich mich recht erinnere. Und ich dachte: Was für Idioten! Wie soll da einer rankommen?

18.5.2020

Das letzte Mal, als ich so intensiv über Distanz nachgedacht habe, war ich ungefähr dreizehn Jahre alt und hatte mich dazu verleiten lassen, zu behaupten, ich würde ohne Probleme vom Dreimeterbrett springen. Während andere sich von dort mit Anlauf ins Wasser fallen ließen, sich dabei um die eigene Achse drehten und in der Luft zappelten oder elegante Kopfsprünge oder Salti vollführten, fühlte ich mich schon reichlich mutig, wenn ich vom Einmeterbrett hüpfte.

Ich stand mit blau gefrorenen Lippen schlotternd auf der Plattform des Dreimeterturms und tastete mich mit den Füßen auf dem rauen, wippenden Brett nach vorn. Es roch nach Sonnenöl, Chlor und frisch gemähter Wiese. Ich krallte mich mit den Zehen fest wie am vorderen Rand von zu großen Sandalen und schaute in die Tiefe. Drei Meter. Nur drei Meter, sagte ich mir. Alles halb so schlimm. Viel schlimmer, jetzt ein Theater zu machen, die Geduld der Wartenden hinter mir zu strapazieren oder gar nicht zu springen.

Ich ging alles durch: Ich könnte mit dem Bauch aufschlagen, unter Wasser die Orientierung verlieren, mir könnte jemand auf den Kopf springen, ich könnte die Besinnung verlieren, ich könnte ertrinken; niemand würde sich um mich kümmern, weil der Badmeister grade Pause hatte oder wie so oft mit besonderer Aufmerksamkeit im hinteren Teil der Wiese patrouillierte, wo die 16-jährigen Mädchen lagen, manche sogar ohne Top.

Schließlich sprang ich. Ich erinnere mich an den langen Moment des Absprungs, an den Moment der Ungewissheit, der sich hinzog, vielleicht bis zum Eintauchen, dem Schäumen der Blasen um mich herum und dem Auftauchen, das mit einer großen Erleichterung verbunden gewesen sein muss.

Dieser Moment fiel mir am Wochenende ein, als ich in einem Restaurant auf einer Terrasse saß. Zwischen den Tischen Plexiglasscheiben, daneben Menschen, die in den Gassen flanierten, in Gruppen zusammenstanden, in der Sonne saßen. Zwei Meter, dachte ich bei mir. Es ist die Länge eines Bettes; eine Distanz, die, wie ich feststellen musste, häufiger unterlaufen wird als auch schon; der Hunger nach Normalität ist groß. Ich denke wieder über Distanz nach. Ich stelle fest, dass ich sie bemesse, dass ich die Sehnsucht verstehe, sie nicht mehr einhalten zu wollen, aber die Sorglosigkeit nicht, die demonstriert, es um alles in der Welt nicht mehr tun zu wollen. Ich stelle fest, dass ich wieder auf einem Brett stehe und hinunterschaue und nachdenke, was passieren könnte, wie ich aufschlagen könnte, ob das Wasser weich ist oder hart. Ich ertappe mich dabei, dass ich mir den Aufschlag vorstelle und mir denke, dass ich ihn mir gar nicht leisten könnte jetzt. Dass ich als Künstlerin in einer komplexen Arbeitssituation so oder so hart fallen würde, ungleich hart, weil ich es mir gar nicht leisten könnte, auch noch krank zu werden, nicht zu arbeiten, und ich mir sagen muss, dass diese Nähe in den Gassen, wie ich sie sah und wie ich sie mir auch wünsche, ein Luxus geworden ist, jedenfalls im Moment.

Eine Runde Applaus

Corona einmal um die Welt – Teil I

Eine Weltmacht zu sein, ist immer kompliziert

von A. L. Kennedy

Aus dem Englischen von Ingo Herzke

Während unsere Regierung sich in Sachen Todesfälle und Inkompetenz weltweit an die Spitze setzt – das musste ja so kommen –, haben wir jetzt Gelegenheit, unsere grundlegende Malaise zu betrachten: die eines gescheiterten Weltreichs.

Eine Weltmacht zu sein ist immer kompliziert. Man muss so viele Kompromisse machen und so viel lügen – vor allem sich selbst belügen. Und wenn das Weltreich vergeht, weil Weltreiche immer vergehen, bleiben einem nur die Gewohnheiten des Empire, die aus allen Kolonien, aus jedem Land, das man einmal besetzt hielt, hereinwehen. Alles kommt zurück.

Für Großbritannien war die Post-Empire-Phase besonders hart. Es war einmal eine Zeit, da schien die Sonne immer irgendwo auf Bodenschätze, die wir gestohlen hatten, Landstriche, die wir zu unserem eigenen Nutzen ausbeuteten, und Völker, die wir versklavten, spalteten, terrorisierten und korrumpierten. Unsere weniger exquisiten Privatschulen passten sich an und produzierten willige Verwalter, die detailliertes Faktenwissen anhäufen und verarbeiten konnten, ohne den eigenen moralischen Bankrott wahrzunehmen. Unsere Eliteschulen hingegen bildeten Männer ohne Mittelpunkt aus, die Beziehungen nur als Tauschgeschäft begreifen konnten und sich genüsslich in ihrem eigenen bösartigen Narzissmus suhlten. Je schlimmer unsere Eliten versagten, desto reichlicher wurden sie belohnt. Wir konnten uns krasse, teure Fehler leisten, weil unsere ungeheuren Raubzüge unsere eigene Dummheit abfederten – mit dem Besitz, der Arbeit und dem Leben anderer Leute. Allmählich erzogen wir auch die Herrscher anderer Länder dazu, sich Grausamkeit und Missetaten zu eigen zu machen. So hinterließen wir in den ehemaligen Kolonien ein Erbe schlechter Regierungspraxis und Ignoranz sowie rund um den Erdball ein Netzwerk korrupter Zerstörer und Diebe.

Die große Mehrzahl der Briten wurde mit Mythen gefüttert, die sie relativ ruhig hielten – man erzählte ihnen, der Glanz des Empires strahle auch ein wenig auf sie ab, und selbst ihr ruhmloser, schäbiger und vermeidbarer Tod wäre irgendwie wunderbar, ein Beweis für etwas Undefinierbares, aber sehr Bewegendes. Rund um den Globus gewöhnten sich unsere Eliten daran, die austauschbaren Unterschichten zu ignorieren, zu beleidigen, zu misshandeln. Was vielleicht noch schlimmer war: Man fing an, sie als Nutzvieh zu betrachten, das sich manipulieren, beseitigen und zu einer immer fügsameren Herde formen ließ.

Großbritannien musste keine Staatskunst entwickeln – wir konnten immer mit Drohungen arbeiten. Unsere Staatslenker mussten keine Kompromisse eingehen – zu Hause wie im Ausland waren sie reich genug, ihre Widersacher abzuschlachten, zu foltern, einzusperren. Wenn wir auf ein neues Volk trafen, zerstörten wir ihre Kultur und töteten ihre Ältesten, rissen ihnen das Herz und das Gedächtnis heraus. Wir verstreuten unsere unkontrollierbaren Verbannten über den Erdball, verbreiteten Geschlechtskrankheiten und Kapitalismus, fades Essen und hohle Gebete. Das Kapital und seine Kettenhunde blühten und gediehen in übelster Weise.

Und während es so durch die Geschichte schleuderte, hatte Großbritannien Glück, einfach nur Glück. Gerade als unser Weltreich endgültig zerbarst, stürzte die ganze Welt in den Krieg gegen einen Feind, der noch schlimmer war als wir selbst. Auch wenn unsere herrschende Klasse mit den Faschisten der Achsenmächte sympathisierte, war die Masse weit davon entfernt. Ein beträchtlicher Teil unserer Eliten erkannte dann, dass die Nazis sich nicht mal unsere noch verbliebenen Schätze mit uns teilen wollten – sie würden noch weniger ritterlich rauben und morden. Nach und nach begannen wir als Nation für menschliche Werte und Freiheiten zu kämpfen, Seite an Seite mit einem großen Teil der Welt. Gemeinsam und mithilfe der unermesslichen Ressourcen und militärischen Stärke vieler Nationen gewannen wir. Unser Empire wurde abgestoßen und freigegeben, um uns vor einer existentiellen Bedrohung zu retten, doch wir erlitten nicht genug vernichtende Niederlagen, um unsere zentralen Mythen grundlegend zu erschüttern – die von rassischer Überlegenheit, Borniertheit und Anspruchshaltung, verklärter Unwissenheit und verdrehter Religion. Stattdessen wurden daraus nach dem Krieg neue, weniger nihilistische und vergiftete Mythen. Der riesige Konflikt wusch uns relativ rein und verlieh unserer Bevölkerung die Entschlossenheit, sich über oberflächliche Unterschiede hinweg zu vereinen, füreinander zu sorgen, einander Chancen zu bieten, einander zu helfen, in Würde, Gesundheit und Freiheit zu überleben.

Es dauerte 40 Jahre, bis wir wieder in gewohnte Muster zurückfielen, bis Macht und Wohlstand wieder schneller zu den alten Eton-Seilschaften hinaufströmten, zu den verwirrten und verbitterten Vordenkern in ihren Landhäusern, den Lehnstuhlfaschisten. Die natürliche Auslese hatte in zwei Weltkriegen ihre Reihen gelichtet und ihren Einfluss gemindert. Eine absichtlich ignorante Anspruchshaltung und soziopathische Menschenverachtung helfen einem nicht, auf dem Schlachtfeld zu überleben. Aber Nutzlosigkeit und Grausamkeit kann man jederzeit wieder auferstehen lassen. Man errichtet eine stabile Gesellschaft mit sozialem Zusammenhalt, wird zu bequem und selbstzufrieden, und schon schleichen sich Hass und Dummheit wieder ein. Eine Niederlage hätte uns womöglich gelehrt, ihnen aus dem Weg zu gehen. Doch stattdessen schenkte uns der Rest der Welt einen Sieg, den wir uns nach und nach als alleinigen Verdienst anrechneten.

Und so ist ein Geister-Empire auferstanden. Es gab nichts und niemanden mehr zu erobern, also sind wir bei uns selbst einmarschiert und haben uns besetzt. Das begann mit Margaret Thatchers Politik – Infrastruktur schwächen, Rundfunkanstalten und die Bildung der Massen aushöhlen, Aufstiegschancen und Ausbildungsqualität mindern. Seit dem Bankencrash haben unsere Eliten beschlossen, Versagen in der Finanzwirtschaft zu belohnen und stattdessen gewöhnliche Menschen zu bestrafen und ihnen allen Schutz, alle Unterstützung zu rauben. Unsere politischen Entscheider begannen, uns wie eine Besatzungsmacht zu behandeln – inzwischen zerstören sie mutwillig unsere Infrastruktur, unser Rechtssystem, unseren Kultursektor und die Überreste unseres Bildungssystems. Unsere Medien sind von fremden und einheimischen Mächten kolonisiert worden, die nichts anderes wollen, als uns mit demoralisierenden und selbstzerstörerischen Mythen zu füttern. Seit Blairs Zeiten werden abweichende Meinungen mit zunehmend irrationaler und gewaltsamer Gesetzgebung bekämpft. Wir hatten keine Hemmungen zu foltern, zuerst im Ausland und dann auch hier – von Geheimgefängnissen rund um die Welt zu heimischen Gewahrsamszellen bis in die Wohnungen behinderter Menschen, die nach dem Entzug jeder Unterstützung zu Hause verhungerten.

Unsere Oligarchen, Medienmogule und Politiker hatten bereits zahlreiche Phantombedrohungen probiert, um uns zu beschäftigen und zu ängstigen, um uns Sündenböcke für das Unheil zu bieten, das sie selbst anrichteten. Sie versuchten Terrorismus, Islam, Kommunismus, Judentum die Schuld zu geben. Online und auf den Titelseiten der Zeitungen wurde gegen Schauspieler, Richter, LGBTQ-Menschen und alle Kritiker gehetzt, die zu erfolgreich wurden. Aber schließlich (er)fanden sie den einenden Mythos: den vom monströsen Europa, in dem alles steckte, was fremd und bedrohlich war – eine dunkle Macht mit finstersten Absichten und Gewohnheiten. Unsere Eliten zeigten uns ein Zerrbild ihrer selbst und all ihrer Fehler und nannten es Europäische Union. Der Erfolg ihrer von russischem Geld finanzierten Kampagne übertraf ihre kühnsten Erwartungen. Sie fanden die Verwerfungslinien und Gräben in unserer Demokratie und fragmentierten unsere Gesellschaft so sehr, dass es Generationen dauern wird, sie wieder zu heilen.

Wir existieren jetzt als Kolonie. Covid-19 wurde – wie die Austeritätspolitik – als Waffe gegen die Nicht-Passenden, Nicht-Weißen, Nicht-Patrioten eingesetzt. Man regiert uns gegen unsere eigenen Interessen, und in wenigen Wochen schon werden wir dazu die harten Schläge des Brexits spüren, während wir noch unter der Attacke des Coronavirus taumeln und fallen – mindestens zwanzig Prozent der weltweiten Covid-Toten gehen auf das Konto unserer eigenen Regierung. Und während wir sterben, bombardiert unsere Führung uns mit kriegsreifer psychologischer Manipulation. Ungeheure Anstrengungen und Geldmittel fließen in einen Kampf der Narrative, während wir selbst uns so gut schützen, wie wir können, und auf den Tod unserer Angehörigen warten.

Es ist eine Lernerfahrung. Wir sind Großbritannien, das Empire, das sich selbst verschlingt, das Land, wo das internationale Verbrechen und die Verantwortungslosen der Welt ihr Geld waschen und auf wirtschaftliches Scheitern und Kredithandel setzen. Unsere Kultur ist beschlagnahmt worden, unsere älteren Mitbürger ausgemerzt, unsere Schwachen und

Kranken verschwinden nach und nach, und Covid-19 erzeugt eine neue Generation geschwächter Körper und traumatisierter Gemeinschaften. Wie mit Pocken infizierte Decken wird die Krankheit eingesetzt, unerwünschte Eingeborene zu beseitigen. Vielleicht haben wir noch die Kraft, uns von unseren Besatzern zu befreien, uns selbst zurückzugewinnen – mit Zorn und Liebe. Vielleicht versinken wir auch im Chaos, wenn unsere Eliten ihre letzten Gewinne machen wollen, indem sie auf das Scheitern unserer Wirtschaft wetten und sich dann in ferne Steueroasen absetzen, nachdem sie uns den ersten von vielen räuberischen Wucherkrediten angeboten haben.

Nordirland, Schottland und Wales versuchen immer heftiger, sich dem Klammergriff Englands zu entwinden. Das Englischsein als von Natur aus rassistische Identitätspolitik – erfüllt vom Hass auf jede Form von Kompetenz, faktenbasierte Strategien oder Mitgefühl und Barmherzigkeit – hat längst schon die Geduld der anderen Königreiche im Vereinigten Königreich erschöpft. Jetzt leidet vor allem England selbst unter dieser englischen Krankheit. Ob Großbritannien friedlich auseinanderbricht oder in Chaos und Unruhen, ist die bange Frage. Wer oder was England sein wird, wenn die Corona-Krise und der Brexit vorbei sind, ist ebenso unklar – und für die Mehrheit der englischen Bevölkerung eine schaurige Vorstellung. Jeden Tag werden wir an Untergang und Zerstörung von Dingen gemahnt, die wir lieben; jeden Tag verabschieden wir uns auf neue Weise von uns selbst. Wir sind hin- und hergerissen zwischen Liebe und Verzweiflung.

Eine Runde Applaus

von Zsófia Bán

Aus dem Englischen von Ingo Herzke

Wofür applaudieren wir Ungarn, wenn wir abends um acht auf unseren Balkonen stehen, klatschen, rufen, jauchzen und einander zujubeln in der stillen, aber nicht sehr heiligen Nacht? *Stille Nacht.* Was liegt eigentlich im Kern dieser Stille? Und was im Herzen dieses Applauses? Ja, ich weiß, vor allem ist es eine symbolische Unterstützungsgeste für sämtliches Gesundheitspersonal überall auf der Welt geworden, es ist eine Möglichkeit, ihnen Dank zu sagen, Dankbarkeit zu *zeigen*, weil sie ihr Leben riskieren, weil sie ihrer und unserer aller Sache dienen, weil sie sich an ihren hippokratischen Eid halten. Weil sie aufrichtig sind, Punkt. Weil sie zu ihrem Wort stehen, was in dieser schönen neuen Welt so selten ist.

Doch jedes Mal, wenn ich auf den Balkon trete, beschleicht mich das Gefühl, dass sich diesem Applaus in jedem Land weitere Bedeutungsebenen anlagern, dass er von unserer jeweils besonderen Situation, unseren individuellen und gesellschaftlichen Reaktionen auf das lokale Geschehen gefärbt ist. In Ungarn fungiert dieser Applaus inzwischen auch als Protestgeste gegen den Machtmissbrauch, den die Regierung und ihr Ministerpräsident in den letzten zehn Jahren begangen haben. Unser Applaus wird ein akustisches Netzwerk zur gegenseitigen Unterstützung, eine Art Audioverstärker, der sagt, dass wir noch füreinander da sind, dass wir noch *da* sind – trotz all der Zerstörung, die schon geschehen ist. Und trotz allem, was sie in tiefster Nacht unter dem Tarnmantel des Virus anrichten. Das nämlich ist ihre Vorgehensweise: im Dunkeln handeln, wenn die anderen schlafen. Über Nacht unerwünschte und falsche Denkmäler errichten und jene entfernen, von denen sie sich bedroht fühlen, neue Gesetze erlassen, neue nationale Bildungsprogramme, neue politische Richtlinien, neue Führungskräfte installieren. Sie werden im Schutz der Dunkelheit aktiv, verdeckt und geheim, wie Doppelagenten, die so tun, als würden sie zum Wohl des Landes, *der Heimat* handeln, während sie in Wirklichkeit nur ihre Brieftaschen festhalten, ihre gestohlenen Taler zählen und damit klimpern. Sie klimpern, wir klatschen.

Der Applaus gilt all unseren hochqualifizierten Ärzt/innen, Krankenschwestern und -pflegern und Pflegekräften überhaupt, die wegen der lächerlich niedrigen Löhne zum Auswandern gezwungen waren, den unterbesetzten und unterfinanzierten Krankenhäusern, in denen jene, die geblieben sind, täglich mit widrigsten Umständen kämpfen, mit oder ohne Corona. Darum muss der Applaus richtig laut sein, damit er auch in England, in Deutschland, in Österreich und der Schweiz und all den anderen Ländern zu hören ist, in die sie emigriert sind. Er gilt all den Bürger/innen Ungarns, die gezwungen waren, ihr Leben als Migrant/innen anderswo zu verbringen – ein Ausdruck, der in der Regierungssprache nur als Schimpfwort vorkommt, als Bezeichnung für die fiktiven «Massen» von Fremden, die in unser Land und unsere Kultur einzusickern drohen und gegen deren Ansturm wir uns nur durch die Errichtung eines zweiten Eisernen Vorhangs an unserer südlichen Grenze wehren können. Hätten wir ihnen zu bleiben erlaubt (denn viele von ihnen waren selbst Ärzt/innen und Pfleger/innen), hätten wir unsere Verluste vielleicht ausgleichen können, den Verlust all der Arbeitskräfte, die «entschieden» haben, anderswo nach ihrem Glück zu streben – wie es die amerikanische Unabhängigkeitserklärung formuliert. Auch zu diesem Anderswo donnert der Applaus jeden Abend, damit auch sie uns hören können, wo sie auch sein mögen.

Nichts weniger ist dieser Applaus: ein Zeichen der Unterstützung für alle, die unsere Regierung im Streben nach ihren eigenen privaten Zielen und Reichtümern links liegen lässt, wenn sie das Gemeinwohl ignoriert. Der Applaus ist ein Zeichen der Solidarität – ein Ausdruck, den diese Regierung aus ihrem Vokabular gestrichen hat. Ein Zeichen der Solidarität mit den Armen, den Entrechteten – darunter auch Kinder, von denen Zehntausende übrigens nicht am Fernunterricht teilhaben können, welchen empörend unterbezahlte Lehrkräfte auf allen Ebenen des ungarischen Bildungssystems gegen alle Widrigkeiten wundersam und pflichtbewusst ermöglichen. Ein Zeichen der Solidarität mit den Roma, mit allen schwulen, lesbischen und Transgender-Menschen, mit allen, die nicht dem nationalkonservativ-heterosexuellen Ideal der «Familie» entsprechen, welches jetzt für alle vorgeschrieben ist in der verstümmelten Verfassung, die jene von 1990 abgelöst hat. Unter dem Vorwand der Pandemie, in Zeiten globaler und nationaler Krise, hat man es zum Beispiel für nötig gehalten, hektisch ein Gesetz durchs Parlament zu peitschen, das Transgender-Menschen verbietet, ihr Geschlecht zu ändern. Neben einigen anderen zeigt diese Gesetzesänderung deutlich, was tatsächlich hinter dieser Regierungspolitik des Teilens und Herrschens steht. Ihre Sprache selbst wird ein Virus, das Gedanken und Denken an sich infiziert, das Konzepte und Ideen, Symbole und Gesten vereinnahmt. Wir müssen also unsere eigenen finden; oder wir kehren zu bewährten Praktiken der Selbstverteidigung zurück.

In alten Zeiten hielten die Menschen wilde Tiere mit hellen Feuern und lautem Lärm fern. Sie scharten sich ums Feuer, um sich weniger zu fürchten und mehr Zusammenhalt zu spüren. Und jedes Mal, wenn wir im Dunkeln auf unsere Balkone treten, um zu klatschen und einander durch die stillen Straßen zuzurufen, entzünden wir aus ganz ähnlichen Gründen unsere ganz eigenen Feuer. Wir rufen, wir jubeln, wir jauchzen, wir applaudieren. Wir tun es für andere, wir tun es für uns; für das Leben.

Die Menge
von Alejandro Zambra

Aus dem Spanischen von Susanne Lange

In meinem Traum erscheint ein Verrückter aus New York, der vor Jahren immer an der Ecke des Bryant Park stand oder vor dem Eingang zu Grand Central und die Leute in Kategorien einteilte: *tourist, not a tourist, tourist, tourist, not a tourist,* urteilte er in mechanischem Ton, der zugleich seltsam liebenswürdig klang. Er war an die zwei Meter groß, sein rotes Haar lang und struppig, die grünen Augen wirkten wie Inkrustationen im Gesicht, das eine anhaltende, tiefe Konzentration verriet. Eifrig ging der Mann diesem ehrgeizigen Projekt nach, alle Gesichter in der Menge zu klassifizieren, und es gelang ihm auch, wie mir schien, obwohl er manchmal zögerte oder sich irrte, zum Beispiel bei mir: Mein Immigrantengesicht verleitete ihn dazu, mich fast immer als *not a tourist* einzustufen, aber manchmal verbuchte er mich auch als Tourist.

Im Traum läuft alles so ab wie in meiner Erinnerung, aber wir sind nicht im Bryant Park oder vor Grand Central, sondern an einer nicht weniger wimmelnden Ecke von Mexiko-Stadt oder Santiago de Chile. Ich weiß nicht, ob der Verrückte mich mustert oder klassifiziert, doch seine Anwesenheit freut mich, ich empfinde sie als gutes Vorzeichen. An der nächsten Ecke stoße ich auf eine Freundin – ich kenne sie nicht, habe sie noch nie gesehen, aber im Traum weiß ich, es ist eine Freundin –, sie tut das Gleiche wie der Verrückte, wirkt aber nicht verrückt, sondern niedergeschlagen oder verärgert oder beides. Ich will mit ihr sprechen, begreife aber, dass ich sie bei der Arbeit nicht unterbrechen darf. Jetzt bin ich mir sicher, dass ich in Santiago bin und in Richtung Kordillere (*cordillera*:

Gebirgskette) gehe (die ich weder sehe noch suche, doch ich weiß, sie ist da). Ich gehe schneller, will wissen, ob auch an der nächsten Ecke jemand steht, der diese absurde, entsetzliche Arbeit ausübt. Sie sollten es in ein Formular eintragen, sonst vergessen sie es noch, denke ich und blicke in die Menge, und undeutlich überfällt mich ein anderer Gedanke, so etwas wie «das ist die Menge» oder «ich bin in der Menge», doch dann mischt sich die Kraft dieser Worte mit der Stimme meines Sohnes, der seine Mutter ruft, und ich wache auf.

Es ist früh, Viertel nach fünf Uhr, aber mein Sohn hat das Licht eingeschaltet. Wie durch ein Wunder kann ich ihn davon abbringen, seine Mutter aufzuwecken. Ich nehme ihn auf den Arm und gehe mit ihm ins Wohnzimmer, sage im Ton eines beiläufigen Kommentars oder einer Entdeckung, dass die Nacht zum Schlafen da ist, der Tag zum Spielen, und er sieht mich mitleidig an, wie jemanden, der sich auf eine nachweislich sinnlose Sache versteift. Wenn Silvestre so früh aufwacht, hatten wir bis vor ein paar Wochen immer aus dem Fenster gesehen und rote, weiße oder blaue Autos gezählt – er entschied jeweils die Farbe –, die ab dieser Stunde immer zahlreicher wurden, oder wir gaben den Passanten Namen, die mit fliegendem nassem Haar zur U-Bahn hasteten. Jetzt ist niemand auf dem Gehweg, nur sehr selten kommt ein Auto vorbei, und ich ahne, dass mich mein Sohn wie jeden Tag fragen wird, wo denn alle sind, und bereite schon die automatische Antwort vor, doch er sagt nichts, ist unverhofft eingeschlafen.

Wir setzen uns in den Schaukelstuhl, und ich denke an meinen Traum, an diese Menge, die auf einmal abstrakt geworden ist, ungreifbar, unzeitgemäß. Dass ich von einer Menge träume, ist nicht ungewöhnlich, im Gegenteil, oft sind meine Träume voller Statisten, die zu Nebenfiguren werden, und voller Nebenfiguren, die sich plötzlich in Hauptfiguren verwandeln, aber ich frage mich, ob dieser Traum neu ist, diese Menge. Vielleicht haben alle die Leute, die in meinem Traum erschienen sind, diese Nacht ebenfalls von Straßen voller Menschen geträumt. Mich begeistert diese Vorstellung, ein lyrischer Spleen. Ich denke an die Menschen, die während der Isolation von unmöglichen Menschenmengen träumen. Denke an meine Freunde in Chile, die vor zwei Monaten noch auf die Straße gegangen sind und jetzt, in der momentanen Einsamkeit, durch unsere kollektiven Träume wandern. Ich denke an die zweifelhafte Schönheit des Wortes «Menge». Daran, was dieses Wort zur Schau stellt und was es verbirgt.

Ich erinnere mich an einen Abend, ich war zwölf, in der U-Bahn. Um diese Zeit, gegen acht Uhr, waren viele von uns auf dem Heimweg von der Schule im Zentrum Santiagos nach Maipú. Die Busse verhießen Unterhaltung oder wenigstens Gesellschaft, aber an dem Abend zog ich die U-Bahn vor, um den anderen voraus zu sein, denn ich wollte niemanden treffen. Ich war traurig, ich weiß nicht mehr den Grund, aber erinnere mich an den Moment, an dem ich ein paar Sekunden, bevor ich an der Station Las Rejas ausstieg, in die Menge blickte, deren Teil ich war, und so etwas dachte wie: Alle haben ein Leben, alle fahren nach Hause, alle haben etwas zu wenig oder zu viel, alle sind traurig oder glücklich oder müde. (Jahre später, als ich den Begriff «Epiphanie» kennenlernte, wusste ich sofort, was für eine Art Erfahrung das gewesen war.)

Silvestre wacht auf, wir frühstücken Mangos, dann hören wir Musik, setzen uns auf den Boden und malen mit seinen Stiften. Ich habe den Eindruck, dass er sich gut mit sich selbst beschäftigen kann, also gieße ich mir noch einen Kaffee ein und stelle mich ans Fenster. Inzwischen hat sich die Sonne am Horizont behauptet, aber der Tag scheint noch nicht begonnen zu haben. Ich zähle fünf klägliche Autos, zwei Motorräder und drei Menschen mit Masken, die natürlich keine Touristen sind, sondern hilflose, verdrossene, melancholische Menschen auf dem Weg zur Arbeit. Immer mehr Leute können ihrer Arbeit zu Hause nachgehen, und diese abwesende Menge beruhigt mich etwas, doch mir fehlt auch die überfüllte, lärmende Straße von vor wenigen Wochen oder von vor drei Jahren, als wir hierhergezogen sind.

Auf einmal merke ich, dass ich schon eine ganze Weile aus dem Fenster blicke, ein Schuldgefühl überfällt mich, weil ich meinen Sohn vernachlässigt habe, und eine plötzliche Freude, als ich feststelle, dass er immer noch eifrig mit seiner Arbeit beschäftigt ist, konzentriert, unabhängig. Ich sehe mir seine schöne, wirre Zeichnung an. Vor ein paar Tagen hat er beschlossen, dass die Stifte Früchte sind, und seitdem nennt er sein leidenschaftliches Gekritzel «Mixsaft». Ich setze mich neben ihn, helfe ihm, das Papier festzuhalten.

«Ist das ein Mixsaft?», frage ich.

«Nein», sagt er entschieden.

«Was ist das?»

«Das bist du, Papa, wie du aus dem Fenster schaust.»

Ahora tengo la certeza de que estoy en Santiago y de que camino en dirección a la cordillera (que no veo ni busco pero sé que está ahí).

Coronavirus = Globalisierung von unten
Aus dem New Yorker Tagebuch

von Robert Cohen

Mittwoch, 26. Februar 2020, New York
Die Kandidatendebatte gestern Abend im Fernsehen verkam zu einem Gezeter, in dem die argumentative Vernunft auf der Strecke blieb. Es flogen die Fetzen. Das mag die Einschaltquote erhöhen, erhöht aber auch die Ausschaltquote.
Das Gesundheitsministerium gibt bekannt, eine Ausbreitung des Coronavirus (Covid-19) in den Vereinigten Staaten sei nicht aufzuhalten. Seit Ende Dezember überzieht das Virus von der chinesischen Provinz Hubei aus die Welt und legt durch verordnete Quarantänen Städte und Industriezentren lahm. Trotz einer wachsenden Zahl von Todesfällen galt es bisher nicht als besonders gefährlich. Schwer daran erkrankt ist allerdings die Börse: Sie erlitt einen Kurssturz.

Montag, 2. März 2020, New York
Von Stunde zu Stunde korrigieren die Medien die Zahl der weltweit vom Coronavirus Infizierten und der Todesopfer nach oben. Daran schließt sich jeweils der Hinweis, es bestehe kein Grund zur Panik.

Dienstag, 3. März 2020, New York
Coronavirus = Globalisierung von unten.

Freitag, 6. März 2020, New York
Mein Albtraum: Die Präsidentschaftswahlen vom kommenden 3. November werden wegen des Virus verschoben.

Samstag, 7. März 2020, New York

Im Januar hat der Oberste Gerichtshof der Vereinigten Staaten die Regelung Trumps bestätigt, wonach Immigrantinnen und Immigranten, welche Sozialprogramme wie Medicaid (Gesundheitsfürsorgeprogramm für Minderbemittelte) in Anspruch nehmen, die Niederlassung vorenthalten werden kann. Um sich die Möglichkeit einer Bewilligung nicht zu verbauen, werden sie sich im Fall einer Erkrankung hüten, medizinische Dienste zu nutzen, von der Arbeit fernzubleiben usw. Damit tragen sie zur Verbreitung des Virus bei. Es ist das Typhoid Mary-Syndrom: Die Machtlosen zahlen es den Mächtigen ohne Wissen und Willen heim, indem sie die Krankheit an sie weitergeben.

Montag, 9. März 2020, New York

Die Einwohnerschaft von San Francisco hatte eine Erscheinung. Zwei Tage und zwei Nächte kreuzte ein Geisterschiff von der Größe eines Wolkenkratzers vor der Stadt. Unter den 3500 Passagieren an Bord der *Grand Princess* ist das Coronavirus ausgebrochen. Trump wollte das Kreuzfahrtschiff nicht anlegen lassen, um die Krankenstatistik niedrig zu halten. Das Teleobjektiv verdichtete die Dimensionen des mächtigen Schiffs – siebzehn Stockwerke hoch, lang wie drei Fußballfelder – zu einem schimmernden Phantom, einer Fata Morgana, schwebend im Dunst zwischen Wasser und Himmel. Ein Seuchenschiff, dazu verurteilt, bis zum Jüngsten Tag auf dem Meer herumzuirren. Heute fand der Spuk ein Ende. Vom Fernsehen eine Stunde lang live übertragen, gleitet die *Grand Princess* unter der Golden Gate Bridge hindurch zur Anlegestelle im Hafen von Oakland bei San Francisco. Kein Mensch ist zu sehen, auf einem Oberdeck ein verlassenes Schwimmbecken, kein Zeichen von Leben an Bord, der Behemoth wie von Geisterhand gesteuert. Verstörende Fernsehbilder, deren Sinn sich entzieht. Der Kai großräumig abgesperrt. Man hat Zelte aufgestellt, weiß gekleidete Figuren stehen abseits oder gehen geschäftig herum, in einigem Abstand warten Busse.

Mittwoch, 18. März 2020, Shady
Auch bei den Vorwahlen im bevölkerungsreichen Florida ist Bernie Sanders Joe Biden deutlich unterlegen. Die Unsicherheit in den Zeiten des Coronavirus mag dazu beigetragen haben. Dies ist nicht mehr das Land von vor zwei Wochen. Wählerinnen und Wähler klammern sich ans Vertraute. Für Sanders scheint das Rennen gelaufen. Zur Enttäuschung fehlt uns die Energie, wir brauchen sie, um in der Filiale der Drogeriekette CVS eine halbe Stunde auf den Laster zu warten, der nach Tagen wieder WC-Papier anliefert.

Trump nennt das Coronavirus das «chinesische Virus». In der *Neuen Zürcher Zeitung* mahnt ein Dr. Niederer die Alten, die Spitäler nicht zu «verstopfen». Niederer geht's nimmer.

Dienstag, 24. März 2020, Shady
Zu den nicht lebenswichtigen medizinischen Eingriffen, die wegen des Virus ein paar Monate aufgeschoben werden können, zählen in den Gliedstaaten Texas und Ohio auch Abtreibungen.

Donnerstag, 26. März 2020, Shady
MEHR ALS DREI MILLIONEN ARBEITSLOSE. Eine Schlagzeile wie in den letzten Jahren der Weimarer Republik.

Als vor zwei Wochen die täglichen Pressekonferenzen zum Coronavirus begannen, las Trump jeweils mit leiernder Stimme ein paar Sätze vom Teleprompter. Danach verschwand er, das Mikrofon Ärzten und Beamten des Gesundheitsministeriums überlassend. Vor ein paar Tagen ging ihm ein Licht auf. Anstelle der aufgehobenen Wahlveranstaltungen mit seinen Fans hat er hier ein viel größeres Publikum. Seither steht er täglich vor den Fernsehkameras. Eine Stunde lang entfährt ihm ein Gerede, Geschwafel, Gefasel, Gelaber und Gelafer, ein Geseire, Geschwurbel, Gewäsch und Geschwätz, ein Sprachschrott aus Nichtwissen, Falschmeldungen, Übertreibungen und Selbstlob, durchmischt mit den üblichen Hetzereien gegen die Presse und die Demokraten. Die Fachleute stehen dabei. Was sie der Bevölkerung zu sagen haben, wäscht der Wortschwall weg.

Donnerstag, 2. April 2020, Shady
In zwei Wochen ist die Zahl der Arbeitslosen auf zehn Millionen gestiegen, gleichzeitig stiegen auch die Aktienwerte. Ich bin an den Titel eines Songs von Simon & Garfunkel erinnert: *One Man's Ceiling Is Another Man's Floor*.

Samstag, 4. April 2020, Shady
Im progressiven Internetforum *Daily Kos* wird die *New York Times* für ihre Berichterstattung über Trumps Äußerungen zum Virus kritisiert. Die Kritik richtet sich gegen eine falsche Ausgewogenheit, die als *bothsidesism* bezeichnet wird: Anstatt Trumps Lügereien zu widerlegen, wird die Gegenmeinung hinzugefügt. Es entsteht der Eindruck, beide Seiten hätten ihre Berechtigung. Als Beispiel eine Schlagzeile in der *NYT* vom 30. März: *Trump Suggests Lack of Testing Is No Longer a Problem. Governors Disagree* («Trump unterstellt, fehlende Test-Sets seien nicht länger ein Problem. Gouverneure sind anderer Meinung»). Das gilt der *NYT* und den Mainstream-Medien als überparteiliche Berichterstattung. Dabei ist klar, Trump lügt. Die Wahrheit ist ohne Parteilichkeit nicht zu haben.

Trump verbietet US-Unternehmen, medizinische Produkte in andere Länder zu schicken, China schickt der Stadt New York tausend Beatmungsgeräte.

Dienstag, 7. April 2020, Shady
Statt wie bisher ein New Yorker Tagebuch, führe ich nun ein Shady Tagebuch. Statt aus dem Zentrum der Welt berichte ich von der Peripherie. Statt des Gedränges der Megalopole umgibt mich Waldeinsamkeit. Sie konzentriert das Denken und verflacht es.

In der Stadt New York sterben täglich mehr als siebenhundert Menschen am Virus. In den Parks sollen Massengräber ausgehoben werden.

Mittwoch, 8. April 2020, Shady
Die *New York Times*, die *Washington Post* und die *Nation* melden, die Sterberate unter der afroamerikanischen und hispanischen Bevölkerung und allgemein unter den Armen sei doppelt so hoch wie unter Weißen. Sie könnten auch melden, der Regen falle von oben nach unten.

Dienstag, 14. April 2020, Shady
Seit Beginn der Epidemie schiebt Trump die Verantwortung für den Umgang mit ihr den Gouverneuren der Gliedstaaten zu. Für Niederlagen ist er nicht zuständig. Jetzt, wo sich abzuzeichnen beginnt, dass die Wirtschaft allmählich angekurbelt werden könnte, nimmt er das Heft resp. die Zügel resp. das Mikrofon wieder in die Hand. Für die Gouverneure die Todesraten, für ihn die Börsenraten.

Dienstag, 21. April 2020, Shady
Wegen des Angriffs von einem «unsichtbaren Feind», so Trump über das Virus, würden vorerst keine neuen Einwanderungsbewilligungen erteilt. Er ersetzt den unsichtbaren Feind durch einen sichtbaren.

Donnerstag, 23. April 2020, Shady
Mehr als 45 000 Virustote, die vom Kongress bereitgestellten Milliarden nach wenigen Tagen aufgebraucht, die Arbeitslosenzahl bei 26 Millionen, in immer mehr Städten stehen die Menschen um Essenspakete an. Und immer mehr Gliedstaaten geht das Geld aus. Der republikanische Senatssprecher Mitch McConnell empfiehlt ihnen, Bankrott zu erklären. Wäre es da nicht einfacher, er richtete seinen Vorschlag gleich ans Weiße Haus?

(Anmerkung der Herausgeberinnen: Shady liegt im US-Staat New York.)

Als es begann ...
von Judith Schalansky

Als es begann, saß ich in der Berliner Staatsbibliothek und arbeitete an einem Text über Mineralien. Die Bücher, die ich, um mich mit meinem Gegenstand vertraut zu machen, durchforstete, trugen Titel wie *Wunder der Natur*, *Die Magie der Steine* oder auch *Lapidarium des Wissens*. Selten fiel es mir so schwer, mein Sujet einzugrenzen. Mineralien fanden sich, so schien es mir jedenfalls, überall – auf dem Mond ebenso wie in Nierensteinen – und hatten zwar klar definierte Eigenschaften, die mir jedoch mangels chemischer Auffassungsgabe wenig Orientierung versprachen. Fahrig blätterte ich durch die Bände mit den glänzenden Abbildungen farbenfroher, oft funkelnder Steinstrukturen. Endlich stieß ich auf eine konkrete Auskunft. Es gab, so las ich, etwa 5300 verschiedene Mineralien, von denen ungefähr 1000 mit bloßem Auge erkennbar waren. Ich hielt mich an diesen beiden Zahlen fest, an ihrem Verhältnis, das mir weder besonders staunenswert noch unerheblich erschien.

8 Menschen, meldeten die Zeitungen am selben Tag, seien in Deutschland infiziert, 8 von 83 Millionen – mit einem Erreger, der mit bloßem Auge zwar nicht auszumachen war, aber unter dem Elektronenmikroskop eine Gestalt von beinahe kristalliner Einprägsamkeit bot.

Wochen später, als die Schulen, Kitas und Restaurants schlossen, Großveranstaltungen wie die Leipziger Buchmesse, der Eurovision Song Contest oder die Olympischen Spiele abgesagt worden waren und mir noch ein Tag Zeit blieb, um mein Schließfach in der Bibliothek und den Stapel Mineralienbücher aus dem Lesesaalregal zu räumen, war die Fallzahl, die längst auf den Titelseiten der Zeitungen vermeldet wurde, im vierstelligen Bereich.

Abends nahm ich einen leeren Band in die Hand, notierte das Datum und schrieb den ersten Tagebucheintrag seit Jahren – in dem selbstgewissen Glauben, ab jetzt Zeugnis abzulegen über eine Zeit, der zweifellos einmal ein Kapitel im Geschichtsbuch gewidmet werden würde, auch wenn noch nicht klar war, wie die Überschrift lauten würde. Das Buch war in schwarzes Leder eingebunden, mit goldenem Blattschnitt versehen und das Papier seiner Seiten so dünn, dass sich die Tinte auf die Rückseite durchdrückte. Meine Schrift war mir fremd, vertikal und eckig. Ich schrieb nur noch selten mit der Hand.

Es begann die Zeit der Zahlen. Seit der Mathe-Abiturprüfung waren mir nicht mehr so viele Zahlen, Gleichungen und Graphen begegnet. Immerfort wurden sie herangezogen und aktualisiert, um etwas abzubilden, was doch schwer erfahrbar war. Begriffe wie «absolute Fallzahl», «Reproduktionsfaktor» und «Dunkelziffer» fanden Eingang in den allgemeinen Sprachgebrauch. Alles wurde gezählt, sogar die Anzahl der freien Betten auf den Intensivstationen.

Menschen schienen leichter zählbar zu sein als Tiere. Niemand kennt die genaue Anzahl der als Wundermittel gejagten, vom Aussterben bedrohten Schuppentiere oder jene der wegen ihres wasserabweisenden Pelzes zu Massen gezüchteten Marderhunde, die als mögliche Zwischenwirte diskutiert wurden.

Tagebuch schrieb ich nur zwei Wochen lang. Ich tat mich schwer mit den Zeitformen. Es war unmöglich zu entscheiden, was noch Gegenwart war oder schon Zukunft. Nur die Vergangenheit schien ein unzugänglicher, geradezu zahlenloser Raum. Die einzige Zahl, die ich – außer den Datumsangaben – im Tagebuch notierte, vermeldet den ersten herausgefallenen

Zahn unserer Tochter. Gross und stattlich stand die Zahl da. Angeblich kommt Erzählen von Zählen. Der mesopotamische Ursprung der Schrift liegt in den Listen, die das Korn verzeichnen, das Hab und Gut.

Die Listen, die ständig aktualisiert wurden, vermerkten die Kranken, die Genesenen und die Toten in den verschiedenen Ländern. Eine jener Listen führt Belgien an. Das Land zählte 9000 Tote bei 11,5 Millionen Einwohnern. Belgien, fiel mir unsinnigerweise ein, vielleicht, weil es zu Bodenschätzen eine besondere Beziehung unterhält, als die Schulen, Kitas und Restaurants unter Auflagen wieder öffneten, hatte beim Eurovision Contest nur ein einziges Mal gewonnen, im Jahr 1986, als dieser Wettbewerb noch Grand Prix Eurovision de la Chanson hieß. Die 13-jährige Sandra Kim, die sich als Fünfzehnjährige ausgab, erhielt mit ihrem Titel *J'aime la vie*, dargeboten in einem blendend weißen Seidenblouson mit übergroßer pinker Fliege, die höchste Punktzahl. Nachdem ich eine dünne Staubschicht von den Mineralienbüchern gewischt habe, schaute ich mir wieder und wieder ihren Auftritt an, bis alle Zeiten und Zahlen verschwammen und ich leise mitzusingen begann: *Je vois des gens courber le dos / Comme si la vie marquait zéro / Moi j'ai quinze ans et je te dis / Whoa whoa … j'aime la vie / Il faut y croire, j'ai moi aussi / Des flashs d'espoir, des insomnies / Mais au total, à l'addition / J'aime l'horizon J'aime / j'aime la vie.*

Das Bukarester Corona-Protokoll

von Jan Koneffke

Erste Märzwoche

Coronavirus – so langsam dringt es ins Bewusstsein ein. Obwohl die hiesige Politik noch mit sich selbst beschäftigt scheint. Um vorgezogene Neuwahlen zu ermöglichen, hat Präsident Johannis einen Kandidaten für den Posten des Ministerpräsidenten vorgeschlagen, der von den Mafiosi der Mehrheitspartei im Parlament mit Sicherheit abgelehnt wird.

Kurioserweise reagiert ausgerechnet die orthodoxe Kirche vor allen anderen Institutionen auf das neue Virus. Und dann auch noch mit der Bitte an die Gläubigen, in Zukunft auf das übliche Küssen der Ikone in den Gotteshäusern zu verzichten. Außerdem solle von nun an jeder seinen eigenen Löffel zur Beichte mitbringen: Seit alters her werden dem reuigen Sünder Blut und Leib Christi in Form von in Wein eingeweichtem Brot vom Priester mit einem dafür bestimmten Silberlöffel in den Mund geschoben.

Das aber ist den religiösen Rumänen, von denen die meisten noch abergläubischer als gläubig sind, nicht zuzumuten. Wie kann die Wunder wirkende Ikone zur Verbreitung einer heimtückischen Krankheit beitragen? Müsste man sie nicht noch viel häufiger küssen, damit man von der Krankheit verschont bleibt? Und wie könnte der heilige Gegenstand des Silberlöffels durch irgendeinen beliebigen Löffel von zu Hause zu ersetzen sein? Am nächsten Tag schon rudert die Kirche erschrocken zurück. Die Empfehlung, lässt der Patriarch verlauten, gelte nur für «minder Gläubige» – was, im Umkehrschluss, heißt, dass sich die wahrhaft Gläubigen gerne anstecken dürfen.

Am Donnerstagabend treffen Freunde aus Berlin ein. Sie haben ein Appartement in der Innenstadt gemietet. Die Gegend um die *Strada Lipscani* (Leipziger Straße), die einstige Handelsstraße, an der noch immer ein paar Karawansereien gelegen sind, ist heute das Vergnügungsviertel der Stadt: Hier tobt der Bär, wie der Berliner sagt, vom Mittag bis in den frühen Morgen. Das ist auch in diesen Tagen so. Und die Berliner Freunde müssen in den beiden Wochenendnächten einigen Lärm aushalten.

Am Freitag erwandern wir mit ihnen bei schönster Sonne und Wärme den ganzen Tag über die Stadt – wir können noch nicht wissen, wie gut wir daran tun, so kurz bevor wir in der Wohnung eingesperrt sein werden. Eine Pause machen wir bei den Markthallen von *Obor*, nicht zuletzt um einen Imbiss in der Form der landestypischen *Mici* (kleinen *Cevapcici*) einzunehmen, den besten in ganz Bukarest. Umgeben von biertrinkenden und Sportnachrichten lesenden Männern an den Holztischen im Freien essen wir die gegrillten Fleischröllchen und machen Fotos von uns, die wir per WhatsApp an eine gemeinsame Freundin in Rom schicken. Angesichts des quirligen Lebens auf den Bildern schreibt sie zurück: «Man sieht sofort, dass es dort kein Virus gibt.»

Zweite Märzwoche

Eine befreundete Ärztin redet uns die Essenseinladung an sie und ihren Mann aus. Besser nicht. Der ebenfalls eingeladenen Tochter sollten wir bitte absagen, ohne sie wissen zu lassen, dass die Mutter dahintersteckt. Wir tun es.

Eigentlich war das Essen auch für den Besuch eines Freundes und Schriftstellerkollegen aus der Schweiz anberaumt. Er soll Mitte der Woche in Bukarest eintreffen – nicht nur um uns, sondern auch um einen anscheinend todkranken rumänischen Freund und Dichter vielleicht zum letzten Mal zu sehen. Ich rufe in der Schweiz an und gebe zu bedenken, dass eine Reise zu diesem Zeitpunkt ein wenig waghalsig sei. Am nächsten Tag teilt er mit, er wolle dennoch kommen. Tags drauf wieder meldet er sich telefonisch. Er sei schon auf dem Weg zum Flughafen Basel gewesen, da habe ihn die Nachricht erreicht, der Flug sei gestrichen worden. Er wolle sehen, ob er einen anderen buchen könne. Alles vergebens, er muss zu Hause bleiben. Aber wo liegt sein Zuhause? Denn für den täglichen Grenzgänger ins benachbarte Deutschland wird aufgrund der Grenzschließung seine eigene Wohnung jenseits der Brücke: unerreichbar.

Der Ministerpräsidentenkandidat tritt vor der Abstimmung im Parlament überraschend von seiner Kandidatur zurück – er hätte am Ende wegen Corona sogar eine Mehrheit bekommen. Da soll es lieber sein Parteichef machen. Vorgezogene Neuwahlen sind kein Thema mehr. Der Präsident kann, anders als er sich wünschte, eines der korruptionsfreundlichsten Parlamente Rumäniens seit 1990 doch nicht auflösen.

Gott sei Dank aber ist der korrupteste von allen, der Sozialdemokrat Liviu Dragnea, nicht mehr an der Macht. Stattdessen sitzt er im Gefängnis. Neulich hat er aus der Zelle mitgeteilt, der Preis für seine Freiheit wäre zu hoch gewesen, deshalb habe er nicht um sie gekämpft. Was wäre denn der Preis gewesen, wollen Journalisten von ihm wissen. «Rumänien», sagt der noch vor einem Jahr mächtigste Mann des Landes. Ist es nicht großmütig von ihm, dass er Rumänien nicht für sich geopfert hat? Wenn er aber heute noch am Ruder wäre – da hätte er im Schutz von Corona sicher keine Hemmungen mehr besessen, den Staat, besonders die Justiz, zu seinem Vorteil umzubauen, und sein Vorbild Viktor Orbán vielleicht sogar noch übertroffen.

Der Ausnahmezustand wird ausgerufen. Er gilt ab Montag, dem 16. März, für die Dauer eines Monats. Typisch: Die meisten der noch geringen Fälle von Corona-Patienten (zu diesem Zeitpunkt sind es unter hundert) gehen übrigens auf die Ansteckung bei einem ehemaligen Mitarbeiter des Innenministeriums zurück. Der hat die Ärzte bei seiner Einlieferung ins Krankenhaus darüber belogen, dass er vor kurzem im Ausland war. Folglich wird er vorerst nicht als Covid-Patient behandelt. Und gelogen hat er deshalb, weil er den Urlaub nicht mit seiner Frau, sondern mit seiner Geliebten bestritten hat. Am Ende sind es ungefähr sechzig Menschen, die er infiziert, Familienmitglieder, Krankenhauspersonal …

Dritte Märzwoche

Ab Montagabend ist die gesamte Gastronomie geschlossen. Die Straßen leeren sich, auch der *Parcul Izvor*, in dem ich morgens meine Laufrunden drehe, wird von deutlich weniger Leuten durchquert als sonst – die meisten gehören zum Personal des benachbarten Ceauşescu-Palasts, der heute die Parlamentskammern beherbergt, und zu den nahen Ministerien. Am Mittwoch machen wir einen Gang zum Copy-Shop und zur Post. Wir kommen auch im Vergnügungsviertel um die *Strada Lipscani* vorbei, wo ich ein paar Fotos schieße – jetzt wirkt es wie ausgestorben.

Für diese Woche habe ich ein Rückflugticket nach Wien. Ich sehe lieber davon ab, mich auf den Weg zu machen. Wer weiß, ob ich so einfach wieder nach Bukarest und zu meiner Frau käme, die bei ihrer Mutter bleiben will. Am Ende müsste ich in Quarantäne und würde mich dort unter den fluchtartig heimkehrenden Auslandsrumänen auch noch anstecken.

Am Sonntag – schon ist die Ausgangssperre ab der kommenden Woche angekündigt – eine Schlange vor dem Supermarkt *Carrefour*. Hamsterkäufe gab es bereits in den vergangenen beiden Wochen. Um Klopapier reißt man sich übrigens auch hier, nicht nur in Deutschland. Aber die Rumänen haben überhaupt Angst, die Lebensmittel könnten knapp werden. Dass man sie verhungern ließe (*murim de foame*), ist ein gängiger metaphorischer Vorwurf an die Politik. Teils dürfte das auf die Erinnerung an die späten Ceauşescu-Jahre zurückgehen, als der schlimmste Mangel herrschte. Teils hat die rumänische Esslust sicher tiefere historische Wurzeln. Vor zweiundzwanzig Jahren, bei meinem ersten längeren Aufenthalt in Rumänien, meinte unsere Gastgeberin, eine alte Dame, im Karpatenort *Sinaia*, die Rumänen äßen mehr als die Deutschen, deshalb hätten sie auch größere Angst vor dem Hungertod – ein durchaus logischer Schluss, der so verblüffend wie plausibel war. Trotzdem warten die Menschen an diesem Sonntag recht diszipliniert und in angemessenem Abstand darauf, dass man sie nach und nach in den Supermarkt einlässt ... vor der Kirche an der *Calea Victoriei*, wo man den Gottesdienst im Innern mitverfolgt, herrscht hingegen das dichteste Gedränge.

Vierte Märzwoche

Jetzt ist die Ausgangssperre da. Man darf zwar das Haus verlassen, um dringende Einkäufe zu erledigen, auch den Hund ausführen oder einen Spaziergang machen – muss dafür aber eine Erklärung bei sich tragen, die Sinn und Zweck des Aufenthalts im Freien begründet. Bei dieser Erklärung muss es sich um das offizielle Formular handeln, auf dem die entsprechende Rubrik angekreuzt werden soll. Man möge es sich ausdrucken und ausfüllen, heißt es lapidar. Doch welcher Rumäne hat schon einen Drucker bei sich zu Hause. Wir haben zwar tatsächlich einen, der ist aber kaputt. Der Copy-Shop wiederum hat geschlossen. Schwer zu sagen, ob der bürokratische

Aufwand schlicht den Gepflogenheiten des (aufgeblasenen) Apparats entspricht (der sich ja irgendwie legitimieren muss) oder eher zur Abschreckung dienen soll. Wahrscheinlich beides. Jedenfalls schreibt Cristina das Formular zwei Mal vollständig per Hand ab (eine gute alte Schreibmaschine wäre jetzt nicht schlecht!), und zwar mit Bleistift, damit wir die Kästchen jeweils neu ankreuzen und das Datum ändern können.

Jetzt laufe ich also jeden Morgen mit Ausweis und Erklärung in den Park, der noch leerer geworden ist. Die sonst so schlechte Bukarester Luft hingegen hat sich deutlich verbessert (ausgerechnet am Sonntagmorgen werden allerdings hochgiftige Werte gemessen, die Mafia verbrennt offensichtlich mal wieder illegalerweise große Mengen an Müll in der Umgebung der Stadt ...). Bereits am Samstag wird nun auch der *Parcul Izvor* geschlossen, am vergangenen Wochenende waren zu viele Menschen bei schönstem Wetter in den wenigen Bukarester Parks unterwegs. Also muss ich jetzt um meinen Park herumlaufen. Geht auch. Kontrolliert werde ich nicht, schließlich sieht man mir ja an, weshalb ich mich im Freien aufhalte.

Überhaupt bemerke ich vorerst wenig davon, in die eigenen vier Wände eingesperrt zu sein. Ich habe genug zu tun. Ich sitze gerade an der Endfassung zu meinem neuen Roman, habe die Lektoratsanmerkungen vor mir, streiche hier, füge dort hinzu, schreibe ein Kapitel komplett um ... nach dem Joggen sitze ich konzentriert von elf Uhr vormittags bis neunzehn Uhr abends am Schreibtisch.

Schlechter als ich erträgt meine Frau die Ausgangssperre. Sie ist gerne zu Fuß in der Stadt unterwegs. Jetzt ist sie zu einem unserer beiden Zimmer im *Blocul scriitorilor*, dem unter Ceaușescu 1976 errichteten Schriftstellerblock, verdammt. Hier wohnen wir, wenn wir in Bukarest sind, seit 2001 – übrigens im Appartement eines Dichters und Journalisten, der sich 1987 mit fünfzig Jahren das Leben nahm, weil er seine Zeit und Welt nicht mehr ertrug (aber das ist eine andere Geschichte). Purer Zufall, dass ich als (fremdsprachiger) Schriftsteller im *Blocul scriitorilor* gelandet bin. Ein bisschen Sorge habe ich davor, dass sich all die eingesperrten Bewohner (unter denen längst kaum noch Schriftsteller sind) des rund hundert Wohnungen zählenden Blocks mit lauter Musik und sonstigem Krach auf die Nerven gehen werden. Doch bleibt es erstaunlich ruhig.

Bemerkbar macht sich nur die Nachbarin über uns, eine Lehrerin und Möchtegern-Schriftstellerin, wenn sie Sonntagmorgens die Messe am Radio mitverfolgt. Die Frau schreibt kitschige Gedichte für Kinder (die Ärmsten). Zwei Mal hat sie vergeblich einen Aufnahmeantrag für den hiesigen Schriftstellerverband gestellt. Beim dritten Mal wurde sie akzeptiert (schließlich braucht der Verband ja auch Mitglieder). Das zahlt sich für sie aus: Als Mitglied der *Uniunea scriitorilor* erhält sie, wenn sie in Rente geht, eine Zulage von fünfundzwanzig Prozent auf ihre Pension. Fünf Mal hat sie außerdem unser Bad überschwemmt. Und immer behauptet, sie habe damit nichts zu tun. Unsere Rohre seien kaputt – bekanntlich fließt das Wasser ja nach oben. Jetzt wirft sie für die Tauben getrocknete Maisbreireste von ihrem Balkon auf die Straße hinter dem Block, aber so ungeschickt, dass der Maisbrei auf unserem Balkon landet. Da sie sowieso schon ein rotes Tuch für uns ist, ruft Cristina sie an. «Ach, habe ich mich erschrocken», flötet die Nachbarin ins Telefon, «Ihre Grabesstimme ... und das wegen so einer Kleinigkeit. Die *mamaliga* stammt auch gar nicht von mir, muss aus dem neunten Stock kommen. Aber wenn Sie möchten, komme ich gern herunter und mache Ihren Balkon sauber.»

Beides ist typisch für einen bestimmten halb bäuerlich, halb kleinstädtisch provinziellen Menschenschlag in diesem Land: Man lügt wie gedruckt, und zwar mit der größten Nonchalance. Mit der Logik wiederum hat dieser Charakter weniger am Hut (und nicht etwa deshalb, weil die Kommunisten seinerzeit das Universitätsfach Logik abgeschafft haben). Unsere Nachbarin kommt gar nicht darauf, dass sie sich mit ihrem Angebot, unseren Balkon sauberzumachen, selbst als Lügnerin bloßstellt. Wenn sie aber darauf käme, wäre es ihr vermutlich auch egal.

Doch erzähle ich diese Geschichte vor allem deshalb: Sie dürfe gegenwärtig gar nicht zu uns in die Wohnung kommen, entgegnet meine Frau. «Sie könnten sich ja bei uns anstecken.» – «Ach, das glaube ich nicht, dass Sie *sowas* haben», lautet die Antwort. So wird die Krankheit zum Stigma: Nur minder Gläubige oder Fremde aller Art oder Zigeuner oder sonstige Kulturlose können *sowas* haben!

Vor ein paar Tagen schon hat der Parlamentarier Cătălin Rădulescu gegen die Auslandsrumänen gewütet, die *sowas* haben. Rădulescu trägt den Spitznamen *mitralieră* («das Maschinengewehr»). Den hat er sich erworben, als er während der Massenkundgebungen gegen die Regierung von Gnaden Liviu Dragneas im Fernsehen davon sprach, man solle die Menge mit dem Maschinengewehr auseinanderjagen. Als Abgeordneter der Sozialdemokratischen (!) Partei ist er ein gutes Beispiel dafür, wie sich die Sozialisten im EU-Parlament mit Faschisten verbündet haben – sie sollten also nicht mit dem Finger auf die europäischen Konservativen zeigen, die Viktor Orbán noch immer in ihren Reihen dulden, oder sich vorher erst von ihren eigenen schwarzen (oder braunen) Schafen trennen.

Rădulescu kann es der Diaspora nicht verzeihen, dass sie bei den vergangenen Wahlen mit einer Mehrheit von bis zu neunzig Prozent gegen seine Partei gestimmt hat (wenn man sie denn wählen ließ). Jetzt sollen die Auslandsrumänen gefälligst in Italien, Spanien oder überall dort bleiben, wo man sich *sowas* holt, statt das Virus nach Hause zu tragen, verlangt «das Maschinengewehr».

Tatsächlich sind es vor allem die ärmsten der Auslandsrumänen, die in den virenbefallenen Gastländern als Erste ihre Arbeit verloren und keine andere Wahl haben, als nach Hause zu kommen. Einige von ihnen bringen das Virus mit. Doch der Fisch stinkt vom Kopf her. So wie der ehemalige Mitarbeiter des Innenministeriums das Virus nach Bukarest einschleppt, das sich im Schutz seiner Lüge verbreiten kann, so befinden sich bald die schlimmsten Herde in den Krankenhäusern selbst, aufgrund mangelhafter Organisation und des Fehlverhaltens von Spitalsmanagern, die nicht aufgrund ihrer Qualifikation, sondern ihrer Beziehungen bzw. ihres Parteibuchs wegen auf ihrer gutbezahlten Stelle sitzen. Das Krankenhaus von *Suceava* wird zum ersten Verbreiter des Virus – zwei Wochen später, am Ostersamstag, dem 18. April, bestätigt man von den gut 8000 Coronafällen landesweit 2000 allein in *Suceava.* In *Focşani* hingegen hat der Spitalsdirektor, als er schon positiv getestet war, noch einmal einen Rundgang durch «seine» Klinik gemacht und mit allen Mitarbeitern gesprochen. Kein Wunder, dass zehn Prozent aller Infektionen im Land, also 800, auf Ärzte und Krankenhauspersonal entfallen.

Die Schrauben der Ausgangssperre werden weiter angezogen: Wer zur Risikogruppe gehört, das heißt, über 65 Jahre ist, darf, wenn begründet, nur noch zwischen 11-13 Uhr aus dem Haus gehen (später wird noch die Stunde zwischen 20-21 Uhr hinzugefügt). Man solle möglichst eine Schutzmaske tragen, heißt es, doch sind Masken nirgendwo erhältlich ...

Ende März/Anfang April
Cristina hat Angst, Bukarest würde demnächst unter Quarantäne gestellt und wir kämen nicht mehr nach *Măneciu*. Der Ort am Südhang der Karpaten zwischen *Valenii de Munte* und *Brasov/Kronstadt* ist von der Hauptstadt ca. 120 Kilometer entfernt. Dort haben wir einen großen Garten und können uns im Freien aufhalten. Auch das Haus bietet erheblich mehr Platz als die kleine Bukarester Wohnung. Trotz des seit Monaten sonnigsten Wetters – es herrscht Dürre! – ist es aber in den Bergen bei Minusgraden in der Nacht noch zu kalt, und unsere Holz-Zentralheizung leistet nur die notdürftigsten Dienste.

Außerdem stellt sich die Frage, ob wir überhaupt auf unseren kleinen Landsitz fahren dürfen. Lassen das die «Militärbefehle» – so martialisch heißen die Direktiven des Innenministeriums im Zuge des Ausnahmezustands – überhaupt zu? Rätselraten. Cristina sucht im Internet nach Antworten. Schließlich – halbe – Aufklärung. Wer landwirtschaftlich tätig ist, darf seine weit entfernten Obstgärten, Äcker oder Weinberge aufsuchen.

«Wir haben doch auch viel Obst», meint Cristina. Dann ruft sie die Polizei an. Der Polizist, äußerst höflich, nimmt sich viel Zeit für das Gespräch. «Leben Sie von der Landwirtschaft?» Nein. «Mein Mann ist Schriftsteller.» – «Das ist ein guter Grund», sagt der Polizist, «wenn er den Wechsel aufs Land für seine Arbeit braucht, kann man ihm dieses Recht nicht absprechen!» (Was für ein Land, in dem die Schriftsteller derart privilegiert sind!) «Und Sie», fragt der Polizist, «welchen Grund haben Sie?» – «Ich bin seine Frau», sagt Cristina. «Das berechtigt nicht zum Wohnungswechsel», sagt der Mann streng, «gibt es nichts Besseres, das Sie bei der Kontrolle anführen können?» – «Mein Mann hat keinen Führerschein, er käme ohne mich gar nicht in unser Landhaus ...» – «Na ja», man kann es geradezu hören, wie der Beamte bedenklich den Kopf wiegt, «ich rate Ihnen nur, lassen Sie sich einen guten Grund einfallen!»

Erste Aprilwoche

Die Zahlen erhöhen sich fast konstant zwischen 250 und 500 neuen Covid-19-Fällen pro Tag. Ich jogge, arbeite. Cristina leidet. Wir verfolgen den Wetterbericht. Es wird wärmer. Ich möchte vor dem Aufbruch erst meine Arbeit abschließen. Cristina ist einverstanden. Am Sonntag, den 12., will ich fertig sein, am Montag darauf könnten wir es wagen. Ich werde fertig. Wir packen.

Zweite Aprilwoche, Vorosterwoche, Ostersamstag

Ein strahlender Tag. Wir brechen gegen elf Uhr auf. Etwa ein Drittel des Verkehrsaufkommens. So schnell konnten wir die Stadt noch nie durchqueren und verlassen. Wir begegnen drei Polizeikontrollen, werden nirgendwo herausgewinkt.

Wir haben *Măneciu* erreicht. In der hiesigen Region *Prahova* sind am 18. April gerade einmal 51 Corona-Patienten gemeldet. In unserem Garten könnten wir, wenn wir überhaupt nichts anderes vorhätten, das Virus in den kommenden Monaten sicherlich in aller Ruhe aussitzen, abseits der Zivilisation (auch das Internet funktioniert in *Măneciu* äußerst schlecht). Unsere Nachbarin gegenüber, im Haus am Fluss, dreizehnfache Mutter, eine mit siebzig Jahren immer noch rüstige und agile, tagaus tagein schuftende Frau, ist sowieso zuversichtlich: «Ich werde bestimmt nicht an diesem Virus erkranken. Ich war in meinem ganzen Leben noch nicht krank.»

Die Kirche bleibt nun auch über Ostern geschlossen. Und das nicht nur für minder Gläubige. Ab morgen wird man sich über die Gartenzäune zurufen, was man sich sonst zur Begrüßung auf der Straße zurief: *«Cristos a inviat!»*, Christus ist auferstanden ...

Erfahrungsbericht aus der Schwellenzeit

von María Cecilia Barbetta

Sicher ist sicher. Ähnlich wie einer, der sich in dem trügerischen Gefühl wiegt, auf das Kommende – ganz gleich, wie dieses Kommende auszusehen vermag – einigermaßen gut vorbereitet zu sein, indem er im Vorfeld seines Eintreffens große Vorräte an Lebensmittel anlegt, hatte ich mir die Fortsetzung der Monumentalstudie über Leben und Werk H.P. Lovecrafts bereits besorgt, einen Wälzer von Übersetzung aus dem amerikanischen Englisch, der für alle eingefleischten Fans des sogenannten Einsiedlers von Providence ein schwerer Glücksfall zu sein verspricht, nicht nur, weil der zweite und letzte Monsterband ähnlich wie sein Vorgänger mit seinen stattlichen 669 Seiten die Zahlenfetischisten unter den Verfechtern des Okkulten kurz vor Schluss, nach der Überschreitung jener unsichtbaren Schwelle, worauf die Zahl des Tieres als eine Art Menetekel des Grauens hindeutet, mit der Gewissheit in den eigenen Alltag würde wieder entlassen haben, die Gefahr am Ende doch – zumindest vorerst und wie auch immer, theoretisch und bis auf Weiteres ... – überstanden zu haben. Aufgrund des überall verhängten Lockdowns, aufgrund der angepassten Öffnungszeiten und langen Schlangen in manchen Läden hatte ich kein Risiko eingehen wollen und lieber heute als morgen zugeschlagen, obwohl ich die Lektüre des stolzen Auftaktbandes noch vor mir hatte. Jetzt war Ruhe in mir, jetzt konnte auch ich mich daheim eingraben. Ich war kaum über die Vorbemerkung der Eröffnungsschwarte hinausgelangt, als sich prompt auf Seite 40 das anbahnte, was die Literaturwissenschaft einhellig als Riss apostrophiert, um dadurch den Einbruch des Fantastischen in die reale Welt zu kennzeichnen, ja, es bar jeder Panikmache innerhalb eines logisch aufgebauten Gedankengebäudes zu verorten. Auch ich bin von Hause aus keine Befürworterin überzogenen Alarmschlagens; nur dass in diesem (meinem) Fall, den ich mir vorgenommen habe, nach bestem Wissen und Gewissen zu dokumentieren, das hinlänglich von der Sekundärliteratur untersuchte Eindringen des Fantastischen sich nicht wie sonst in der falschen realen Welt des Erdachten zutrug, sondern außerhalb. Auf dass wir uns in Anbetracht der aktuellen Weltkrise nicht missverstehen: Mit *außerhalb* meine ich natürlich *drinnen*, bei mir in der Wohnung, an einem sonnigen Nachmittag, an dem ich in meinem grünen Lesesessel Platz genommen hatte, nicht genüsslich, sondern apathisch eher, weshalb wahrlich nichts vermuten ließ, dass dieser Tag sich von den vorangegangenen maßgeblich unterscheiden würde, jedenfalls nicht, bis die Lektüre des erwähnten Buches meine unspektakulären vier Wände aus den Angeln hob. Die Passage, die für Abwechslung sorgte, indem sie nicht weniger als den Ausnahmezustand auslöste, ein Phänomen, bei dem die Experten, wie gesagt, lieber den Terminus «Riss» angewandt sehen würden, war ein Zitat aus dem regen Briefverkehr Lovecrafts. Der erwachsene Howard schildert an der Stelle rückblickend, wie dem damals Sechsjährigen die vielversprechende Bekanntschaft einer stolzen Dame, die ein Jahrhundert zuvor geboren war und sich demnächst anschickte, ihr rundes Jubiläum zu begehen, *das ungeheure Gefühl eines kosmischen Sieges über die Zeit* vermittelte. Diese kindliche Aufregung, der das Wissen um ein Geheimnis von elementarer Bedeutung vorausgeht, diese antizipierte schrecklich-schöne Erschütterung konnte auch ich verspüren. Eine Vorahnung bemächtigte sich meiner. Aus diesem ungeheuren Konvolut über das Unergründliche schien ein Funke übergesprungen zu sein. Mir war, als hätte mein rechter Zeigefinger, der fürs Blättern darin eingesetzt worden war, als Blitzableiter funktioniert. Mit einem Schlag war ich von einer mir fremden, zugleich aber irgendwie vertrauten Empfindung durchdrungen. Jenen in Ehren ergrauten Zeilen musste ein Energiestrom innegewohnt haben, eine verborgene Kraft, die mich im nächsten Augenblick dazu bewog, wie der Avatar eines blinden Sehers und ohne mich von meinem Lieblingsplatz im grünen Sessel entfernen zu müssen, den rechten Arm nach hinten zu strecken, mich an das Holzregal zu tasten, an die vielen Buchrücken, bis die Hand das kalte runde Metall spürte, das irgendwo inmitten des Bibliothekschaos' sein staubiges Schattendasein fristete.

Ich blickte auf meinen Schoß. Kurzentschlossen klappte ich das Buch, die Büchse der Pandora, zu und dafür die versilberte, aus der Versenkung wieder hervorgeholte Taschenuhr meines Großvaters auf. Die Zeit, hatte ich soeben auf Seite 39 gelesen, sei Lovecrafts persönliche Feindin gewesen. Meine war sie doch auch, und dies, um bei der Wahrheit zu bleiben, nicht erst seit kurzem, sondern seit ewig und drei Tagen. Die Zeit und ich stehen auf Kriegsfuß, seitdem sich in jeder Zelle meines Körpers und in jeder Ecke meines Geistes die quälende Gewissheit ihres Vergehens (meines!, das meiner Liebsten!) eingenistet hat. Der Eingebung weiterhin gehorchend konsultierte ich mein Handydisplay, stellte die Zeit ein und zog die Uhr auf, bis die Feder hinreichend gespannt war. Nun starrte ich mit glänzenden Augen und pochendem Herzen auf dieses andere Blatt. Ich hielt unwillkürlich den Atem an. Der Sekundenzeiger war das Erste, was sich regte. Es folgten der Minuten- und der Stundenzeiger. Eilfertig bewegten sich alle drei um das Ziffernblatt. Das verflixte Ding, das vor einer halben Ewigkeit seinen Geist aufgegeben hatte, funktionierte wieder.

«Es reißt ab», sagte meine Mutter, und in ihrer Stimme klang Verzweiflung mit. «Was sagst du?»

«Leg auf, Mama, ich rufe dich gleich zurück», erwiderte ich.

«Ich kann dich nicht verstehen. Es reißt ab», klagte sie erneut, bevor ich die Verbindung unterbrach. Seit Ende März skype ich sie tagtäglich an. Die Zeitverschiebung zwischen Berlin und Buenos Aires beträgt aktuell fünf Stunden.

«Das kann nicht sein», widersprach sie mir, als sie von der Uhr erfuhr. «Unmöglich.»

«Ist aber so. Sie ist sofort gestartet, Mama.»

«Das glaube ich nicht.»

«Glaub mir einfach.»

«Es muss ein Irrtum sein», insistierte sie. «Als ich sie dir damals geschenkt habe, war sie kaputt. Weißt du noch?» Die Quarantäne macht ihr und meinem Vater sehr zu schaffen. Sie sind voneinander geschieden und leben beide allein.

«Ich weiß nur: Wunder gibt's.» Mein Opa, der einstige Besitzer der Uhr, war als Sohn libanesischer Eltern Anfang des vergangenen Jahrhunderts in Argentinien zur Welt gekommen. Meine Mutter mit ihren 75 und ich mit meinen 47 sind uns, was das betrifft, vollkommen einig: Mein Opa war der fantastischste Mensch, dem wir in unser beider Leben werden begegnet sein.

«Entsinn dich doch: Wir hatten die Uhr oft in Reparatur gegeben. Wegen des emotionalen Werts. Wir wollten, dass sie geht, auf Teufel komm raus.»

«Schon klar.»

«Keine Chance. Erinnerst du dich nicht, wie viele Uhrmacher wir abgeklappert haben?»

«Alle bei uns. Samt und sonders.»

«Ein Geschäft nach dem anderen. Die Uhr deines Großvaters ließ sich unter keinen Umständen in Gang setzen.» Als mein Opa ohne Anzeichen einer Krankheit 1996 verstorben war, exakt eine Woche, bevor ich Buenos Aires verließ, um nach Deutschland zu ziehen, hatte ich zu meiner Mutter etwas gesagt, das uns hätte trösten sollen und es natürlich nicht tat. Ich hatte behauptet, mein Opa, ihr Vater, würde fortan an zwei Orten gleichzeitig sein können.

«Ich kann es dir nicht erklären, Mama. Ich weiß bloß, die Uhr lag all die Jahre hier rum, ohne dass ich ein einziges Mal auf den Gedanken gekommen wäre, sie zu testen, wahrscheinlich, weil ich keinen Zweifel hegte, wie sinnlos es gewesen wäre, bis heute, bis vorhin.»

«Du bist dir sicher?»

«Sehr sicher.»

«Sie geht also.»

«Ja, Mama, sie geht. Sie funktioniert, und ich sage dir, was ich denke.»

«Na?»

«Ich denke, es ist ein Zeichen. Eins, das besagt: Das Leben geht weiter.» Ich sagte nichts von der existentiellen Angst, nichts von der Traurigkeit und Melancholie, die mich mit dem Einbruch der Dämmerung heimsuchten. Ich sagte stattdessen: «Ich habe mir zunächst die alten, liebgewonnenen Kratzer am Gehäuse angeschaut, dann die Krone herausgezogen. Es ist eine Handaufzugsuhr, Mama. Damit sie geht, muss man sie manuell aufziehen. Ich habe es aus Vorsicht bei ein paar Drehungen belassen.»

«Nix mit Automatik; der Regelfall damals. Eine Uhr hatte eine Aufzugskrone ...»

«Ich lese sie wie eine Flaschenpost.»

«Die Uhr, eine Flaschenpost?»

«Eine Botschaft für uns aus einer anderen Zeit, Mama, aus einer vergangenen Ära, damit wir uns zurückbesinnen. Diese

Uhr von Opa will uns an unsere Verantwortung uns selbst gegenüber erinnern. Als wäre nicht früher und nicht später, sondern jetzt, wo wir den Eindruck haben, auf uns zurückgeworfen zu sein, an der Zeit, unser Leben wieder in die Hand zu nehmen. Tag für Tag. Woche für Woche. Damit es weitergeht.»

«Hm ...»

«Glaubst du nicht?»

«Irgendwie doch.»

«Ganz schön merkwürdig, nicht? Die Uhr, die ähnlich wie Opa das Zeitliche gesegnet hatte, fängt just in dem Moment zu laufen an, wo alles um uns herum – die komplette Welt – stillsteht ... Warte mal ...», sagte ich. Ich konnte plötzlich nicht ausschließen, dass meine Mutter nicht doch am anderen Ende der Leitung leise weinte.

«Was machst du?», fragte sie mit hauchdünner Stimme.

«Wenn ich die Uhr von Opa dicht ans Handy halte, kannst du sie vielleicht hören ... Hörst du, wie wundervoll gleichmäßig sie geht?»

«Wer hätte das für möglich erachtet?»

«Fachidioten, echt! ... Und weißt du noch was, Mama?»

«Was, mein Kind?»

«Ich schaue kurz nach und stelle fest: Bei mir ist bereits zwei Uhr nachmittags, aber dein Tag dort hat gerade erst begonnen.»

Denn nicht nur das Coronavirus,
auch Panik ist ansteckend

Das Tagebuch von Peter Stamm

19.3.2020
Wie oft in Krisen zeigen die Leute ihre besten und ihre schlechtesten Seiten. Die einen werden freundlicher, geduldiger, kümmern sich um die, denen es schlechter geht, die anderen denken nur an sich und hamstern panisch und ohne Grund, was sie kriegen können. Aber wer sind diese anderen? Niemand scheint sie zu kennen und doch gibt es kaum noch Toilettenpapier in den Läden.

Aber vielleicht sind die Hamsterer ja die, denen es schlechter geht und mit denen wir Mitleid haben müssten. Nicht, weil sie in einer wirklichen Not sind, aber weil sie Angst haben und ihnen das fehlt, was wir jetzt am meisten brauchen: das Gefühl, in einer Gemeinschaft aufgehoben zu sein, uns aufeinander verlassen zu können, die Krise gemeinsam zu meistern. Klinge ich gerade wie ein Bundesrat?

20.3.2020
Es liegt beim Coronavirus nahe, Parallelen zu hochansteckenden Krankheiten aus der Vergangenheit zu suchen, etwa zur Pest im 14. Jahrhundert. Ich glaube, es war dieser Bericht auf SRF4, der mich dazu bewog, meinen Medienkonsum einzuschränken. Nicht dass Medizinhistoriker Flurin Condrau seine Sache nicht gut gemacht und der Journalistin erklärt hätte, dass die zwei Krankheiten rein gar nichts miteinander zu tun hätten. Wenn der Papst einen Schnupfen hat, kann man auch

Parallelen zur Kreuzigung Jesu suchen. Aber soll man? Ich habe mich jedenfalls entschlossen, nur noch ein- oder maximal zweimal am Tag Radio zu hören oder die Zeitung zu lesen und Berichte wie diesen ganz zu ignorieren. Denn nicht nur das Coronavirus, auch Panik ist ansteckend. Jedenfalls fühle ich mich seither schon ein bisschen gesünder, ohne jemals krank gewesen zu sein.

21.3.2020
Gestern Abend hatten wir Gäste, sehr alte Freunde. Dürfen wir das noch? Wir sind zu viert, sie zu zweit, das macht sechs. Mehr als fünf. Oder zählt jede Familie als eine Person? Jedenfalls tat es gut, mal wieder über andere Dinge als das Virus zu sprechen. Natürlich mit der gebührenden Distanz. Heute Morgen dann im Garten die ungewöhnliche Stille. Wir leben in einem ruhigen Quartier, aber jetzt ist es fast schon unheimlich still, selbst das leise Rauschen der Stadt ist fast verstummt. Nur die Vögel lärmen, als sei alles wie immer.

22.3.20
Ich suche nach einem Wort. Angst trifft mein Gefühl nicht, denn Angst habe ich nicht vor dem Virus. Das englische *gloom* ist mir eingefallen, als ich nach einer genauen Übersetzung suche, finde ich «Trübsinn, Schwermut, Finsternis, Düsterheit». Aber auch das trifft es nicht. Am ehesten könnte man das Gefühl als ein Rezept beschreiben: Man nehme etwas Sorge, etwas Nervosität, etwas Verwunderung, ziemlich viel Unruhe, ein paar Vorahnungen, Unentschlossenheit, Antriebslosigkeit und doch auch eine Prise Zuversicht. Das Gefühl kommt und geht in Wellen. Manchmal verschwindet es ganz, und ich den-

ke, was viele sagen: Uns geht es ja gut, kein Vergleich mit dem, was andere Menschen erleben und aushalten müssen, nur keine Wehleidigkeit. Räum dein Büro auf, führe die Buchhaltung nach, geh spazieren. Aber Gefühle lassen sich nicht mit Argumenten bekämpfen, man hat sie einfach, bis sie anderen Platz machen.

24.3.2020
«Nach Corona wird nichts mehr sein wie zuvor», hieß es gestern in einem Artikel von Wolfgang Sofsky in der *NZZ*, heißt es jetzt an vielen Orten. Dasselbe las man nach 9/11, und es hat mich schon damals so genervt, dass ich eine Woche nach den Anschlägen in der längst verschwundenen Gratiszeitung *Metropol* Folgendes schrieb:

«Nach diesem Tag werde alles anders sein, sagten die einen, und die anderen, es sei der Beginn einer neuen Zeitrechnung oder des 21. Jahrhunderts. Aber das ist Unsinn. Als 1994 fast achthunderttausend Tutsis von Hutu-Milizen umgebracht wurden, sprach kein Mensch vom Beginn einer neuen Zeitrechnung, und niemand fand damals, dass die Welt nie mehr sein werde wie vorher.»

Wolfgang Sofskys Text ist weit weniger alarmistisch, als die *NZZ* ihn übertitelt hat, aber entlarvend ist vielleicht dieser Satz: «Doch wenn Tod und Überleben zum zentralen Thema der Gesellschaft werden, erlangt derjenige besonderes Charisma, der den Ausnahmezustand ausruft.» Es wimmelt im Moment von Untergangspropheten und sie kriegen mehr Gehör als jene, die mit Vernunft und Augenmaß argumentieren. Wir sind in einer Krise, ja, aber die Welt bricht nicht zusammen. Schon jetzt setzt die Krise viel kreatives Potenzial frei, und wenn sie einmal ausgestanden ist, wird es noch viel mehr sein. Unser

Wirtschaftswachstum wird in diesem Jahr bestimmt kleiner sein als in den Jahren zuvor, und vielleicht werden ein paar Leute begreifen, dass eine Wirtschaft nicht jedes Jahr wachsen muss, um zu überleben, und dass es noch andere wichtige Dinge gibt als das BIP. Sicher aber wird die Welt nach der Krise ziemlich schnell wieder die sein, die sie war. Inklusive der Leute, die auch beim nächsten Schock wieder behaupten werden, die Welt werde nie mehr dieselbe sein. Diese Meinung ist nicht sexy, nicht aufregend, hat kein «besonderes Charisma», aber ich wette, dass es so sein wird.

26.3.2020

Die Vögel sind zu den Hauptakteuren meiner frühen Morgenstunden geworden, wenn ich als Erster aufstehe und hinausgehe, um eine Zigarette zu rauchen. Die Stare nisten sich dieses Jahr vielleicht wirklich in der Baumhöhle im alten Apfelbaum ein. Die Ringeltauben sind wieder da und spazieren auf dem Rasen herum und picken nach irgendetwas, die Kohlmeisen sind in der Kälte wieder dankbar für das Futter. Kürzlich habe ich eine Elster beobachtet, die es schaffte, von einem Ast aus einen Meisenknödel, der dort hing, mit dem Schnabel hochzuziehen. Mit so viel Geschicklichkeit hat sie sich das Futter redlich verdient.

Es wäre eine gute Gelegenheit, Vogelstimmen zu lernen. Man hört sie besser, jetzt, wo die Stadt ruhiger geworden ist. Auch ich bin ruhiger geworden, habe mich an den langsameren Rhythmus gewöhnt. Und eigentlich ist mein Leben sonst ja auch nicht viel aufregender. Das langsame Schreiben, das Nachdenken, die Spaziergänge. Ich habe meine Wege in die Außenquartiere verlegt, dort sind weniger Leute unterwegs als im Wald, wo jetzt alle spazieren.

27.3.20
Schreiben hat viel mit Energie zu tun. Wenn mir ein literarischer Text nicht gefällt, hat es oft weniger mit der Sprache oder dem Inhalt zu tun als damit, dass er keine Energie hat, keine Kraft, keine Entschiedenheit. Die Energie kann beim Schreiben von überallher kommen, wer verliebt ist, steckt seine Liebe in den Text, wer wütend ist, seine Wut, wer glücklich ist, sein Glück, wer unglücklich ist, sein Unglück. (Hass, denke ich, macht keine guten Texte.) Hauptsache, der Text enthält die Kraft des Gefühls, das der Autor oder die Autorin empfindet. Die Aufgabe wäre es nun, die Kraft der Gefühle, die die gegenwärtige Situation erzeugt, in den Text zu bringen. Bis vor ein paar Tagen gelang es mir nicht, die Energie war zu ungerichtet, die Gefühle waren zu verworren, aber seit ein, zwei Tagen scheint sich etwas zu klären und es könnte gelingen. Aber *the road is long*, es kann noch alles schiefgehen. Das ist das Schöne an diesen Expeditionen ins Ungewisse, die Schreiben bedeutet.

1.4.2020
Eigentlich wäre heute der Tag der Aprilscherze. So im Stil: Um 14 Uhr wird im Hauptbahnhof Zürich gratis Toilettenpapier abgegeben, bitte alle hinkommen. Aber darauf hat wohl wirklich niemand Lust. Aprilscherze waren ja schon immer nur der eher hilflose Versuch von Amateurhumoristen, auch mal lustig zu sein, man würde ihr Ausbleiben wohl kaum vermissen. Dabei sind Krisenzeiten ja Hochzeiten für Satiriker und Humoristen, aber auch die Reaktion der Profis auf das Coronavirus ist eher bemüht und selten lustig. Selbst *Titanic*, dem deutschen Satiremagazin, fällt nicht viel mehr ein als Toilettenpapier und versiffte Home-Offices. Ein Rettungspaket für

Künstler: Whisky und Zigaretten. Selten so gelacht. Vielleicht ist das Virus trotz seiner Omnipräsenz zu unsichtbar und die Gefahr gleichzeitig zu real für Witze. Manchen Karikaturisten und Humoristen mag es gehen wie dem Mann in einer Karikatur von Wilbur Dawbarn, von der die *NZZ* berichtet. Er sitzt vor dem Fernseher, in dem Corona-News laufen, und sagt zu seiner Frau: *«God, I miss Brexit.»* Aber es ist zu befürchten, dass Aprilscherze so wenig abwendbar sind wie der Wechsel zur Sommerzeit. Also aufpassen, nicht alles glauben, was in den Zeitungen steht.

2.4.2020

Schreiben hat – wie alle Künste – nicht nur mit Energie zu tun, sondern auch mit Präsenz. Der Titel von Marina Abramovics Performance, *The Artist Is Present*, könnte wohl für die meisten gelungenen Kunstwerke gelten. Präsenz ist in unruhigen Zeiten besonders schwer zu erreichen, ich bin ziemlich sicher, dass in ruhigen, in langweiligen Zeiten die bessere Kunst entsteht als in Krisenzeiten. Die Ablenkung kommt nicht nur von außen, sondern auch aus dem eigenen Kopf, wenn die Gedanken sich drehen, Probleme einen beschäftigen. Meine Taktik, mich zu konzentrieren, ist, mich zu langweilen. Ich lege Patiencen auf dem Computer, wohl das langweiligste Spiel, das jemals erfunden wurde, bis ich ganz ruhig bin und an nichts mehr denke als an den Text. Wenn das nichts hilft, bleibt mir nur noch das Spazierengehen, die immer gleichen Wege.

3.4.2020

Heute bin ich mit M. im Tessin am Filmen. Schon auf den Hinweisschildern auf der Autobahn «Stopp. Corona. Bleiben Sie jetzt zu Hause». Aber wir haben einen Auftrag und ein gutes Gewissen. Die Gotthardautobahn ist fast leer, auch die Straßen im Tessin, die Dörfer sind ausgestorben. Noch nie habe ich die Leventina so leise erlebt, nur die Wasserfälle rauschen, ein Hund bellt und ein paar Krähen rufen.

6.4.2020

Ich kann mich noch gut an Zeiten erinnern, in denen ich in New York einen Brief nach Hause schrieb – Telefonieren war viel zu teuer – und, wenn es gut ging, zwei Wochen später eine Antwort erhielt. Heute kriege ich Mails aus der ganzen Welt und nur die Zeitverschiebung führt manchmal zu kleinen Verzögerungen in der Kommunikation. Vom befreundeten Schriftsteller, der in Teheran in der Selbstquarantäne sitzt, von der Verlagsfrau meines New Yorker Verlages, die von Vermont aus arbeitet, vom mexikanischen Kollegen, der schreibt, Mexiko sei wie üblich hintennach und ihr *«not so brilliant president»* habe eben erst die Quarantäne verordnet. Witzige und nachdenkliche Mails aus New York, Ljubljana, aus Wien, aus Berlin. Und dann schreibt aus dem digitalen Nirgendwo auch noch Car Del Mar, eine Mietwagenfirma, bei der ich vor Jahren mal ein Auto auslieh, dass meine Sicherheit für sie höchste Priorität habe. Die größten Töne spucken immer die, die man gar nicht wirklich kennt, Swisscom, die Migros, Sunrise. Das Pathos der Großkonzerne.

7.4.2020

Jetzt hat der Bund endlich auch an die Kulturschaffenden gedacht. Als die Maßnahmen für die Stützung der Fleischindustrie bekannt gegeben wurden, dachte ich schon, die Politiker kümmerten sich lieber ums Filet und ums Entrecôte als um Bücher und Musik, man sieht sie ja auch häufiger bei Banketten als bei Kulturveranstaltungen, aber jetzt hat es ja doch noch geklappt.

9.4.2020
Früher hat mich das immer gestört, dass ich mich viel zu schnell an alles gewöhnte, an die neue Arbeitsstelle, den Ferienort, sogar an Menschen, die in mein Leben traten. Schon nach ein, zwei Wochen war es, als seien sie immer da gewesen. Jetzt bin ich ganz froh, dass wir uns so schnell an veränderte Bedingungen anpassen. Wie war das noch mal vor Corona? Haben wir uns da tatsächlich die ganze Zeit rumgetrieben? Haben uns die Hände geschüttelt, uns auf die Wangen geküsst? Ich werde nie wieder Toilettenpapier kaufen können, ohne mich ein bisschen zu schämen. Der Roman harzt. Ein schönes Wort für eine unschöne Sache.

14.4.20
Die Pest von Albert Camus soll sich im Moment sehr gut verkaufen. Mindestens so passend ist *Der Mensch erscheint im Holozän* von Max Frisch, das ich gestern nach wohl dreißig Jahren wiedergelesen habe. Herr Geiser steckt in seinem Haus im Onsernonetal fest, nicht wegen eines Virus, aber weil es nicht aufhören will zu regnen und die Straße aus dem Tal gesperrt ist. Irgendwann versucht er den Ausbruch über die Berge, aber als er es schon fast geschafft hat, beschließt er umzukehren. Es ist ein bisschen peinlich, aber ich habe tatsächlich gehofft, dass er es diesmal schafft.

18.4.20
Eric Gujer, Chefredakteur der *NZZ*, bewirbt sich um das Wort des Jahres, wenn er vom «Seuchen-Sozialismus» schreibt und dabei wohl weniger den Sozialismus in Zeiten der Seuche als die Seuche des Sozialismus meint. Es ist wahr: Den Superliberalen schwimmen die Felle davon, jetzt, wo ganz viele merken, dass wir einen starken Staat und einen starken Bundesstaat brauchen, dass öffentliche Verkehrsmittel in Krisenzeiten besser funktionieren als privatisierte und unsere Sozialwerke nicht nur *nice to have* sind, sondern essenziell für das Weiterfunktionieren der Wirtschaft. Gujers kurzer Gedanke: Firmen hätten halt vorsorgen müssen. Aber wenn nicht einmal die Seuchenexperten die Gefahr eines totalen Shutdowns vorausgesehen haben, wie sollten es der Barbesitzer, die Modedesignerin, der Blumenhändler oder die Buchhändlerin? In Branchen, die ohnehin schon in der Krise sind und in denen keine exorbitanten Gewinne gemacht werden können, ist es schwierig, Reserven zu bilden. Viele kleine und mittlere Betriebe kalkulieren ihre Preise so, dass sie überleben können, auch wenn sie einmal ein schlechteres Jahr haben. Dass man ihnen das Geschäften für Monate ganz verbietet, damit mussten sie wirklich nicht rechnen. Die Seuche, Herr Gujer, ist der übertriebene Liberalismus. An Orten, an denen er herrscht, bedeuten Seuchen noch viel mehr Elend, nicht nur medizinisches, sondern auch noch wirtschaftliches. Seien wir froh, dass das in der Schweiz nicht der Fall ist.

19.4.20
Ein kleiner Nachtrag zu Eric Gujers Artikel über «Seuchen-Sozialimus», in dem der Chefredakteur der *NZZ* findet, Unternehmen hätten Reserven bilden müssen, statt sich auf die

Hilfe des Staates zu verlassen. In einer Medienmitteilung teilte die *NZZ* vor einiger Zeit mit: «Die *NZZ Mediengruppe* hat aufgrund der wirtschaftlichen Folgen der Corona-Krise entschieden, per April Kurzarbeit zu beantragen. (…) ‹Damit sind wir in der Lage, uns personell optimal aufzustellen und unser Qualitätsversprechen vollumfänglich einzulösen›, wird Eric Gujer, Chefredaktor der *Neuen Zürcher Zeitung* in der Medienmitteilung zitiert.»

Ich hatte den Auftrag, einen Text für *Bücher am Sonntag* zu schreiben, den ich rechtzeitig abgeliefert habe, der aber wegen reduziertem Umfang des Magazins vorerst nicht publiziert und wohl auch nicht bezahlt wird. Den beträchtlichen Erwerbsausfall, den ich wegen der Corona-Krise habe, werde ich voraussichtlich selber tragen, ich habe in guten Jahren Reserven bilden können. Herr Gujer wird gemäß der Medienmitteilung der *NZZ* sein Gehalt vollumfänglich erhalten. Es lebe der Sozialismus!

22.4.20

Seit mein üblicher Spazierweg zur neuen Flaniermeile Winterthurs geworden ist, muss ich mich tiefer in den Wald schlagen, um noch in Ruhe an meinem Text herumdenken zu können. Lustigerweise haben all die Wege im Wald Namen: Harzighöllweg, Schneisenstrasse, Hasenstrasse, Untere und Obere Fuchsstrasse, Hirschensprungstrasse. Baumnummern gibt es im Wald allerdings noch keine, nur in der Stadt, wo ich schon an manchem Baum ein kleines Metalltäfelchen mit einer Nummer bemerkt habe. Dafür haben die Stapel mit Baumstämmen der gefällten Bäume Nummern, wie ich auf meinem gestrigen Spaziergang bemerkt habe. Die Fantasie und der Ordnungssinn der Schweizer kennen keine Grenzen. Aber zumindest den Tieren Namen zu geben ist ja quasi ein göttlicher Auftrag, eine Stelle aus der Schöpfungsgeschichte, die ich immer seltsam, aber auch sehr hübsch gefunden habe: «Und Gott der Herr machte aus Erde alle die Tiere auf dem Felde und alle die Vögel unter dem Himmel und brachte sie zu dem Menschen, dass er sähe, wie er sie nennte; denn wie der Mensch jedes Tier nennen würde, so sollte es heißen.»

29.4.20

Ein kurzer Mailwechsel mit meiner amerikanischen Verlegerin (die auch Psychotherapeutin ist). Ich berichte ihr von den Schwierigkeiten mit meinem neuen Roman. Natürlich hast du Schwierigkeiten, schreibt sie, wir haben schon auf der letzten Buchmesse darüber gesprochen, dass es Zeit wird, eine Tür zu öffnen aus diesen und jenen Gründen. Und während sie mich an unser Gespräch erinnert, merke ich, dass im Text genau das geschieht, was sie damals vorausgesagt hat. Und dass meine Schwierigkeiten vielleicht weniger literarisch als psychologisch sind. Probleme, ja, schreibe ich zurück, aber Probleme sind schließlich das Interessante beim Schreiben.

Heute war ich mit dem Kanu in Deutschland, aber nur auf dem Wasser, nicht an Land, das ist erlaubt. Die patrouillierende Grenzwache hat mir trotzdem ein bisschen Angst gemacht.

1.5.20

Gestern oder heute hätte ich nach San Francisco fliegen sollen zum Bay Area Festival. Vielleicht dreimal habe ich schon abgesagt, jetzt, wo ich endlich gehen wollte, musste das Festival absagen. Von San Francisco wäre es weitergegangen nach Washington und schließlich nach New York ans Pen World Voices

Festival, das vor sechzehn Jahren gegründet wurde, um «die internationale Literatur zu feiern und kulturellen Isolationismus zu bekämpfen», wie es auf der Homepage heißt. Nach der Corona-Krise wird dieser Kampf noch viel wichtiger sein, denn Quarantänemaßnahmen behindern nicht nur die Ausbreitung des Virus, sondern auch die internationale Verständigung und das Verständnis füreinander. Das *think globally* darf beim *act locally* nicht vergessen werden.

6.5.20

Als ich ein Kind war, war Konstanz für uns die nächste Stadt (sorry, Frauenfeld). Wir waren nicht oft da, aber ein Teil des Vergnügens war es, dass wir beim Grenzübertritt die Ausweise zeigen mussten. Später wurde es ganz selbstverständlich, die Grenze einfach so zu passieren. Nicht als Einkaufstouristen, ganz einfach, weil Konstanz und der Thurgau zusammengehören wie Basel und Lörrach oder Chiasso und Como. Man lebt in unterschiedlichen Ländern unter unterschiedlichen Gesetzen, aber kulturell ist man verbunden, man besucht sich, heiratet sich, arbeitet zusammen. Von Gottlieben, von meiner Schreibklause aus bin ich zu Fuß zur Grenze gegangen. Schon von Weitem sah ich ein Armeefahrzeug dort stehen, Soldaten, die die Grenze bewachten, wie wohl seit fünfundsiebzig Jahren nicht mehr. Die Grenze selbst war mit einem doppelten Zaun gesichert, an den sich von beiden Seiten Menschen lehnten, die miteinander sprachen, wie Nachbarn von ihren Balkonen aus. Zugleich ein trauriges Bild und ein hoffnungsvolles.

7.5.20
Eines der großen Rätsel bei den Maßnahmen gegen die Corona-Krise sind die Geldbeträge. 280 Millionen für die Kultur, 65 Millionen für die Kinderbetreuung oder besser 100 Millionen? 67 Millionen für den Tourismus, 50 Millionen für Geschäftsmieten, 1,275 Milliarden Kredite für die Luftfahrt. Wer denkt sich diese Beträge aus? Begründet wird nie einer, es geht nur immer um mehr oder weniger. Und dann gibt es den Fall der Churer Buchhändlerin, von dem die *WOZ* berichtet. Sie kriegt Fr. 1.60 pro Tag dafür, dass sie ihren Laden schließen musste. Und jenen der befreundeten Musikerin, die Fr. 20.- pro Tag kriegt, weil sie keine Konzerte mehr geben kann. Ein Muster ist erkennbar: Wer bisher wenig verdient hat (auch wenn er viel gearbeitet hat), kriegt jetzt noch weniger. Das soll wohl auf eine verquere Art gerecht sein. Denn Krise hin oder her, wir wollen doch auf keinen Fall eine gerechtere Gesellschaft, wenn die Situation sich wieder beruhigt hat. Ich bin kein Freund des bedingungslosen Grundeinkommens, aber ein bisschen bedingungsloser könnten die Unterstützungsgelder in der Krise schon verteilt werden. Es sollte nicht darum gehen, die gesellschaftlichen Unterschiede zu zementieren, sondern Menschen beim Überleben zu helfen.

11.5.2020
Wenn man am Schreiben ist, fließt – selbst wenn man Romane schreibt, die in der Zukunft oder der Vergangenheit spielen – die eigene Zeit wohl immer mit in den Text ein, oft von Tag zu Tag. Regnet es wochenlang nicht, wird das auch das Wetter in meinem Roman beeinflussen, der Supermond, der gelegentlich auftritt, hat es schon in zwei meiner Texte geschafft und – wie ich kürzlich durch Zufall feststellte – auch in einen

Song von Sophie Hunger. Man könnte meinen, diese Zufälligkeit widerspreche dem künstlerischen, jedes Wort, jede Note, jeder Pinselstrich müssten bewusst geschrieben oder gesetzt sein, aber kein Kunstwerk wächst in der sterilen Umgebung eines Labors, ich denke, es braucht die kleinen Zufälle, Verunreinigungen, selbst Fehler, um der Kunst ihre Lebendigkeit zu geben. Ein Satz des Protagonisten meines neuen Romans hat ganz bestimmt mit der gegenwärtigen Situation zu tun, in der die Zeitungen voll sind mit Meinungsbeiträgen und jeder mittelmäßige Politiker sich zum Seuchenspezialisten berufen fühlt:

«Meinungen auszutauschen hat mich nie interessiert. Ich versuche, keine Meinungen zu haben, sie stören nur und bringen Unruhe ins Leben und Unzufriedenheit.»

P.S.: Ich habe natürlich schon Meinungen, aber ich finde es nicht nötig, sie dauernd und mit jedem zu teilen. Vor allem, wenn sie nicht auf Wissen basieren, sondern eben einfach nur Meinungen sind.

13.5.20

Vorgestern hatte ich meinen ersten Online-Live-Event. Nachdem ich schon für die unterschiedlichsten Zielgruppen ein Dutzend Filmchen gedreht und Textchen geschrieben hatte, jetzt also ein Live-Auftritt. Die Buchhandlung, in der ich virtuell auftrat, ist in Washington DC, mein Gesprächspartner saß irgendwo in Michigan (glaube ich), ich in Winterthur, und die Zuschauer und Zuschauerinnen hätten irgendwo auf der Welt sein können. Dass das möglich ist, ist schon beeindruckend, aber nachdem wir in zwei Probeläufen die technischen Probleme einigermaßen gelöst hatten, blieb doch vor allem ein Gefühl des Ungenügens und die Erkenntnis, dass eine reale

Lesung, eine reale Begegnung sehr viel mehr ist als zwei Menschen, die miteinander reden. Es ist gut, dass es all die technischen Möglichkeiten für virtuelle Begegnungen gibt, aber vor allem sollten sie uns daran erinnern, dass die reale Welt unendlich viel reicher und komplexer und schöner ist, als Bits und Bytes das jemals darstellen können.

14.5.2020
In der *NZZ* warnt die Kinderärztin Susanne Stronski, Co-Leiterin des Gesundheitsdienstes der Stadt Bern und Vorstandsmitglied der schweizerischen Gesellschaft für Pädiatrie, davor, dass Kinder, die auf den Schulsport verzichten müssten, sich zu wenig bewegten, was ihrer Gesundheit schade. Mag sein. Aber könnte es nicht auch sein, dass der Schulsport schon immer all jenen die Freude am Sport vergällte, die nicht zu Höchstleistungen fähig waren. Würde der Schulsport es schaffen, den Kindern die Freude an der Bewegung zu vermitteln, würden sie diese wohl auch im Lockdown nicht verlieren. Aber die Sportlehrer scheinen seit meiner Schulzeit nichts dazugelernt zu haben. Noch immer werden Kinder damit terrorisiert, irgendwelche absurden Leistungen erbringen zu müssen und Normen zu erfüllen, als würde es ihr Leben verbessern, wenn sie einen halben Meter weiter springen könnten. Sport, so lautet die Definition, ist körperliche Bewegung um ihrer selbst willen. Aber statt den Kindern die Freude an der Bewegung und an ihrem Körper zu vermitteln, orientiert sich der Schulsport noch immer am Leistungssport, in dem junge Menschen ihre Körper ruinieren, um Leistungen zu erbringen, die absolut bedeutungslos sind. Oder glaubt irgendjemand tatsächlich, dass es die Menschheit auch nur einen Millimeter weiterbringt, wenn jemand es schafft, hundert Meter in neun

statt in zehn Sekunden, Verzeihung, in 9,5 statt 9,58 Sekunden zu rennen? Der Sport gehört zur Unterhaltungsindustrie, dagegen ist nichts einzuwenden, aber wir sollten aufhören, so zu tun, als würde er bessere Menschen aus unseren Kindern machen. Und wir sollten aufhören, Kinder im Sportunterricht zu quälen. Vielleicht kriegen sie dann auch wieder Lust, sich zu bewegen, ganz ohne Druck und nur aus Freude an der Bewegung, und egal, ob Lockdown ist oder nicht. (Und wenn man diesem Beitrag anmerkt, dass ich persönlich betroffen bin, umso besser. Ich bewege mich gern und vermutlich mehr als die meisten Menschen, auch wenn meine Sportlehrer alles getan haben, um mir die Freude daran auszutreiben. Dabei war ich einfach einer der Kleinsten in der Schule, klar konnte ich weniger schnell rennen oder weniger hoch springen als die anderen.)

Toilettenpapier. Denken Sie darüber nach

Corona einmal um die Welt – Teil II

Toilettenpapier. Denken Sie darüber nach

von T.C. Boyle

Aus dem Englischen von Ingo Herzke

Seit Beginn des Lockdowns war ich zwei Mal im Supermarkt. In normalen Zeiten, die schon so weit zurückliegen, dass die Erinnerung verblasst, ging ich beinahe täglich einkaufen und besorgte, was für den Haushalt und die stetige, gleichmäßige Versorgung meiner Frau mit Fleisch und Wein notwendig war (ihre Diätvariante heißt »So viel Fleisch wie du essen und so viel Wein wie du trinken kannst«). Wir leben in einem Dorf an der mittleren Küste Kaliforniens, einen kurzen Fußweg vom Strand, von Bars, Restaurants, Cafés, der Bank und, am wichtigsten in diesen grässlichen Zeiten, dem Supermarkt entfernt, und hielten diese Annehmlichkeiten wie so viele Menschen für selbstverständlich. Jedenfalls bis zum Lockdown. Jetzt lauern beim Einkauf, früher ein gar nicht unangenehmer Teil meines Tagesablaufs, überall Gefahren.

Als der Lockdown vor über einem Monat begann (ich schreibe diesen Text Mitte April), wurde mein Sohn, der Ende nächsten Monats sein Medizinstudium abschließen wird, aus dem Krankenhaus in Los Angeles abberufen, wo er sein Praktisches Jahr absolvierte, weil das Risiko für Medizinstudenten als zu groß eingestuft wurde. Er kam nach Hause. Wenn ich mich jetzt also in das Chaos und den Schrecken des Supermarkteinkaufs stürzen muss, habe ich immerhin meinen persönlichen Arzt an der Seite, der rigoros über die vorgeschriebenen Abstände wacht und mich vor den achtlosen wandelnden Ansteckungsherden beschützt, in die sich meine Mitmenschen verwandelt haben. Wir sind beide mit Schutzmasken und OP-Handschuhen angetan (ich wollte eigentlich einen Chemikalien-Schutzanzug, aber die waren ausverkauft), und wir halten unsere Ladengänge so kurz und effizient wie nur möglich. Beim ersten Mal, vor drei Wochen, waren dem Supermarkt erschreckend viele Waren ausgegangen: keinerlei Seife oder Handwaschlotion in den Regalen, auch kein Toilettenpapier oder Putzmittel, fast alles Fleisch ausverkauft und die übliche Fülle an Waren und Wahlmöglichkeiten stark eingeschränkt. Vor einer Woche war die Versorgungslage wieder mehr oder weniger normal, nur Toilettenpapier gab es immer noch nicht.

Toilettenpapier. Denken Sie darüber nach. Sicher, es ist eine Notwendigkeit, aber wie viel davon braucht jeder Einzelne? (Es handelt sich ja nicht um eine Cholera-Epidemie.) Ich vermute, dass viele Menschen es als Stärkeeinlage in Suppen und Eintöpfen verwenden, denn eine weitere Ware ist vollständig aus den Regalen verschwunden: Pasta – von Reis und Trockenbohnen ganz zu schweigen. Wir hatten zum Glück noch einen Restvorrat an Toilettenpapier im Haus, doch damit das länger reicht, verrichten meine Frau und ich unser Geschäft draußen auf dem Komposthaufen und spritzen uns danach gegenseitig mit dem Gartenschlauch ab. Das ist nicht ideal, aber die Zeiten sind hart.

Tatsächlich habe ich in meiner langen Lebenszeit noch nichts Vergleichbares erlebt. Am Nächsten kam dem hier in meinem Dorf noch die Erdrutschkatastrophe, die uns vor zwei Jahren im Januar heimsuchte. Nachdem Waldbrände die Berghänge entkleidet hatten, die über dem Dorf aufragen, tobte in den finsteren Frühmorgenstunden ein Jahrhundertgewitter über uns. Die folgende Schlamm- und Schuttlawine wälzte sich zum Meer hinab, zerstörte unzählige Häuser und brachte dreiundzwanzig meiner Nachbarn um. Einen vollen Monat lang unterlagen wir einer strikten Ausgangssperre. Aber so schrecklich dieses Ereignis auch war, es betraf doch nur uns – der Rest der Welt war dieser besonderen, willkürlichen Gefahr nicht ausgesetzt. Jetzt aber, in der Covid-19-Pandemie (die ich so ähnlich vor fast zwanzig Jahren in meiner Kurzgeschichte *Nach der Pest* vorhergesagt habe, ich wurde also nicht komplett davon überrascht), ist die ganze Welt betroffen.

Das Schlimmste von allem ist die Beklommenheit, die uns jeden Morgen begrüßt. Nichts verändert, nichts rührt sich. Die Erde dreht sich, und wir bleiben unbewegt (jedenfalls metaphorisch; in Wirklichkeit rasen wir mit über hunderttausend Stundenkilometern um die Sonne). Und ich? Ich tue das, was ich immer tue: Schreiben – nach meinem langen Arbeitsweg vom Schlafzimmer durchs Badezimmer zu meinem Schreibtisch, wo ich nun sitze und diese Sendung an Sie verfasse. Wie bei unserer vorherigen Katastrophe genieße ich die Stille, die Abwesenheit menschlicher Aktivität, das Fehlen von Luftverschmutzung, Lärm, vom rasenden Tempo des Lebens, das uns die Zeit zum Nachdenken raubt und uns nur eine sehr flüchtige Beziehung zur Natur erlaubt. Das alles ist eine Veränderung zum Guten, aber meine Gedanken sind auch bei allen, die von der Krankheit betroffen sind, die Arbeit, Lohn, Lebensunterhalt verloren und nichts zu essen haben. Das sind die Leidenden, die wirklich Leidenden, und ob Sie zu jenen gehören oder nicht: Ich rechne damit, dass sich in nicht allzu langer Zeit alles zum Besseren wendet. Ja, die Sonne wird wieder scheinen, wir werden alle in unsere Autos, Züge, Busse und Flugzeuge steigen und wieder zur Tagesordnung übergehen, wieder wollen und kriegen und wünschen und ganz und gar vergessen, dass wir Lebewesen wie alle anderen auch sind, Kinder der Natur und ihres strengen und unerbittlichen Vaters, des Todes.

Metaphern in Zeiten der Epidemie

von Christina Viragh

Es ist Krieg, unsere Helden, die Ärzte und Pflegefachleute, kämpfen im Schützengraben gegen den Feind, Covid-19.

Ich stehe vor dem Hauseingang in meiner menschenleeren, autofreien römischen Straße und schaue zum ungestört blauen Himmel hinauf. Nichts fällt von da oben. Nicht einmal aufs Verteidigungsministerium auf der anderen Straßenseite. An den Hausmauern entlang kämpfen sich keine Soldaten mit Maschinengewehren Schritt für Schritt vor. Das Gerumpel aus dem Erdinneren ist die Metro, die zwar weitgehend ohne Passagiere, aber nach Fahrplan verkehrt, so wie der ganze *trasporto pubblico*. Die Bäckerei ist geöffnet.

Es ist nicht Krieg.

Und was ist ein Held?

Wikipedia: «... eine Person, die eine Heldentat, also eine besondere ausseralltägliche Leistung vollbringt.»

Über das Wort «außeralltäglich» ließe sich diskutieren, aber da die momentane Situation auch außeralltäglich ist, kann man es akzeptieren. Unter den heroischen Fähigkeiten nennt Wikipedia Mut und Aufopferungsbereitschaft. Richtig, trifft auf die Ärzte und Pflegefachleute zu.

Es ist nicht Krieg.

Wir haben Helden. Helden des Außeralltags.

Man gewöhnt sich an das Wort, es geht längst nicht so gegen den Strich wie etwa «Schützengraben». Diese Metapher steht nun wirklich Kopf. Allein schon, weil unsere Helden in Gebäuden kämpfen, die in die Höhe ragen, Spitälern, Pflegeheimen, schlimmstenfalls Zelten. Gräben sind das alles nicht. Krieg ist ja auch nicht, wozu also diese Einrichtung aus dem Ersten

Weltkrieg. Aber es ist nichts zu machen, man hört es immer wieder: *I nostri eroi in trincea.* Soll man im Außeralltag, der in diesem April in Italien schon eine Weile dauert, die kopfstehende Metapher und das Pathos gelten lassen?

Ich meine, nein.

Wenn wir lange in solchen Begriffen denken, sind wir am Ende so. Und wir denken schon lange, sehr lange, seit der Steinzeit, in solchen Begriffen, und wir sind so. So pathetisch darauf angewiesen, dass Metaphern die Wirklichkeit in dualistische Formeln verpacken. Wir hier mit unseren Helden, dort der Feind. Bekämpfen, niederringen, ausrotten.

Aber man hat uns doch schon gesagt, dass das mit diesem Virus nicht geht, dass wir mit ihm werden zusammenleben müssen. Wäre doch Anlass für eine friedliche Metaphorik, wenn es schon unbedingt Metaphern sein müssen. Aber nein, wir sind zu fixiert auf unsere Sicht der Dinge. Nicht nur, weil der Dualismus so handlich ist, sondern auch, weil er unserer Eitelkeit schmeichelt. Unheimliche Gewalten haben uns im Visier. *Magari*, wie man in Italien sagen würde. Es ist hart, schlucken zu müssen, dass die Natur, Viren inklusive, uns gegenüber vollkommen gleichgültig ist. Wie sollen wir das mit unserer hysterischen Selbstbezogenheit vereinbaren? In der *New York Times* schreibt der Philosoph Stephen Asma: «Gegen die beängstigende Neutralität der Natur mobilisieren wir Menschen die machtvolle Imagination. Uns vorzustellen, dass wir in einem Krieg unserer Gattung gegen einen bösen Feind biblischen Kalibers begriffen sind, mag zwar faktenmässig absurd sein, aber ich empfehle, dass wir an dieser machtvollen Fiktion trotzdem festhalten.» Weil wir, sagt er, auf die Art die «persönlichen Opfer» in dieser schweren Zeit leichter auf uns nehmen.

Da sind wir wieder. Freund und Feind, Kampf und Totschlag.

Ich finde, dass der Philosoph derartige Fiktionen nicht empfehlen sollte. Die sind es ja, die uns auf unseren absurden Dualismus festnageln.

Und was heißt überhaupt «persönliche Opfer»?

Der Philosoph sitzt wohl, so wie auch ich, an seinem Schreibtisch in einem angenehm eingerichteten Zimmer und ist, so wie auch ich, wie alle in unserer privilegierten Schicht, nicht sicher, wie das mit den Sommerferien aussehen wird. Und ich in Rom darf mich nicht mehr als zweihundert Meter von meinem Wohnhaus entfernen, was ich, den Hund vorschützend, nicht ganz einhalte und was mir schon mehrere strenge Ermahnungen von Seiten der Carabinieri eingebracht hat. Unangenehm, aber von persönlichem Opfer würde ich nicht sprechen. Persönliche Opfer bringen höchstens die Leute, bei denen Gesundheit und Lebensunterhalt auf dem Spiel stehen. Aber auch diese Metapher ist schief. Niemand, nicht einmal das mutige, aufopferungsbereite medizinische Personal bringt sich als Opfer dar, nicht im Sinn des freiwilligen Sich-Aufgebens. Was würde das nützen?

Wenn wir aber diese heroisch-tragische Opfermetaphorik brauchen, um es ein paar Wochen lang zu Hause auszuhalten, dann hat Pascal tatsächlich recht damit, dass unser ganzes Unglück daher rührt, dass wir das nicht können. Ruhig zu Hause sitzen, was wäre normaler? Und jetzt wollen wir zu einer Normalität zurückkehren, über die wir uns sonst beklagen, Konsumismus, Beschleunigung, weil sie tatsächlich nicht normal ist.

Vielleicht wird aber alles anders, mit den neu gewonnenen Einsichten? Was für Einsichten, frage ich, wenn schon die ganze Metaphorik schiefliegt. Auf die können wir nicht bauen. Wir werden wieder in die Schieflage geraten.

Ein Lichtblick höchstens, dass die metapherngespickte Rhetorik eigentlich nirgendshin passt. Am wenigsten zu Rom. Hier jedenfalls sind die menschenleeren Straßen nicht gespenstisch, ein Adjektiv, das ja auch immer wieder bemüht wird. Die Straßen, auch nachts, sind von großer Schönheit. Da sich nichts auf ihnen bewegt, sieht man sie in ihrer eigenen Dynamik, sieht sie aufeinander zulaufen. Und sieht auf einmal auch, dass ein kleiner Kopf aus behauenem Stein oben aus der Hausecke ragt und dass der Eingang zum Verwaltungssitz der Banca d'Italia von Glyzinien überwachsen ist. Komisch, man ist da doch schon so viele Male vorübergelaufen.

Und noch weniger passen die tragischen, vom Feind verfolgten Kriegsopfer zu den Römern. So viel ich sehe, und ich sehe auf meinen eine Spur illegalen Spaziergängen doch einige Leute, verhält sich niemand nach der vorgegebenen Rhetorik. Die Schlange vor dem Supermarkt wartet mit einer Geduld, die ich zum Beispiel nicht habe, sodass ich nur esse, was der kleine und fast immer leere Laden in meiner Nähe hergibt, Omelette mit aufgetauten Erbsen, Linsen mit Ei. *Che tristezza,* würden die geduldig Anstehenden sagen. Von Opfer würden sie nicht sprechen. Wahrscheinlich nicht einmal im Zusammenhang mit ihrer häuslichen Situation, obwohl die vielleicht weniger angenehm ist als meine und, vermutlich, des Philosophen am jeweiligen Schreibtisch. Energiegeladene Kinder, unzufriedene Teenager, die alte Mutter, zu der man nicht ins Zimmer soll. Ich kann es nicht wissen. Und was in den Social Media alles an Hässlichem hochkommt, will ich nicht wissen.

Ich sehe und spüre nur, dass das offizielle Pathos die allgemeine Atmosphäre nicht infiziert. In meinem Viertel wird zwar nicht auf den Balkonen musiziert, aber das ist auch nicht nötig. Es genügt, dass da eine Gelassenheit ist, ein Akzeptieren der Situation. Es wird nicht einmal Toilettenpapier gehamstert. Erstaunlich, die Disziplin, aber alles in allem doch typisch italienisch. Außeralltägliches gehört schon immer zum Alltag, die Dinge sind, wie sie sind, und nicht immer nur auf unser Wohlbefinden programmiert. *Pazienza.*

Das soll mich motivieren, meine Irritation wegen der metaphorischen Schieflage nicht ins Kraut schießen zu lassen. Auch das eine schiefe Metapher, aber wenigstens eine lebensbejahende, ohne Mord und Totschlag.

Die letzten und schlimmsten Zeiten

von Steinunn Sigurðardóttir

Aus dem Isländischen von Tina Flecken

Die Veränderungen unserer Lebensbedingungen aufgrund der Corona-Pandemie sind dort, wo ich sie miterlebt habe, in Frankreich und Island, so einschneidend, dass sie für mich fast an eine Revolution heranreichen und sich nicht einfach als Veränderungen bezeichnen lassen. Bei dieser Revolution erscheint es mir wichtig, nicht zu vergessen, dass die Pandemie auch Positives mit sich bringt – trotz allen Schadens. Das Erste, was mir dabei einfällt, ist der Nutzen des Reiseverbots für die Natur – dass man in manchen Ländern wieder die Berge sehen kann, die jahrzehntelang in Smognebel gehüllt waren, gleicht einer optischen Täuschung. Welch ein Zynismus und welch eine Manifestation der Zügellosigkeit in der Welt, dass ein hochansteckendes Virus nötig ist, um dem exzessiven Reisen Einhalt zu gebieten, in die hintersten Ecken der Welt, mit Flugtickets zu Schleuderpreisen, wobei die Erde verpestet wird!

In diesen beispiellosen Zeiten mit Ausgangssperre hatten mein Mann und ich das Pech, umziehen zu müssen, von Straßburg in einen Nachbarort von Paris. Das führte dazu, dass wir die riskantesten und unangenehmsten Wochen durchmachten, die wir je erlebt haben. Der Umzug an sich war schon kompliziert genug, und dann kamen auch noch die Einschränkungen durch das Virus hinzu. Ja, zwei Künstler, mit einem halben Jahrhundert Arbeit auf dem Buckel, schleppen einen wesentlich komplizierteren Hausrat mit sich herum als ein normaler Haushalt, von allem möglichen Papierkram bis hin zum technischen Equipment eines Komponisten, das sich mit einem kleinen Tonstudio vergleichen lässt.

Der ganze Krempel war fast komplett eingepackt und wir lebten aus Kisten, als im März die Ausgangssperre über uns hereinbrach. Längst hatten wir einen Termin mit einer Umzugsfirma vereinbart. Als wir in der Zeitung lasen, Umzugsunternehmen hätten die Arbeit eingestellt, riefen wir panisch bei der Firma an, aber die ging davon aus, dass es in dem eingeplanten Zeitrahmen klappen müsste. Uns blieb keine Wahl, wir mussten den Umzug, wenn irgend möglich, durchziehen. Aber es war ein ungutes Gefühl, gegen die Empfehlung der Behörden zu verstoßen, dass man die eigene Region nicht verlassen sollte. Die Unsicherheit, ob der Umzugswagen womöglich angehalten würde und umkehren müsste – oder ob wir bei der fast fünfstündigen Fahrt in unserem eigenen Auto gestoppt würden –, war nervenaufreibend. Nein, man kann nicht behaupten, dass wir in diesen Wochen gute Nerven hatten, zumal die Angst dazukam, sich mit dem Virus anzustecken. Sowohl mein Komponist als auch ich haben Vorerkrankungen, die nach allen Informationen die Chancen auf einen schlimmen Krankheitsverlauf bei einer Infektion erhöht hätten, und die entsprechenden Schilderungen waren, gelinde gesagt, erschreckend. Eine solche Reise hatten wir, als Veteranen auf den französischen Autobahnen, noch nie erlebt. Sie waren leer. Wir fühlten uns wie die einzigen Schafe, die beim Schafabtrieb im Hochland zurückgeblieben waren, und machten uns große Sorgen über den Ausgang unseres Vorhabens. Eingeschüchtert hielten wir Ausschau nach der Polizei. Wir hielten nur an gespenstischen Tankstellen, um zu tanken oder aufs Klo zu gehen. Die Leere wirkte wie ein Hirngespinst in einem miserablen Film, aus dem man in der Pause rausgegangen wäre – oder schon viel früher.

Als wir uns in der neuen Wohnung einrichteten, beschäftigten wir uns intensiver mit der Virus-Lage in unserer Umgebung. Wir stellten fest, dass wir von der Gegend, die am schlimmsten betroffen war, in die Gegend gezogen waren, die am zweitschlimmsten betroffen war. Es wurde berichtet, dass Intensivpatienten aus besonders betroffenen Gebieten nach Bonn, Stuttgart, Berlin und in die Bretagne gebracht wurden, in Zügen (unserem geliebten TGV), Hubschraubern und Flugzeugen, weil die Krankenhäuser mancherorts überfüllt waren. Die Fotos von zu Krankentransporten umfunktionierten Zügen waren wie aus einem Horrorfilm, Passagiere an Beatmungsgeräten, fünf maskenbekleidete Krankenpfleger pro Patient, medizinisches Gerät auf allen Gepäckablagen. Wir überlegten, wie es wohl wäre, wenn wir schlimme Symptome bekämen, ob wir zu Hause bleiben könnten oder ins Krankenhaus müssten. Eine ziemlich schreckliche Vorstellung. Und der Gedanke reifte, dass es vielleicht besser wäre, in Island zu sein.

Ein neuer Nervenkrieg begann: Wie kam man am besten von Paris nach Island? Gab es überhaupt noch Flüge? Wir fanden heraus, dass neben Icelandair auch noch British Airways von Heathrow nach Island flog und es am besten war, mit dieser Fluggesellschaft ab Paris zu fliegen, weil sie dann verpflichtet war, uns bis an unser Ziel zu bringen. Die einzige Möglichkeit war also ein Zwischenstopp mit Übernachtung in London, was uns gar nicht gefiel, sowohl wegen der Ansteckungsgefahr als auch wegen der Kosten, aber so sollte es sein.

In Keflavík hingen die Wolken tief; was für eine Erleichterung, endlich sein Land zu sehen, auch wenn es sich Ende März nicht von seiner schönsten Seite zeigte. Am Flughafen war niemand, und das war ein so seltsames Gefühl, dass es sich kaum beschreiben lässt. Die Touristenströme nach Island waren in den letzten Jahren dermaßen ausgeufert, dass man den Flughafen am liebsten gemieden hatte, doch jetzt war das gähnend leere Gebäude ein trauriger Anblick, und die Angestellten taten einem leid.

Die vierzehntägige Quarantäne in Selfoss fiel dem Komponisten und mir wesentlich leichter als die Ausgangssperre in Frankreich, weil man dort beispielsweise nirgendwo hinfahren und nur eine Stunde am Tag rausgehen durfte. Stets mit einem unterschriebenen Papier, in dem stand, was man vorhatte. Bei der Quarantäne in Island durften wir Autoausflüge machen, und in der näheren Umgebung gibt es zahlreiche wunderschöne Spazierwege, schwarze Strände und grüne Wäldchen.

Eines der positiven Dinge, das die Virus-Revolution in Island mit sich bringt, ist der vermehrte Aufenthalt im Freien. Es kommt sogar vor, dass man Eltern zusammen mit ihren Kindern auf der Straße sieht! In unserer Straße in Selfoss ist richtig viel los, obwohl wir immer noch isländisches Wetter haben, Sturm und Regen. Das ist wirklich ein erfreuliches Lebenszeichen. Außerdem kann man hier alle erkennen, keiner trägt Maske, denn die Ansteckung liegt zum jetzigen Zeitpunkt fast bei Null – dank tatkräftiger Leute, die rigoros testen, Ansteckungsketten verfolgen und Quarantäne verhängen. Auch eine Art Revolution ist, dass man keine fremden Sprachen mehr hört, höchstens Polnisch, da in Island sehr viele Polen leben. Es war lustig, als unser Gastgeber, der in unmittelbarer Nähe zum weltberühmten Black Beach wohnt, sagte: «Man hört überhaupt keine ausländischen Sprachen mehr, nur Isländisch und Polnisch!»

In Island haben wir eine sehr steile Achterbahnfahrt in Sachen Massentourismus hingelegt. Als ich 1995 meinen Roman *Herzort* beendete, eine Art Road Movie, war auf den Straßen kaum jemand unterwegs außer meinen vier Frauen in ihrem weißen Pick-up. Wenige Jahre später fielen die Touristen ein, zwei Millionen im Jahr, bei nur 364 000 Einwohnern. Unablässiger Verkehr auf den Straßen, die Restaurants und meisten Aussichtspunkte brechend voll. Wie im Handumdrehen ist die Insel jetzt völlig touristenfrei. Da es so wenige Einheimische gibt, glaube ich, dass dieser Einschnitt noch drastischer ist als in «normalen» Ländern. Eine weitere Revolution ist, dass die Isländer sich jetzt auf die Straßen wagen, dass sie wieder Lust haben, ihr Land zu erkunden und zu genießen.

Letztens hatte ich die geniale Idee, an einem der bekanntesten Touristen-Hotspots zu übernachten, beim schwarzen Strand Reynisfjara. Das Gespräch mit Ragnar, unserem Gastgeber auf dem Hof Garðar, war sehr interessant. Er hat sein ganzes Leben Auge in Auge mit dem sensationellen Strand, dem Meer, den Klippen mit ihrem Vogelgewimmel, dem Kap Dyrhólaey und den markanten Felsspitzen Reynisdrangar verbracht, wahrscheinlich die meistfotografierten Orte Islands. Ragnar und seine Familie hörten vor ein paar Jahren mit der Schafzucht auf, nachdem sie drei Häuser für Gäste gebaut hatten, die das ganze Jahr über ausgebucht waren. Diesmal hatten sie von Dezember bis Februar geschlossen, und im März kam der gesamte Tourismus zum Erliegen. Da Ragnar so vorausschauend war, Geld zurückzulegen und nicht zu viel zu investieren, müssen sie sich momentan keine Sorgen machen. Deshalb ist er jetzt froh, dass er die Abgeschiedenheit wieder genießen kann. «Es war inzwischen so, dass man rund ums Jahr nur noch Autos hörte, im Sekundentakt. Jetzt hört man wieder das Rauschen der Brandung – und die Bekassinen.»

Und wir sind Glückspilze, Luxusgeschöpfe, weil wir Gullfoss und Reynisfjara besuchen dürfen, allein, in der gigantischen Natur.

Die Felsfrau

von Etgar Keret

Aus dem Iwrith
von Barbara Linner

Seit die Seuche ausgebrochen ist, kann ich mir endlich meinen Tod vorstellen. Nicht, dass ich es nicht schon vorher versucht hätte. Aber jedes Mal, wenn ich im Bett lag, die Augen zugemacht und versucht habe, mir meinen letzten Atemzug vorzustellen, ging irgendwas daneben. Wenn ich mir zum Beispiel ausmalte, wie mein Auto auf der Ajalon-Schnellstraße außer Kontrolle gerät und mit blockierten Rädern mit hundert Stundenkilometern zwischen den Spuren herumschlingert, während um mich herum die Autos konsterniert und wütend hupen – ganz am Schluss, eine Sekunde vor dem Unfall, ist das Auto von der Fahrbahn auf den Seitenstreifen ausgewichen, und ja klar, stimmt, es gab ein Riesendrama, der Airbag hat sich aufgeblasen, aber irgendwie bin ich immer lebendig davongekommen. Und ich rede nicht nur von Verkehrsunfällen. Bei allem: Terroranschläge, gewalttätige Auseinandersetzungen mit Nachbarn, Herzinfarkt im Studio während einer Kultursendung auf dem Kommunalsender. Egal, wie sehr ich auch versucht habe, mir ein böses Ende vorzustellen – am Schluss habe ich es immer überlebt. In einem Teil der Fantasien endete es mit einem Interview mit mir mit wirren Haaren in den Abendnachrichten. In anderen wachte ich in einer Krankenhausstation auf, und mein Kind stürzte sich auf mich, umarmte mich wild. Aber bei allen endete das Ereignis, trotz meiner ehrlichen Bemühungen, nie mit irgendeinem Verlust von Leben.

Aber dann kam Corona und erledigte das Ganze. Jetzt kann ich jede Nacht vor dem Einschlafen die Augen schließen und mich selber sehen, wie ich mit schwerer Atemnot ins Krankenhaus eingeliefert werde. Die wenigen völlig erschöpften Ärzte in der überfüllten Notaufnahme sind schon total durch den Wind. Meine Frau bittet einen sehr jungen Arzt mit blutunterlaufenen Augen höflich, mich zu untersuchen, und erklärt, dass ich als Asthmatiker in der Risikogruppe bin. Der Arzt schaut sie mit hohlem Blick an. Er denkt an etwas anderes. Vielleicht daran, wie sein eigener Tod ausschauen wird, wenn er kommt. Oder an eine Dusche. Ich versuche zu lächeln – ich habe mal gelesen, dass Menschen, wenn sie lächeln, Identifikation und Empathie wecken und dass das der Grund dafür ist, dass Betrüger viel lächeln –, jetzt also, mein gewinnendstes Lächeln. Wenn bloß dieses Kind von einem Arzt in meine Richtung schauen würde, würde er sofort das Menschliche in mir erkennen, und das Lächeln auf meinem bleichen Gesicht würde ihn an irgendeinen Onkel erinnern, den er als Kind geliebt hat und der bei einem Tauchunfall umgekommen ist. Macht er aber nicht. Er schaut woandershin. Er schaut zu einem behaarten, glatzköpfigen Riesen, der an der Schwesterntheke steht und schreit wie ein Verrückter. Seinem Geschrei entnehme ich, dass er hier schon über drei Stunden mit seinem Vater wartet und noch keiner gekommen ist, um ihn zu untersuchen. Die ältere Schwester an der Theke bittet ihn, sich zu beruhigen. Statt zu antworten, zündet sich der behaarte Riese eine Zigarette an. Ein kleingewachsener, halsloser Sicherheitsdienstler kommt mit schnellem Schritt auf ihn zu und fordert ihn auf, sie auszumachen, aber der behaarte Riese sagt, er macht sie nur aus, wenn ein Arzt kommt, um seinen Vater zu untersuchen, keine Sekunde früher. Meine Frau versucht, die Aufmerksamkeit des Halbkind-Arztes auf sich zu ziehen, aber er ignoriert sie und fängt an, auf den behaarten Riesen und seinen Vater zuzugehen. Ich spüre, dass ich es nicht schaffe – egal, wie sehr ich mich anstrenge –, Luft in meine Lungen einzusaugen. Ich versuche es und schaffe es nicht. Das ist so, wie gegen eine abgesperrte Tür zu drücken. Ich kenne dieses Gefühl seit meiner Kindheit, ich erinnere mich bis in die kleinsten Einzelheiten an diese Anfälle von Atemnot. Aber damals gab es ein bisschen Luft, das trotzdem reinkam. Und die Ärzte hörten zu, versuchten zu helfen. Ich hebe den Blick zu meiner Frau. Sie weint, und das macht mich verrückt. Mein Tod befindet sich in Spuckweite, das habe ich schon intus. In ein paar Minuten bin ich weg. Aber warum mit diesen Tränen? Warum muss ich das herrliche Leben, das ich gehabt habe, so verlassen, ohne Sonne, ohne Himmel, wenn mir behaarte brüllende Riesen ins Gesicht paffen und meine geliebte Frau weint? Der Tod sollte doch wie das letzte Kapitel der Saison in einer Serie von Leben sein, nur dass im Prinzip, weil du tot bist, die nächste Saison eben nie kommt. Und wer will, dass die letzte Szene einer Serie mit der Einstellung auf eine weinende Familie in einer überfüllten Notaufnahme in Erbitterung endet? Ich sage «Familie», obwohl mein Sohn nicht da ist. Im Moment ist er zu Hause und spielt Fortnite. Das hat er zumindest gemacht, als sie mich ins Krankenhaus abgeholt haben. Ich habe gebeten, dass er nicht mitkommt, weil ich Angst hatte, dass er sich in der Notaufnahme etwas einfängt. Die Corona-Tage sind keine guten Tage, um krank zu werden, sogar wenn du ein Kind bist. Ich bin froh, dass er nicht hier ist und sieht, wie ich ende. Wenn er da wäre und meine Frau weinen würde, würde er sofort auch weinen, denn wenn es zu Gefühlen kommt, ist er ein bisschen anfällig. Und plötzlich würde das ganze Ding schwer. Ich möchte etwas zu meiner Frau sagen, etwas, das sie aufheitert, das sie ablenkt, etwas, das sie dazu bringt, mit dem Weinen aufzuhören. Aber ich kann schon nicht mehr sprechen. Ich bin tot. Und danach kann ich die ganze Nacht nicht mehr schlafen.

Ich oute mich meiner Frau. Ich weiß, dass die Corona-Seuche nicht gerade die beste Zeit ist, um Dinge rauszulassen, aber diese ganze Sache brennt mir wie eine Hämorrhoide im Hintern und braucht dringend Klärung. «Das ist es?», fragt sie. «Das ist, was dich quält? Nicht, dass du jung stirbst oder dass du eine Frau, ein Kind und einen Hasen zurücklässt, nur, dass ich weine?» Ich versuche ihr zu erklären, dass die Corona-Krankheit, meine beschädigten Lungen, die Krise des Gesundheitssystems, der behaarte Riese, der in der Notaufnahme raucht – dass das alles gegeben ist. In dieser Hinsicht kann man nichts machen. Aber ihr Weinen – das ist optional. Und von meiner Seite aus handelt es sich um eine sehr quälende und sehr verstörende Option.

«O-kay», sagt meine Frau in ihrem pseudo-integrierenden Ton, mit dem sie es immer bei Hunden mit Maulkorb probiert, die sie auf der Straße anbellen. «Was du also eigentlich sagst, ist, dass du mich, als Teil der Besetzung der schrecklichsten Szenarien, darum bittest, daran zu arbeiten? Vorbereitet anzutreten, damit ich, wenn du neben mir in der Notaufnahme stirbst, nicht weine?»

Ich nicke aufgeregt. Es handelt sich um einen raren Moment. Die meiste Zeit versteht sie nämlich nicht wirklich, was ich von ihr will. «Und wenn ich dir jetzt verspreche, dass ich, egal, was passiert, nicht weine, und dafür … ich weiß nicht – mich von dir mit einem Augenzwinkern verabschiede?», fragt sie, und ich erkläre, dass sie nicht zwinkern muss, sie kann mir auch einfach die Hand halten und ruhiges Blut bewahren, sich zusammennehmen. Wie die Mütter, die ein Kind verloren haben, die ins Fernsehen kommen und fordern, dass wir uns nicht dem Terror beugen. Man sieht, dass es schwer für sie ist, dass sie innerlich ganz zerrissen sind, aber sie strahlen Kraft aus, wahren die Fasson. Es ist viel leichter zu gehen, wenn du eine Felsfrau zurücklässt. «Kein Problem», nickt meine Frau, «wenn's dir das leichter macht, bin ich einverstanden. Ohne Tränen. Abgemacht.»

In dieser Nacht liege ich wieder wach im Bett. Meine Frau schläft schon, ich höre ihre regelmäßigen Atemzüge neben mir, und als ich die Augen zumache, ist alles schon da, wartet auf mich: die Schmerzen, die fluoreszierenden Flackerlichter über dem Bett, in dem ich liege, die Luft, die nicht mehr in die Lungen reinwill. Nicht weit von mir höre ich den behaarten Riesen brüllen und wie ihn die ältere Schwester zu beruhigen versucht. Ich strenge mich an, Luft in die Lungen zu kriegen, stoße mit aller Kraft gegen die Tür, aber sie ist verschlossen. Über mir sucht meine schöne Frau mit dem Blick nach einem Arzt – sie weiß, es besteht keine Chance, dass es ihr gelingt, einen zu finden, aber sie versucht es trotzdem. Ich habe keine Luft mehr, und sie fühlt es. Sie schaut mich an, und in ihrem Blick kann ich sehen, dass dies das Ende ist. Sie nimmt meine Hand und nähert ihr Gesicht. Sie ist stark wie eine verwaiste Mutter in den Abendnachrichten, aber viel viel ruhiger. Ihr Blick sagt: Schade, dass du gehst, Liebster, aber auch wenn du fort bist, wird alles hier okay sein.

Ich schlafe ein.

Frappierende Ähnlichkeiten

von Amir Hassan Cheheltan

Aus dem Persischen von Jutta Himmelreich

Am zweiundzwanzigsten Februar besuchen Freunde mich, wie verabredet, bei mir zu Hause, ohne zu wissen, dass es das letzte Mal sein würde. Meine Frau bringt abends aus ihrer Praxis mit heim, was sie tagsüber gehört hat, und nachdem ich ihre Berichte um aktuelle Meldungen und Gerüchte ergänzt habe, folgern wir daraus gemeinsam, dass wir alle Kontakte zur Außenwelt abbrechen müssen. Drei Tage zuvor hatten die Behörden die Erkrankung zweier Personen in der heiligen Stadt Ghom an Covid-19 erstmals offiziell bestätigt.

Meine Frau indes muss Patientinnen und Patienten mit Terminen nach wie vor in ihrer Praxis behandeln. Einige, so teilt sie mir am nächsten Tag mit, haben ihre Termine abgesagt. Erfreulich. Weil es zeigt, dass die Menschen die Gefahr erkannt haben. Meine Frau nimmt keine neuen Patienten an und bleibt wenige Tage später ganz zu Hause. Ich hatte tags zuvor einen letzten Ausflug in die Berge im Norden Teherans gemacht. Danach gingen wir beide in Quarantäne.

Als Zahnärztin war meine Frau bisher an vier Tagen der Woche nachmittags in ihrer Praxis und zweimal wöchentlich morgens in der Zahnklinik des nahen Krankenhauses tätig gewesen. Nun richtet man ihr aus, die Klinik stelle ihren Betrieb bis auf Weiteres ein. Der Presse entnehmen wir, die Regierung hat Schulen und Universitäten geschlossen, zunächst nur für drei Tage, dann für weitere drei Tage, dann bis zum Beginn des iranischen Neujahrs, sprich bis zum zwanzigsten März.

Damals ließ mich auch das Kulturinstitut, an dem ich einmal pro Woche kreatives Schreiben unterrichte, wissen, die

Schreibwerkstatt falle in der betreffenden Woche aus. Doch auch das Institut ist nach wie vor geschlossen. Zum Glück sind sich alle der bestehenden Gefahr bewusst. Internationale Fernsehnachrichten informieren uns direkt über die Lage in anderen Ländern. «Zu Hause bleiben!» lautet der Rat an alle Menschen weltweit. Zu Freunden und Bekannten halten wir telefonisch Kontakt. Auch sie sind mittlerweile in Quarantäne. All das vollzieht sich binnen weniger Tage.

Mich beschleicht unterdessen eine unerklärliche Beklemmung. Ist mir diese Situation wirklich neu? Tagein, tagaus zu Hause bleiben. Angespannt sein. Aufschrecken, wenn das Telefon oder jemand an der Haustür klingelt. Meine Frau hilft meinem schwachen Gedächtnis auf die Sprünge, eines Morgens, beim Frühstück: «Jetzt bist du rund um die Uhr zu Hause, genau wie damals!»

Damals? Plötzlich, wie in einer geheimen Offenbarung, ist die Erinnerung wieder da. Ja, genau wie damals, im Herbst 1998, zur Zeit der Kettenmorde an Autorinnen und Autoren. Ich kann nicht zu Ende frühstücken. Sicherheitskräfte machten damals öffentlich Jagd auf Schriftsteller, Schriftstellerinnen. An sicheren Orten brachten sie sie unbeobachtet um und ließen ihre Leichen dann irgendwo in Teherans abgeschiedenen Randbezirken liegen.

«Bleib am besten zu Hause», rieten Kollegen mir, sofort nachdem mein Freund und Kollege Mokhtari verschwunden war. Mir saß die Angst tatsächlich in den Knochen. Aus einem einfachen Grund: Ich wollte nicht sterben. Schließlich hatte ich meine besten Werke noch nicht verfasst. Und das vielleicht bis heute nicht. Mokhtari gehörte, wie ich, dem kleinen – von uns als Beratergremium bezeichneten – Kollektiv an, das für die Wiederbelebung des iranischen Schriftstellerverbands und gegen die Zensur eintrat. Wir waren bereits seit geraumer

Zeit Verfolgungen und Drangsalierungen durch die Geheimpolizei ausgesetzt.

Heute fühle ich mich zumindest in meinen eigenen vier Wänden sicher, ganz anders als damals. «Geheimpolizisten schlüpfen in die unterschiedlichsten Rollen», hatten Kollegen mich gewarnt und erläutert: «Sie drängen sich unter jedem nur erdenklichen Vorwand in dein Alltagsleben. Der eine als Installateur, der angeblich was reparieren muss. Ein anderer als Paketbote, dessen Lieferung du per Unterschrift quittieren sollst.» So kam es, dass ich tatsächlich niemandem aufmachte.

Als dann Mokhtaris Leiche gefunden wurde, hatte die selbstverhängte Ausgangssperre keinen Sinn mehr. Unser Beratergremium traf sich bei Mokhtari zu Hause und schrieb einen offenen Brief, der einerseits die Bevölkerung über diese blindwütigen Morde aufklären, zum anderen die Regierung vor den Folgen ihres gefährlichen Spiels warnen sollte. Zeitgleich aber erfuhren wir von der Entführung eines weiteren Kollegen am hellichten Tag.

Auf diese Geschichte will ich hier nicht näher eingehen, da ich die Ereignisse andernorts oft angesprochen und bei vielen Anlässen auch ausführlich geschildert habe. Hier und jetzt liegt mir vielmehr an der Darstellung der Ähnlichkeiten zwischen meinen Erlebnissen von einst und der heutigen Lage. So besteht eine weitere Parallele zu den damaligen Vorkommnissen in der Tatsache, dass wir auch heute nur in Ausnahmefällen das Haus verlassen, etwa, um einzukaufen, möglichst gleich für zwei, mitunter gar für mehrere Wochen.

Heute heißt es: «Weil das Virus überall ist, sind dauerhaft Vorsichtsmaßnahmen einzuhalten.» Dasselbe galt auch damals. So stiegen wir zum Beispiel in kein Taxi mehr, weil Geheimpolizisten auch in Gestalt dienstbereiter Chauffeure zur Stelle gewesen wären, sobald wir einen Fuß vor die Tür gesetzt hätten. Beinahe jedes Haustürklingeln ging mir damals durch Mark und Bein. Und wenn das Telefon klingelte, erschrak ich fast zu Tode, weil es die Nachricht von der Entführung eines weiteren Kollegen, einer Kollegin hätte bringen können.

Damals verloren die zuständigen Stellen zunächst kein Wort über diese Morde und schrieben sie später den iranischen Sicherheitsapparat angeblich unterwandernden ausländischen Kräften zu. Heute geschieht im Zusammenhang mit dem Virus praktisch dasselbe. Anfängliches (Ver-)Schweigen, dann landesweite Medienkampagnen zur Beschuldigung von Landesfeinden, die die Gefährlichkeit des Virus übertreiben, um unser Land lahmzulegen. Kaum tritt irgendein Unheil ein, ist es in Regierungskreisen hierzulande längst gang und gäbe, Iran feindlich gesinnte Länder ins Spiel zu bringen, um die eigene Ineffizienz, das eigene Missmanagement zu überspielen.

Sobald die durch Covid-19 bedingten Einschränkungen Erinnerungen an die bitteren Ereignisse vor mehr als zwanzig Jahren wecken, bin ich angespannter als sonst. Doch neben den vielen Ähnlichkeiten zwischen damals und heute bestehen auch deutliche Unterschiede. Etwa der, dass heute meine Frau an meiner Seite ist. Damals musste sie täglich arbeiten gehen.

Gegenwärtig ist sie zu Hause, kocht regelmäßig, während damals ich hin und wieder das Kochen übernommen habe. Und sie backt jede Woche einen leckeren Kuchen. Abgesehen davon liest sie viel, und sie treibt Sport. Natürlich verfolgt sie auch die Nachrichten, die ihre berufliche Tätigkeit betreffen. Zahnarztpraxen sind weiterhin geschlossen zu halten, dürfen nur Notfälle behandeln und haben alle erforderlichen Vorsichtsmaßnahmen zu treffen. Das heißt, die Praxisräume sind mittels keimtötender UV-Lampen zu desinfizieren, und es müssen hocheffiziente Speichelsauger zum Einsatz kommen.

Da solche Geräte auf dem freien Markt entweder nicht erhältlich oder unerschwinglich teuer sind, können nur wenige Praxen sie sich leisten. «An wen wendet sich jemand mit einer Zahnentzündung in dieser Situation?» Meine Frau wiederholt diese und ähnliche Fragen ständig, und man sieht ihr an, wie schwer ihr die Lage zu schaffen macht. Anrufe in ihrer Praxis lässt sie auf ihr Handy umleiten, weil sie mit ihren Patientinnen und Patienten persönlich sprechen will. So, sagt sie, kann sie nicht nur medizinischen Rat geben, sondern auch seelischen Beistand leisten.

Ich verbringe derweil fast den ganzen Tag in meinem Zimmer. Arbeite an einem Roman, der in Kairo spielt, 1947. In dem Jahr, in dem, damaligen Zeitungsberichten zufolge, die Cholera in Ägyptens Hauptstadt täglich 500 Tote forderte. Ganz Ähnliches erlebe ich heute mit.

Mich in Arbeit stürzen, fällt mir leicht. Schreiben verdrängt bisweilen sogar meine Gedanken an die Geschehnisse im Herbst 1998. Doch es lässt noch genug Raum für die Frage, was ich schwerer erträglich finde: den mutierenden Corona-Virus oder den Mörder, der in wechselnder Gestalt Autoren jagt?

Und plötzlich ist es Nacht

von Nicolas Couchepin

Aus dem Französischen von Gabriela Zehnder

An diesem Samstag, 11. April, um dreiundzwanzig Uhr zehn, erfasste Luca plötzlich etwas Wesentliches.

Vorher war ihm dieser universell geteilte Weltuntergang nicht sehr ernst erschienen.

Luca wusste, was ein Weltuntergang war, der diesen Namen verdiente. Er hatte ihn mehrmals erlebt, jenen unvergleichlichen, furchterregenden Zustand, der einem riesigen und zugleich in winzige Teilchen zerstückelten, grauen Ozean, einem das tiefste Innere erschütternden, von Gleichgültigkeit durchdrungenen Erdbeben glich. Und der einen vollkommen erschöpfte, sprachlos, atemlos machte.

Als sein Vater verschwunden war, zum Beispiel (Luca war damals siebenjährig, und wenn seine Mutter darüber sprach, sagte sie immer: «Als dieser Lump mit seiner Pute abgehauen ist», und Luca fand die Vorstellung komisch, wie sein Vater als unrasierter Lump, als großspuriger Ganove mit einem fetten gackernden Vogel unter dem Arm wirklich die Beine in die Hand nahm), und er sich geschworen hatte, dass er niemals so ein Mistkerl sein würde wie er.

Oder als er seinen Job verloren hatte, wobei der Personalchef fadenscheinige Argumente anführte, die nur ihn selbst überzeugten (doch auch damals hatte er keine Antwort gefunden; er hatte sprachlos dagesessen und auf den Kalender hinter dem Kopf des Chefs gestarrt, ohne das Bild wirklich zu sehen – ein erlegtes Reh im Unterholz –, sodass jener Trottel vermutlich noch den Eindruck hatte, sie seien als gute Freunde auseinandergegangen).

Und natürlich damals, als ihn seine Frau verlassen hatte. Sie wollte noch leben, was sie zu leben hatte, sagte sie, ohne genauer zu erklären, was sie damit meinte. Wieder hatte er nichts gesagt. Er hätte ohnehin nur gestottert, aus Wut, Verständnislosigkeit, aber vor allem aus Frustration. Er war umso mehr verletzt, als er sie insgeheim gar nicht mehr liebte.

In Wirklichkeit war es gar nicht so schlimm, dass seine Frau, die er nicht mehr liebte und die auch ihn nicht mehr liebte (das hatte sie mehrmals wiederholt, mit der zufriedenen Miene einer Köchin, der ein Soufflé gelungen ist), dass seine Frau also davonlief; es lag ihm nichts daran, dass sie blieb, er war es ja gewohnt, dass man ihn fallen ließ, nach der Geschichte mit seiner Arbeit, seinem Vater und alldem. Doch sie war mit ihrer gemeinsamen Tochter gegangen, mit Juliette, seinem Augenstern, diesem so merkwürdigen Kind, das ihn (wieder einmal) sprachlos machte, verblüffte, erschreckte.

Die Kleine war fast zufällig gekommen. Luca und seine Frau hatten sich schon auseinandergelebt, doch es war noch nicht so sichtbar, und es kam noch vor, dass sie zärtliche Gefühle füreinander empfanden.

Als die Kleine geboren war, hatte Luca begonnen, überall Vorzeichen zu sehen. Ja, aber wofür? Er wusste es nicht. Er erkannte in allem einen Hinweis; er spürte, dass sich etwas Düsteres abzeichnete und sich ohne sein Wissen, ohne das Wissen aller, eine schreckliche Zukunft zusammenbraute; als wäre er undeutlichen Spuren im Schlamm gefolgt, die mehr oder weniger unbemerkt blieben und stellenweise schon verwischt waren, und denen er wie aus einem inneren Zwang heraus folgte, obschon sie ihn zu einer Katastrophe führten (aber welcher?), ein wenig wie ein Reh, das Gefahr wittert und dennoch bald getötet wird. Luca hatte einmal einen versteinerten Tausendfüßler gesehen, der schon tausend Jahre in einem Stück Bernstein gefangen war. Seit Juliette da war, erlebte er jeden Tag, als wäre das Morgen in ein nach Schwefel und Weltuntergang riechendes Stück Bernstein gefasst.

Und natürlich war die Katastrophe eingetroffen. Sie waren am Tag nach Juliettes fünftem Geburtstag fortgegangen. Luca hatte nichts gesagt. Er hatte ihnen zugesehen, wie sie die Stofftiere und die schlecht verschlossenen Koffer im Auto verstauten.

Als er die Sprache wiedergefunden hatte, waren sie schon weg. Juliette hatte fast nichts zurückgelassen, ein paar Kleinigkeiten, zwei Haarspangen aus Plastik, eine kleine Stoffgiraffe und den kleinen grünen Samtbeutel mit ihren Milchzähnen (seine Frau hatte zu spät daran gedacht, beim Packen war es ihr entgangen, und sie wollte den Beutel zurückhaben, sie sprach bei jedem ihrer Anrufe davon, die sonst nur dazu dienten, das Programm für die Wochenenden festzulegen, das aus unerfindlichen Gründen nie zustande kam).

Als Juliette noch ein Baby war, als sie noch alle drei zusammen waren, als Luca noch arbeitete, stürzte er am Abend, wenn er von der Arbeit nach Hause kam, in das Zimmer der Kleinen, um zu sehen, ob sie noch da war. Und er brach beinahe zusammen, lehnte sich an die Tür, angsterfüllt und schrecklich *erleichtert*, sie zu sehen, wie sie in ihrem kleinen Märchenbett schlief, das er mit eigenen Händen gefertigt hatte. Manchmal ertappte er sich dabei, wie er wie ein Idiot weinte, mit zitternden Knien, während er versuchte, diese kleine Atempause, diesen kurzen Aufschub zu verlängern, denn sie war da, vor seinen Augen, ganz klein in ihrem kleinen Bett, und tat, was sie zu tun hatte – nämlich schlafen –, mit einem solchen Sinn für die Vollkommenheit und die Unmittelbarkeit, und sie schlief, wie niemand je schläft, mit einer Einfachheit, einer Reinheit, der Unschuld eines bezaubernden Kindes, das noch keine Seele hat (das war vor ihrer Taufe).

Mit einem Jungen hätte er gewusst, wie er sich als Vater zu verhalten hatte (nicht wie sein eigener Vater). Er hätte versucht, ihm zu vermitteln, wie man die Welt versteht; er hätte sie selbst verstanden. Doch das Problem mit seiner Tochter war, dass er aus dem Konzept geriet. Seine Gewissheiten zerfaserten eine nach der anderen, während er sich bemühte, sie klar und verständlich zu machen, und am Schluss verstand er selbst nicht mehr recht, was er ihr hatte erklären wollen. Dann stand er stocksteif da, und seine Frau schimpfte ihn aus und sagte, er mache Juliette Angst, und er regte sich über sie auf, und die Auseinandersetzungen wurden immer lauter, und Juliette hatte wirklich Angst, und seine Frau triumphierte, siehst du?, sagte sie, und er ging türenschlagend hinaus und blieb draußen im Regen stehen und fragte sich, wie es möglich war, dass seine Tochter Angst vor ihm hatte.

Und als ob das alles noch nicht genügte, kam jetzt noch dieses Virus hinzu, dieser neue Weltuntergang, der ihn getroffen hatte. Wieder einmal hatte er Pech gehabt. Der Lockdown war an einem Sonntagabend verhängt worden, er hatte Juliette eben bei ihrer Mutter abgeliefert. Auf der Heimfahrt hatte er mit gebrochenem Herzen am Radio die Nachrichten gehört, gehen Sie nicht mehr nach draußen, die Kinder dürfen das Haus nicht mehr verlassen, keine Schule mehr, keine Besuche bei Papa mehr, keine gereizten Anrufe der Furie von einer Exfrau mehr; kein Lärm mehr, nichts Lebendiges mehr, nur noch die Einsamkeit, ein grauer Ozean, und all die zärtlichen, liebevollen Worte, die er sich selbst und auch seiner Frau nie hätte sagen können, doch die seine Tochter wie durch Zauberhand, wie einen Hasen, der aus dem Hut kommt, in ihm entstehen ließ, all diese Wörter verloren; und die Welt um ihn herum voller Menschen, die, aufgeregt wie nasse Katzen, diesen ganzen Lärm verursachten, wegen einem Virus! Und Lucas Einsamkeit eine wahre Galaxie von Sternen, von denen die meisten wohl schon seit Jahrtausenden tot waren.

Er sah Juliette jetzt seit zwei Monaten nicht mehr. Und er dachte die ganze Zeit an sie. Jedenfalls meistens. Dieser Zustand ständiger Hochspannung – an seine kleine Tochter denken, seine Juliette, sie für kurze Momente vergessen, einen Atemzug lang, während er zwei Stunden schlief, und dann wieder an sie denken, in einem schmerzhaften Aufzucken, einem keuchenden Aufschluchzen.

Und plötzlich, gegen dreiundzwanzig Uhr zehn an diesem Samstag, 11. April, begriff Luca etwas Wesentliches. Diese ganze Angst, dieses Grauen, dieser ganze Kummer, diese ganze enttäuschte Hoffnung, dieses Gefühl, sein Leben vollkommen vertan zu haben, diese ganze Epidemie, die sich überall ausbreitete und die Menschen wie Kröten erstarren ließ, die sich nie in Prinzen verwandeln würden, und diese ganze Besessenheit von ihr, von seiner Juliette, dem einzigen Erfolg in seinem Leben, dieses Gefühl, dass nichts mehr von Bedeutung war – das alles hatte einen Namen.

Lieben nannte man das.

Rapport der Nachtschwester auf der Intensivstation von L., Samstag, 11. April 2020

Gegen 23.10 Uhr wurde der Patient Luca J. von Krämpfen erfasst, einer Art Epilepsie, wie ein Erstickungsanfall. Die Krämpfe haben etwa eine Minute lang gedauert. Gegen 23.12 Uhr ist der Patient zusammengesunken und hat aufgehört zu atmen. Obwohl ich ein Beatmungsgerät zur Verfügung hatte, ist es mir nicht gelungen, ihn zu reanimieren.

Der Tod wurde erst um 23.27 Uhr festgestellt, als der Notfallarzt eintraf.

Das Beatmungsgerät ist gereinigt und wieder zum Gebrauch bereit.

Die Welt in der Welt der Welt

von Marica Bodrožić

Denn wie es Pflanzen gibt, von denen man erzählt, dass sie die Kraft besitzen, in die Zukunft sehen zu lassen, so gibt es Orte, die die gleiche Gabe haben.
Walter Benjamin

Der Himmel und seine blaue Stunde sind wieder wahrhaft möglich geworden – auch in unseren Städten. Wir Müden und Entkräfteten hören ihnen zu. Wir, die wir alles an die Obrigkeit delegiert haben im Glauben, nichts mehr (und nicht einmal mehr mit unserer Wählerstimme) selbst ausrichten zu können, wir merken vielleicht doch und gerade jetzt, dass wir vor allem das Denken in uns selbst lange, bevor Covid-19 uns in unser inneres Exil gebracht hat, lahmgelegt haben. Und dass wir gar nicht mehr daran glauben, überhaupt etwas verändern zu können und dabei Einzelne zu sein, die zu den anderen Einzelnen wirklich und wahrhaft sprechen und nicht nur etwas dahinreden. Sprechen. Aus der eigenen Urteilskraft heraus. (...) der Alltag hat seine Gesetze und müde sind wir alle am Ende eines langen Tages, an dem unsere Kinder und unsere Arbeit und! und! und! uns beansprucht haben. Den Bequemen gehörten die Straßen, aber zum Aufbäumen mit eigener Stimme doch schon lange nicht mehr. Nun leben die Straßen für sich allein, unabhängig von uns verbinden sie sich mit den wissenden Wipfeln der Bäume und dem grünenden Farbgesang des Frühlings – oben in der freien Luft laden die aufsprießenden jungen Blätter zur geistigen Bilanz ein. Das Bild ihres gleichermaßen kostbaren wie stetigen Wachsens lässt danach fragen, was auch ich tun kann, um die Kraft zu beanspruchen, die mir zusteht. Ich schreibe diesen Text nicht nur mit meiner Hand, sondern durch die Hand mit meiner Seele, und möchte die Fragen, die ich stelle, als geistige Erde sehen.

Diese Erde zeigt mir das, was C.G. Jung gemeint hat, als er die bewusste Persönlichkeit mit einem mehr oder weniger willkürlichen Ausschnitt aus der Kollektivpsyche in Verbindung brachte. Wir sind, jeder an seiner Stelle, der Humus für diese kollektive Psyche. Die Bewusstwerdung, wie sie auch in der Genesis zur Sprache kommt, stelle, so Jung, eine Tabuverletzung dar, wie wenn durch Erkenntnis eine sakrosankte Grenze frevelhaft überschritten würde. Jung glaubte in diesem Sinne, dass die Genesis recht hat, insofern jeder Schritt zu einem größeren Bewusstsein eine Art *prometheischer Schuld* sei: «... durch die Erkenntnis wird gewissermaßen ein Feuerraub an den Göttern begangen, das heißt, es wird etwas, das Eigentum der unbewussten Mächte war, aus diesem naturhaften Zusammenhang herausgerissen und der Willkür des Bewusstseins unterstellt.»* Der Mensch, der die neue Erkenntnis usurpiere, erleide aber eine Veränderung oder Erweiterung des Bewusstseins, wodurch dieses demjenigen seiner Mitmenschen unähnlich werde. Die Qual, die aus dieser Einsamkeit entstehe (und Mystiker aller Zeiten haben auf dieses Leiden am erwachten Bewusstsein hingewiesen), sei, so C.G. Jung weiter, «die Rache der Götter». Da der Mensch nicht mehr zurück zum Menschen könne, sei er, wie im Mythos, an die einsamen Felshöhen des Kaukasus geschmiedet, verlassen von Göttern und von Menschen.

* Aus: Emily Dickinson: Sämtliche Gedichte. Übersetzt von Gunhild Kübler. Carl Hanser Verlag 2015

Diese Folgeerscheinungen des größer werdenden Bewusstseins sind nicht nur in Zeiten der existentiellen Ausgesetztheit spürbar, sie sind auch permanenter Teil eines sowohl inneren als auch äußeren Exils. Aber die Welt, die wir für unseren Garten Eden gehalten haben, ist gar kein Paradies gewesen. Die alte Welt ist zusammengebrochen und beansprucht uns jetzt als Lesende. Als solche reisen wir mit den Möglichkeiten, die das Alphabet uns, gebündelt in der Schau einer schöpferischen Kraft, zur Lektüre anbietet. Und wir reisen zeitgleich in uns selbst. Am besten, man nehme einen Stift zur Hand und folge dem Lauf der Lügen, die das einstig als Eden gedachte innere, äußere und politische Leben ausmachten. Vielleicht haben wir dann eine wirkliche und wahre Kraft, um jene Toten zu beweinen, die einen schrecklichen Tod während der Corona-Pandemie starben und ihrem Schicksal nicht mehr hier auf der Erde zuarbeiten, nicht mehr in ihm atmen können. Wir aber schulden ihnen Freundschaft und Stille im Geiste, auf dass wir genauer sehen lernen, während wir einem inneren Gebot nachkommen und zu Hause bleiben, um den in Not Geratenen zu helfen und das Buch in uns zu entdecken, das uns, in unserer Verletzlichkeit und der mit dem Körper verbundenen Achillesferse, mit ihnen in einen Gedächtnis- und Empfindungsraum stellt.

Heute ist Sonntag in meinem Leben. Nur, welche Rolle spielt Zeit, wenn wir unser Denken aufgeben und noch mehr Menschen sterben, während andere ihre Gewinne sicherstellen und das Gemeinwohl dabei unterwandern, von dem sie selbst profitieren, indem sie es wie Adidas rigoros und ohne jedwedes ethische Takt- und Verantwortungsgefühl beanspruchen. Die auf Gewinne ausgerichtete Ethik der Ökonomie ist keine Ethik. «Je kleiner ein sozialer Körper», so C.G. Jung in einem seiner Texte über *Die Assimilation des Unbewussten*, «desto mehr ist die Individualität der Mitglieder gewährleistet, desto größer ihre relative Freiheit und damit die Möglichkeit einer bewussten Verantwortlichkeit.» Damit ist auch die Frage nach unserer Freiheit gestellt, die mit der Sittlichkeit verbunden ist. Vielleicht ist jetzt endlich die Zeit gekommen, in der ein mit diesen Fragen in uns entstehender Kompass unabdingbar geworden ist. Nur das in Handlungen vollzogene Leben, sei es im eigenen Bewusstsein oder in der Außenwelt (und in der Folge des Erwachens ist das eine mit dem anderen identisch), ist ein in spürbare Kraft übersetztes Tun. Und das Leben ist heilig. Das haben wir wohl in unserer durchorganisierten, so kühl wie rational in sich selbst verliebten Welt vergessen. Und der Tod erinnert uns wieder daran, dass es ihn gibt und dass das Heilige und die Endlichkeit unserer Existenz mit ihm verbunden sind.

Ich schaue bei diesem Gedanken auf meinen roten Klee und denke an Emily Dickinson. Fast auf den Tag genau war ich letztes Jahr in ihrem Geburtshaus in Amherst, Massachusetts, und sah im Garten, den auch sie einst sah – roten Klee. «Nicht mehr als dies biet ich heut an – / Dies und mein Herz dazu – / Und Wiesen – zähle du / genau – damit – wenn ich's vergesse / Noch Einer kennt die Summe – / Dies, und mein Herz, und alle Bienen / Die im Klee brummen.»** Der Wandel kommt, Dickinson wusste davon. Wenn der Geist sich bekehrt, damals in ihr und heute in uns, wird das bezeugt und nicht erklärt. Als Hannah Arendt 1956 im Ungarn-Aufstand die erste Schwächelung Sowjetrusslands sah, schien vielen, ihr Gedanke sei übertrieben. Heute wissen wir, dass das der historische Urmoment war, auf den das im Revolutionsjahr 1989 Möglich-

** Aus: Emily Dickinson: Sämtliche Gedichte. Übersetzt von Gunhild Kübler. Carl Hanser Verlag 2015

gewordene zurückzuführen ist. Bezeugen meint auch Warten-Können. Veränderungen kann man nicht wie einen Kredit auf Kosten anderer bekommen. Eine veränderte Welt entsteht im selbstdurchschrittenen Leben und im je einzeln erwachten Bewusstsein des Menschen. Manchmal können wir erst Jahrzehnte später sehen, was als Senfkorn im Denken angelegt war. Was aus den Farben des Senfkorns wird, das können wir mit diesem Wissen aber heute schon mitgestalten. Sehen heißt ändern. Sehen heißt leben. Sehen heißt atmen. Sehen heißt sehen. Die Erde ist ein Ort im Universum.

Die Türsteher des Virus

von Laurynas Katkus

Aus dem Litauischen von Markus Roduner

Sie sind da! Der Bus fährt eine Schleife und hält an der gekennzeichneten Stelle an. Die Türen gehen schnaubend auf, die ersten Reisenden steigen aus. Man hört, wie Kinderwagen zusammengeklappt werden: Das sind die Familien mit den von der frostigen Frühlingsnacht geweckten Sprösslingen. Die kurze Entfernung bis zum Flughafengebäude überwinden die Ankömmlinge ganz langsam, als würden sie sich dagegen wehren.

Am Eingang warten zwei Gestalten in rundum geschlossenen Anzügen, in denen sie auch einen Chemiewaffenangriff überstehen würden. Einer öffnet die Tür, sagt wer wie wohin, der andere heißt sie die Hände auszustrecken und bespritzt sie mit Desinfektionsmittel. Dahinter erwarten sie Rolltreppe, Fiebererkennung mit der Wärmebildkamera, Registrierung für die Quarantäne, Probeentnahme – mit einem Wort, eine lange Geschichte, und erst nach alledem – *Exit to Town*, der in jener schönen Welt zur Kategorie der selbstverständlichen, routinemäßigen Dinge gehörte.

Der Zweite ist neu hier und fühlt sich ein wenig angespannt. Er ist kein erfahrener Ordner – mal ehrlich, hat er denn überhaupt schon mal so etwas getan? Gut, dass sein Partner schon früher hier Wache gestanden hat. Seine Worte sind meist voller Sarkasmus, aber wenn es darauf ankommt, verdünnisiert er sich nicht. Der Zweite überprüft, ob die Reißverschlüsse des Chemieanzugs auch gut zugezogen, ob keine Löcher mehr vorhanden sind. Man hat ihnen gesagt, sie sollten sich rasieren, weil sich sonst die Atemschutzgeräte nicht gut ans Gesicht anschmiegten. In solchen Augenblicken kommt einem in den Sinn, was das Bewusstsein sonst weit von sich weist: die Clickbyte-Überschriften vom Durchdringungsvermögen des Virus, die Wellen von Facebook-Posts. Es kehrt zurück die Nacht in der Jugend voller Grauen, in der ein Bekannter zum ersten Mal von Aids erzählte, mit dem man sich über den Speichel anstecken könne.

Die Reisenden drängen sich an der Tür, um schneller nach drinnen zu kommen; doch der Abstand muss eingehalten werden, deshalb hebt der Zweite von Zeit zu Zeit die Hand und hält den Menschenstrom an. Das Flugzeug kommt aus London, wie per Funk mitgeteilt wurde – prallvoll. Fast alle mit Maske, also wendet sich der Blick dem einzigen sichtbaren Teil des Gesichts zu – den müden Augen voller Beunruhigung. «Im Normalfall» mag der Zweite keine stark geschminkten Wimpern, kahlgezupften «Mausschwänzchen», aber jetzt sind sie das Einzige, an dem der Blick hängen bleibt, wo man länger verweilen möchte. Als sich die Schlange draußen endlich aufgelöst hat, wirft der Fahrer den Motor an und fährt zum Flugzeug, um die andere Gruppe abzuholen.

Pause. Der Tower, in dem sie ihr Hauptquartier haben, ist fast genau derselbe wie vor der Landung des Flugzeugs – hell beleuchtet, still und leer. Der mit Abkürzung VNO gekennzeichnete Gebäudekomplex hat einen solchen Zustand seit seiner Einweihung wahrscheinlich noch nie erlebt; vom Durchgangsraum, vom Transit-Nichtort hat er sich in ein Gebäude, in Orte und Volumina zurückverwandelt. Hier lehnt sich der Erste an eine kleine Wand der Glaskonstruktionen, während der Zweite auf der jetzt ausgeschalteten Rolltreppe sitzt. Doch die Umgebung scheint nicht echt zu sein, gleicht eher einem Bühnenbild, dem Set eines Films über den Flughafen. Der Zweite erinnert sich, wie zu Beginn ihrer Schicht die Medizinerinnen zu ihnen gestoßen waren. In Kittel aus blauem Tüll gehüllt und mit ihren Ufo-Kürbis-Mützen auf dem Kopf betraten sie im Gänsemarsch den Saal und hielten Abstand – Feen aus einem Theaterstück für Kinder, nichts anderes!

Die beiden überschlagen, wie viele Busse noch vor ihnen waren, hast du diesen britischen Maskenstil gesehen usw. Wie sich im Laufe ihres Gesprächs herausstellt, hat der Erste den Beginn der Quarantäne etwa gleich wie der Zweite verbracht – nämlich im Internet mit Binge-Reading aller Nachrichten über die Pandemie.

Nachdem er den beschlagenen Augenschutz abgenommen hat, beginnt der Erste zu philosophieren: «Glaubst du nicht auch, dass jede Zeit die Krankheit bekommt, die sie verdient? In der Belle Époque gab es die Tuberkulose für die Künstler. Etwa zur selben Zeit oder auch früher die Syphilis, die die Liebhaber des Fremdgehens mit sich herumtrugen. Und jetzt dieser Virus – der ist doch ein typischer Hipster. So sanft, dass man ihn kaum bemerkt. Am gefährlichsten für die, die dem Alter nach nicht zu ‹uns› gehören, und für die ungesund Lebenden. Und wie schützt man sich davor? Indem man sich ständig säubert, Distanz hält, Kontakte nur via Bildschirm pflegt ... klassisch!»

«Dann hast also auch du dich vom Politologen zum Epidemiologen umgeschult?»

«Nee, aber mal ganz im Ernst: Wenn es diesen Virus nicht gäbe, müsste man ihn sich ausdenken. Das Ideal der Millennials ist doch die absolute Sauberkeit. Die erreicht man, wenn man sich von allen Quellen der Unreinheit fernhält, will heißen, indem man sich mit niemandem trifft. Zusammensein, das heißt doch Viren austauschen, oder etwa nicht?»

Der Zweite begreift, dass sein Nachrichtenkonsum zu groß war – er kann sich gar keine Meinung mehr über das Gehörte bilden. In seinem Kopf wirbeln Ja und Nein wild durcheinander, bis eine neue Gruppe Reisender dem ein Ende bereitet. Während er sich an seine Position stellt, legt er sich noch zurecht, dass es im Grunde genommen nicht um die jüngere Generation geht, sondern um die Ungewissheit, die sein Partner auf diese Weise unter Kontrolle zu bringen versuchte.

Sie wechseln sich ab: Der Erste nimmt jetzt die Tür, der Zweite den Zerstäuber. Aus den Händen, die er desinfiziert, stechen die breiten, mächtigen Pranken eines Bauarbeiters heraus. Ein Mann kommt in Begleitung vom Fiebermesspunkt zurück. Er hat Fieber und wird direkt ins Unispital in Santariškės gebracht. Von einer seltsamen Neugier gepackt, sieht ihm der Zweite nach, bis er im Auto Platz genommen hat.

Der Bus kehrt noch mehrere Male wieder. Die Geduld der Leute erschöpft sich, sie hören nicht mehr, was man sagt, ein paar fluchen laut. Einer filmt, streckt die Kamera direkt vors Gesicht. Auch den beiden fällt das Ganze langsam schwer – sie möchten zu jedem Einzelnen etwas Beruhigendes sagen, aber das geht nicht, denn dann würde der Menschenstrom sich noch langsamer bewegen, die Menge ist zu groß, um bei jedem vorbeizugehen. Wahrscheinlich ist das die schwierigste Aufgabe der Mediziner – nicht zum Roboter zu werden, nicht zuzulassen, dass die Gesichter der einzelnen Patienten zu einer einzigen Abstraktion verschmelzen.

Über Funk ist zu hören, «wir haben einen Zulu» – so lautet die Codebezeichnung für einen Passagier, der sich nicht registrieren will und sich nicht überprüfen lässt. Die Luft dringt nur mit großer Mühe durch den Filter herein, am Hinterkopf spüren sie die Enge.

Pause. Draußen stehen, eines neben dem anderen, große und kleine Flugzeuge; anhand der Embleme und Farben versuchen sie zu erraten, welchen Fluggesellschaften sie gehören.

Über Funk wird mitgeteilt, die Polizei kümmere sich jetzt um den Zulu.

«Um die Krankheit zu stoppen, opfern die Länder mehrere Prozente ihres Bruttosozialprodukts. Gut, ich verstehe. Aber kannst du dir vorstellen, wie viel Geld das ist? Trillionen! Wenn man die zum Beispiel für die Krebsmedikamentenforschung spenden würde, wäre das Resultat dann nicht beeindruckender?», meint der Erste sarkastisch. Schon halb fünf; er ist müde.

«Warum hast du dich dann für diesen Auftrag gemeldet», fragt der Zweite, «wir müssen das doch nicht tun?» Und fährt fort: «Wenn es eine Gefahr gibt, dann muss man reagieren und nicht hin und her überlegen, was wäre, wenn. Wie lautet denn die Alternative – die Patienten sortieren wie nach einer Schlacht? Du hast eine Triage hinter dir, du weißt, was das ist.» Der Erste hält dagegen, und seinem Partner kommt in den Sinn, diese Gespräche seien Teil einer Serie – einer Serie, die, noch bevor sie ausgestrahlt worden ist, schon alle mitgerissen hat, einer Serie, die an unzähligen Orten wiederholt wird.

Das Licht des letzten Busses, das Brummen des Motors, das Aufatmen der Tür. Gleich kommt der Augenblick, in dem sie diesen Krämerladen schließen, in dem sie draußen unter Anleitung der Medizinerinnen ihre Anzüge ausziehen, sie in Spezialbeuteln verstauen und ins «normale» Leben zurückkehren würden.

«Ja», sagt der Erste, «mit diesem Virus werden wir leben müssen. Also lassen wir ihn besser rein. Wir sind doch nicht irgendwelche Hipster –»

Schon wieder sein altes Lied, denkt der Zweite, während sein Partner auf den Knopf drückt und das Tor öffnet.

z.B. die Abwesenheit von Pferden

Das Tagebuch von Dorothee Elmiger

19.3.
Seit einigen Tagen erwache ich wieder in einem der Kinderzimmer im Haus meiner Eltern. Woran ich mich nun plötzlich erinnere: wie kühl die Luft frühmorgens ist, kühl und klar. Die Dinge (Hügel, Wälder) schimmern bläulich. Irgendwo Vögel in den Gärten der Nachbarn.

Ich hatte nicht geplant, die Stadt zu verlassen: Vorsorglich hatte ich zwei Pizzen ins Gefrierfach gelegt, ich arbeitete an einem Text über Ursula K. Le Guins *Carrier Bag Theory of Fiction*, und unten, vor den Fenstern meiner Wohnung, blühte der Kirschbaum, als mich plötzlich wieder der große Schwindel und die außerordentliche Müdigkeit überkamen, die auf seltsame Weise mit einem Zahn zusammenzuhängen schienen, einem nervösen Schläfer in meinem Mund, der vor Wochen erst auf- und dann wieder zugemacht worden war.

Ich lag im Bett in einem Zelt aus Schmerz, während der Kopf immer leichter wurde und sich langsam zu entfernen schien, dann stand ich auf, panisch, verließ meine Wohnung mitten in der Nacht und fuhr aufs Land. Berührte keine Haltestangen, Türknöpfe, Sitzpolster unterwegs.

Von hier aus nun alles zu verfolgen; den Blick aus dem Zelt nach draußen zu richten, hinauszuschauen über die eigenen Zellen, Zonen, Grenzen.

Führe internationale Telefonate. Die Freunde sagen, wir müssen jetzt schon darauf bestehen, dass die Grenzen baldmöglichst wieder geöffnet werden; müssen über Verhältnismäßigkeit nachdenken; auch jetzt noch uns den Zufall der Geburt vor Augen halten.

20.3.
Nachts kompilierte Listen von Fragen:

(...)

Wer waren wohl die 11 000, die in den vergangenen Tagen vergeblich versuchten, in die Schweiz einzureisen?

Welche Gründe nannten sie?

Handelte es sich um Freunde, Verlobte, Handelsreisende, suchten sie Asyl, eine dringende Behandlung?

Waren sie krank?

Und wenn die italienischen Ärzte sagen, es herrsche Krieg in ihren Krankenhäusern, was hat in diesem Fall die Schließung der Grenze bedeutet?

Und werden wir sie wieder öffnen können in der Zukunft, wie S. gestern am Telefon sagte, so weit zumindest, wie es gerade eben noch der Fall war, oder werden jene in der Mehrheit sein, die finden, schon immer fanden, es sei sicherer so?

25.3.
Beschwere mich am Telefon: Wie dämlich das alles ist.
Stimmt, sagt J., aber zugleich: Jetzt nicht aus dem Blick verlieren, *you know,* dass dieser Zustand, das Ausharren in unseren Wohnungen und Häusern, dass die Gefährdung und die Verluste, die hier nun unter Umständen erfahren werden, andere schon immer, ständig begleiten; die ihre Häuser nur nervös verlassen, die sich mit jeder Bewegung in Gefahr begeben; ganze Leben durch äußere Umstände bestimmt.

In der Zeitung vor einigen Tagen die kurze Notiz, es sei vor eineinhalb Jahren bei den Badila-Ölfeldern im Tschad zu einem Dammbruch gekommen, verschmutztes Wasser sei aus einem Auffangbecken getreten und in den Nya Pende geflossen.

Das Becken habe so viel Wasser gefasst wie 34 olympische Pools.

Die PetroChad Mangara, die die Ölfelder betreibt, eine Tochtergesellschaft des Schweizer Rohstoffkonzerns Glencore. Am Tag nach dem Dammbruch die Information: Es bestehe keine unmittelbare Gefahr.

Im Report der britischen RAID (*Glencore's Oil Operations in Chad*) das Beispiel einer Familie, die ihr verletztes Kind erst in die St. Joseph Health Clinic, dann zum Arzt des Distrikts, dann ins 50 Kilometer entfernte allgemeine Krankenhaus von Moundou bringt, wo man ihr rät, für eine bessere Behandlung nach Kamerun weiterzufahren, aber das Geld der Familie ist längst aufgebraucht, und sie nehmen das Kind mit, zurück nach Hause.

26.3.
Vor der Tür die Lieferung der örtlichen Buchhändlerinnen: *Die Tochter des Vercingetorix* für meinen Vater, Daniel Defoes *Journal of the Plague Year* für mich, außerdem Helfers *Bagage*, amerikanische Romane.

Bei Defoe: Tagelang sieht H. F. im Juni 1664 zu, wie die Leute London verlassen. Wagen und Fuhrwerke bringen Güter, Familien und Bedienstete aus der Stadt; mit leeren Kutschen kehren die Bediensteten zurück, um noch mehr Leute einzusammeln. Es sind die Reichen, *people of the better sort*, die aufs Land fliehen, um der Pest zu entkommen.

This was a very terrible and melancholy Thing to see, schreibt H. F., denn es habe ihn erfüllt mit einer Ahnung der kommenden Misere und des Unglücks, das jene erwartete, die nun in der Stadt verblieben.

Selbst will er London nicht verlassen, weil er als Sattler angewiesen ist auf den Kontakt zu den Kaufleuten, die mit den Kolonien jenseits des Atlantiks Handel betreiben; als er sich dann doch entschließt, aus der Stadt und nach Lincolnshire oder Bedfordshire zu reisen, kann er kein Pferd mehr finden: Wochenlang, schreibt er, habe man in der ganzen Stadt kein Pferd mehr kaufen oder mieten können.

For tho' it is true, all the People did not go out of the City of London; yet I may venture to say, that in a manner all the Horses did …

Wie die Dinge plötzlich neue Bedeutungen erlangen, zu Zeichen werden, unauffällige Manifestationen eines Zustands,

z. B. die Abwesenheit von Pferden.

27.3.

Zu Beginn, bevor die Krankheit in der Stadt wirklich ausgebrochen sei, hätten die Träume alter Frauen und ihre Deutung der Träume anderer die Leute in nervöse Aufregung versetzt: Manche hätten Stimmen gehört, die dazu aufriefen, London zu verlassen, andere hätten von Erscheinungen am Himmel berichtet, ein aus den Wolken auf die Stadt herabzeigendes, flammendes Schwert etc.

Einmal sei er, H. F., draußen auf eine Ansammlung von Menschen gestoßen, alle hätten sie in die Luft gestarrt, dorthin, wo angeblich ein weiß gekleideter Engel zu sehen war, der über dem Kopf ein Schwert schwenkte; allen hätte er sich gezeigt, *YES, I see it all plainly,* nur H. F. nicht: Er habe nur eine weiße Wolke gesehen, ihre eine Seite von der Sonne beleuchtet.

31.3.
Der Anruf des Lektors vor einigen Tagen, als ich gerade Einkäufe nach Hause trage: Ob im Vorschautext zum neuen Buch, das noch immer im August erscheinen soll, die Formulierung «in der Zukunft» gestrichen werden müsse. Sollte in der Zukunft die Welt einmal nicht mehr in der uns bekannten Form bestehen, so hatte der Satz ungefähr gelautet, dann wäre man vielleicht ganz froh um dieses Buch. Stimmt, sage ich und stelle die Tasche ab. Sicher ist sicher.

Seit dieser Woche sind die Verlagsleute in Kurzarbeit, die Buchbestellungen, schreibt der Verleger in einem Rundbrief, fast zum Erliegen gekommen.

Die Lektüren der Zukunft: Mir hängt jedenfalls schon alles zum Hals heraus, was diese große Krankheit betrifft, all die Journale, Protokolle und Erzählungen aus den Schlafzimmern und Küchen; Leslie Jamison's *When I Became Symptomatic* in der *New York Review of Books* der vorläufig letzte Bericht aus einem der ständig wechselnden Epizentren, den ich lese, lesen mag. Will Opulenz und Sex, maßlose Hingabe zum Möglichen.

2.4.
Unten bei den Briefkästen der Nachbar, der immer alles zweimal sagt, einmal in der Sprache seiner apulischen Kindheit, einmal in der Übersetzung, als lückenhafte Übertragung. Steht da, als hielte er nachlässig Wache, aber er wartet nur auf die Post, sagt er, die noch nicht da ist.

Er hat selbst einmal Post ausgetragen, Prospekte, Anzeiger, sowas; weiß deshalb, glaube ich zu verstehen, warum die Briefträgerin am Donnerstag später kommt.

Seine Wiederholungen vielleicht auch deshalb, weil ich immer wieder vergesse, was er mir immer wieder erzählt. Die

Stadt, aus der er einst kam: Lecce; das Jahr: 1960; Anzahl Jahre, die er nun schon im Viertel lebt: 40.

Ob ich die Zeitung auch gelesen habe, fragt er. *20 Minuten* berichte heute, die Leute sollen in Zukunft Tag und Nacht arbeiten wegen der Krise, zwölf Stunden lang und auch am Sonntag.

Er habe ja auch nachts gearbeitet, in der Reinigung, sagt er, *ma.* Tippt sich mit dem linken Zeigefinger leise lachend gegen die Schläfe.

Erzählt dann noch einmal die Geschichte vom Winter 1991 oder 92, als es einmal so viel schneite über Nacht, dass ihm der Schnee bis zu den Knien reichte und seine Enkelin fast darin versank und ein TV-Reporter sie auf Kamera festhielt, und abends sahen sie sich dann im Fernsehen, zwei Gestalten im Schnee auf *TeleZüri*.

Oder war es *EuroNews*?

6.4.

Kurz nach 7 Uhr die Fenster aufgerissen: immenses Gezwitscher.

Wie ich im letzten April einmal in der Morgendämmerung nach Hause gefahren war, lustig schlingernd und vermutlich freihändig, die Bäume an der Stauffacherstrasse schon so dicht belaubt, dass sie einen grünen Tunnel bildeten.

Genau so pfiffen damals die Vögel.

In der Nachbarschaft seit gestern oder vorgestern ein neuer Schriftzug an der Fassade: GESUNDHEIT STATT PROFIT, Hammer und Sichel.

Momentanes Unbehagen angesichts der so großgeschriebenen Gesundheit, wie sie da an der Hauswand prangt: Ich bin ja ganz einverstanden, aber ob wir das dann wohl noch einmal besprechen können, wenn die Lage nicht mehr so brenzlig ist.

Schon kürzlich nämlich, sage ich zu S., als ich zum Coop gelaufen bin, um Bier zu kaufen, dieses seltsame Gefühl, als handelte ich fahrlässig, als wiche ich ab vom Kurs, als offenbarte ich mich nun als eine von denen, die dem *Ungesunden* huldigen, die ihre Lebenszeit sehenden Auges verjubeln, die nichts wissen vom Gebot der Mäßigung. Ich würde ja vorschlagen, DAS GUTE LEBEN STATT PROFIT, habe aber nur einen Bleistift u. ein paar vertrocknete Leuchtstifte.

8.4.

Nachts wach gelegen, durch eine seltsame, drückend heiße Sommernacht in Seoul getaumelt, Seite um Seite von Bae Suahs *Untold Night and Day* ein Déjà-vu oder vielmehr Déjà-rêvé: Gewirr oberirdisch geführter Telefonleitungen, die Waden einer Frau, die einen Hügel hochgeht, Flachdächer, die schweißgebadeten Körper der Schlafenden, bellende Hunde, die Nacht des Tiers.

Oh, wie gut, befördert mich dieses Buch, das letzte Woche so überraschend in meinem Milchfach lag, wieder in das Gebiet des Möglichen, des ganz und gar Unmöglichen, in die Nähe des visionären Flirrens, dorthin, wo die Luft unruhig zittert, wo gerade alles passieren kann und noch nichts hochgerechnet wurde, wo zwei in einem engen Zimmer nebeneinander aus einem Fiebertraum aufwachen, die Nächte und Tage noch nicht erzählt.

11.4.
Bundesrätliche Botschaft zu Ostern:
Maurer wird keinen Coupe in der Gartenwirtschaft essen.
Parmelin wird nicht mit seiner Frau nach Villars fahren, sondern in Bursins bleiben.
Sommaruga bleibt zu Hause und spielt Klavier.
Berset liest alte Bücher.
Keller-Sutter möchte kochen und backen.

Gleich wieder an die «Neue Häuslichkeit» gedacht, die Leo Hofmann so schön besingt auf Deutschlandfunk Kultur:
Heute gibt's Ofengemüse
Heute gibt's Ofenlasagne
Heute gibt's Frischbackbrot aus dem Ofen
du du du dudu duu
Ich und mein Ofen
trotzen Katastrophen
(«Radiokunst im Aufnahmezustand», Staffel #1, 31. März 2020)

14.4.
Weiß nichts.

Meise stopft Zeug in meinen Rollladenkasten wie immer.

Bald werde ich in die Migros laufen und im Auftrag meiner Nachbarin vierzig *Nature Heroes*-Sticker gegen ein *Nature Heroes*-Insektenhotel eintauschen.

Lasse das Internet Sätze aus meinem *Oeuvre* übersetzen:
Maurer wird keinen Coupe in der Gartenwirtschaft essen.
Bricklayer won't eat a coupe in the garden centre.

17.4.
Formation neuer, interkontinentaler Lesezirkel:

Die Geschichte beginnt auf einem Superkontinent, einer einzigen, zusammenhängenden Landmasse, im Süden *Die Antarktischen*, im Norden *Die Arktischen*, Tundra, *Merz-Wüste*, der *große, östliche Wald*.

Was wohl zum Vorschein käme, wenn man die Ereignisse der Gegenwart in die seltsam archaische Sprache der Fantasy übersetzte.

Unter der brennenden Sonne des späten I. Tertials strömten jene, die man hier die Helfer nennt, zu Hunderten in Cluj zusammen. Warf man nur einen flüchtigen Blick auf sie, schienen sie sich nicht von uns, die wir die Territorien des relativen Westens bewohnten, zu unterscheiden. Und die wenigen Berichte, die in diesen Tagen aus ihren Gebieten zu uns drangen, ließen darauf schließen, dass auch unter den Helfern keine Immunität herrschte: Wie wir hatten sie die vergangenen Wochen seit dem ersten Äquinoktium in ihren Häusern verbracht; die sechste militärische Ordonnanz hatte ihnen die Bewegung in und zwischen den am stärksten getroffenen Komplexen verboten.

Nun aber hatten die Helfer ihre Häuser verlassen, Tausende von ihnen, sagte man, waren aufgebrochen zu den Höfen in den Territorien des relativen Westens, wo sie wie jedes Jahr dieselbe mühselige Feldarbeit verrichten würden, bevor man sie im Laufe des II. Tertials wieder in ihre Komplexe zurückschickte. Flexible, post-kommunistische Universalsoldaten, schrieb der Guardian, *die man aus der Quarantäne geholt hatte, damit sie nun hier das weiße Gold aus der Erde holten.*

18.4.
Nachts Kataloge zukünftiger Bewegungen angelegt, ganze Choreografien, aus der Erinnerung entwickelt. Vielleicht kann die Literatur ja nun vorübergehend davon handeln: von den tausend Weisen, beiläufig eine Fremde zu berühren, von der Hand, die sich auf einer Metrofahrt zum Gare de Lyon am Arm eines Unbekannten festhält, von der an die Schulter einer zufälligen Bekanntschaft gelehnten Stirn, überhaupt von der Liaison der Körper also, all ihren schockierenden Möglichkeiten, sich zu verbinden.

Notstand, Nacht, Erinnerung

Corona einmal um die Welt – Teil III

Tagebuchfragmente im Zwielicht

von Kendel Hippolyte

Aus dem Englischen von Ingo Herzke

23.03.20

«Pandemie». Das Wort klingt nach medizinischem Jargon – ein pathologischer Zustand/Umstand. Das impliziert, dass dieses Problem früher oder später gelöst wird. Und ja, ich nehme an, das wird es auch – medizinisch. Aber jenseits des Medizinischen liegt das Gesellschaftliche. Und das Politische. Covid-19 ist wie ein Spiegel, der ein Bild zurückwirft – nein, eher wie ein Röntgenbild unserer Gesellschaften, der fundamentalen Pathologien unserer Staatskörper.

31.03.20

Solche Überlegungen flackern unerwartet auf, und dann wird mir klar, dass ich mich bisher nur intellektuell und oberflächlich an die Lage angepasst habe. Wenig überraschend. So viele Informationen strömen auf dich ein, springen aus deinem Handy oder Fernseher oder Computer und klammern sich an den Teil von dir, auf dem sie landen. Darum habe ich schon ganz früh einen psychologischen Imkeranzug angelegt. Die Zitate und Schlagzeilen summten um mich herum, während ich mich auf die Online-Sitzung meines wöchentlichen Lyrik-Workshops vorbereitete, die Tomaten und den Schnittlauch bewässerte, Wäsche aufhängte – die reduzierten praktischen Tätigkeiten, die ich unter diesen veränderten Umständen aufrechterhalten konnte.

06.04.20
In meiner Psyche spüre ich immer noch das Zucken unbestimmter Absichten und konkreter Pläne; den Impuls reflexartiger Gedanken an die praktischen Einzelheiten von Dingen, die eigentlich ungefähr jetzt hätten geschehen sollen, oder später am Nachmittag, an diesem Tag zu dieser Zeit. Das Phänomen des Phantomschmerzes in amputierten Gliedern.

13.04.20
Wir sind jetzt seit etwa vier Wochen im Lockdown, doch erst vor ein paar Tagen habe ich die geisterhafte Aura richtig gespürt, die unterschwellig jede Minute dieses Zustands färbt. Ich plauderte über den Gartenzaun mit meiner Nachbarin Ma E – ungefähr sieben Meter auseinander, ohne Masken. Ma E ist der Inbegriff einer über 60-jährigen Dame von St. Lucia, von fast schon archetypischem Zuschnitt – unerschütterlich ländlich-traditionell, obwohl sie schon seit Jahrzehnten in der Hauptstadt lebt:

»Diese Corona-Sache ist ... ich weiß gar nicht, was ich sagen soll. Stellen Sie sich vor! Das Zeug ist hier in der Luft, während wir miteinander sprechen.« Und sie machte eine vage Geste vor sich her.

Und da sah ich, wie sie es sich vorstellte. Ich weiß noch, wie ich als Kind den Film *Die Zehn Gebote* sah, die Darstellung der zehnten Plage, welche letztlich die hartnäckige Entschlossenheit des Pharaos brach, die Israeliten aus der Knechtschaft ziehen zu lassen. Diese Plage wurde als giftig grüner Dunst dargestellt, der dicht über dem Boden durch die verlassenen Straßen der Stadt kroch; geräuschlos – bis auf die Schreie hinter den Türen, wo die Erstgeborenen dahingerafft wurden.

Ma E hatte vor meinen Augen in der hellen Nachmittagsluft eine Erkenntnis heraufbeschworen. Dies ist mehr als ein

Virus, mehr als ein Phänomen, das sich mit medizinischem Fachwissen kontrollieren lässt.

22.04.20

Covid-19: Das klingt wie der Codename einer tödlichen Undercover-Operation. Man stellt sich Männer in Anzügen vor, die in abgeschotteten, schalldichten Büros durch ihre Hightech-Masken mit Abbildern ähnlich gekleideter Männer redeten.

Warum umgibt die Online-Diskussionen um Covid-19 immer so eine Aura böswilliger Absichten und verdeckten Experten-Unheils? Haben frühere Pandemien ebenfalls so eine Flutwelle von Verschwörungstheorien hervorgebracht? Oder fallen sie uns jetzt wegen der Internetmedien nur viel mehr auf? Der Subtext so vieler Diskussionen lautet jedenfalls: »Seht ihr, in was für einem System wir leben?«

04.05.20

Gestern, am Sonntag, bin ich vorsichtig spazieren und joggen gegangen, weiter hinaus als nur in die unmittelbare Nachbarschaft. Zum ersten Mal seit Wochen. Es war später Nachmittag. Ich ging an geschlossenen Supermärkten und Cafés vorbei, an einem Optiker, einer Apotheke, Modegeschäften, in denen die Schaufensterpuppen ironisch posierten. Ein Kleinbus kam mir entgegen, vierzehn Sitzplätze, drei Menschen saßen darin. Immer noch kein idealer Abstand, aber ...

Fast vollkommen klare Sicht hundert Meter voraus. Nur Betonbauten, die stoisch im Licht des Spätnachmittags stehen, bis hin zum Morne Piment, dem flachen Hügel, der – bis jetzt noch – die unermüdliche Ausbreitung von neuen Einkaufszentren und Bürohochhäusern blockiert. Auf den ganzen Hunderten von Metern, die ich zurücklegte, sah ich auf der Straße zwei Menschen: die Beine eines Mannes, die aus dem

Führerhaus eines Pick-up ragten, und ein weiterer Mann, der Kokosnussschalen aufsammelte und sie in den Laderaum eines Transporters warf. Jetzt fällt mir auf, dass ich mich nicht entsinnen kann, als ich an ihm vorbeiging, den Aufprall der Schalen gehört zu haben, die er in den Lieferwagen warf.

08.05.20
Zwielicht. Abenddämmerung. Etwas endet, etwas kommt heran. Das Gefühl des Dazwischen. Zwischen was und was? Zwischen *damals* – vor Corona – und ... *wann*? Darum gerät man auch so ins Grübeln, wenn man darüber nachdenkt. Wann? Wann ist Post-Corona? Wie sieht es aus? Dieses *Wann*. Das ist mehr als bloß eine Zeitspanne.

13.05.2020
Arundhati Roy sagt, die Pandemie sei eine Pforte, ein möglicher Zugang zu einer neuen Welt, die wir erschaffen können. Ich denke: Wir? Ja, einige von uns wollen diese radikale neue Welt. Ich überlege, was das für meine Insel bedeuten könnte, die inzwischen so stark vom Massentourismus krassester Art abhängig ist. Eine neue Welt würde zumindest eine andere Form des Tourismus bedeuten, eine andere Art von Touristen, die mit Menschen interagieren, die sich wieder auf sich selbst und ihre eigene Basis besinnen ...

Diese Autorin fordert mich heraus, über das Schreiben hinauszugehen. Wohin? Wieder das Gefühl des Dazwischen.

16.05.20
Es ist 9 Uhr 30, du sitzt im Auto auf dem Weg zum Supermarkt, dem Geldautomaten, dem Postamt. Es ist 9 Uhr 30, aber auch Zwielicht.

Da ist es:

Zwischen den Nettigkeiten, die du mit dem maskierten Wachmann austauschst, der deine Hände beim Eintreten mit Alkohollösung einsprüht.

Zwischen den warmen Worten der Kassiererin, die einen Schutzschild vor dem Gesicht trägt, hinter einer Science-Fiction-artigen Plexiglasscheibe steht und die Einkäufe mit Gummihandschuhen anfasst.

Zwischen jedem Tippen deiner Finger auf die Tastatur des Geldautomaten, die du mit Alkohol eingesprüht hast, sowohl die Tasten als auch den Bildschirm.

Da ist etwas, was vorher nicht da war. »Stellen Sie sich vor! Das Zeug ist hier in der Luft, während wir miteinander sprechen.« Ma Es Worte ergeben einen surrealistischen Sinn. Ein Zwielicht ist es, was da ist. Eine Bedrohung, aber zugleich, eingedenk Arundhati Roys Worten, auch ein mögliches Versprechen. Ineinander verschlungen.

18.05.20
Das Zwielicht ist in dich eingedrungen, hat sich in den Räumen direkt vor und unter allen Worten und Taten verbreitet. Ein ständiges Gefühl von »Dies ist nicht ganz das, was notwendig wäre, nicht ganz. Es muss noch mehr geschehen. Bald.«

24. ... .20
Jenseits dessen, nach dem Zwielicht, liegt dies:

Entweder
zeigen sich die ersten Züge einer neuen Gesellschaft, in der Körper aus Fleisch und Blut endlich als heilig gelten

die Elemente Luft-Erde-Wasser-Feuer, die im Kern unseres molekularen Bewusstseins gewürdigt werden

ein soziales Leben, die Gestalt einer Gesellschaft, die aus und für unsere tiefsten und wahrhaftigsten Bedürfnisse gebildet wird

Oder
der Griff der Konzern-Tentakel, die sich noch verzweifelter um den Erdball schlingen

die Millionenaugen der Krakenhydra, noch mehr vervielfacht, die sich wie Laser ins Mark der Gedanken selbst zu bohren versuchen

der galoppierende Konsum eines gedankenlos manipulierten Kaufrausches, das blinde Kaufen und Verkaufen, das Klappern der konkurrierenden Hufe des Kapitals, die zwanghaft auf ausgetretener Bahn kreisen, im letzten Rennen gegen sich selbst

und dann die Natur, die im finalen Kummer wütet, weil die Rettung ihrer übrigen Familie die Opferung ihres muttermordenden Sohnes erfordert, und ihre Selbstheilung durch Erdbeben, Feuer, Sturm und Flut ...

um danach für Äonen im kosmischen Sabbat zu ruhen

Es klingt beim Schreiben melodramatisch. Und doch halte ich es für nur allzu möglich. Wir sind dazwischen ... Im Zwielicht.

Notstand, Nacht, Erinnerung. Ursprung eines Gedichts

von Fabio Pusterla

Aus dem Italienischen von Ruth Gantert

ALTES SPIEL
ODER FRAGMENT EINER UTOPIE

Der ausspäht und einfängt
wittert den Sieg. Fast alle hat
er erwischt und sucht nun
tückisch nach der letzten flüchtigen
Beute zitternd vielleicht im Dickicht
verirrt. Auf leisen Sohlen mit dem
Auge einer Wespe oder Drohne
lauert er ihr auf, sich selbst
gewiss und aller
Herr.

Doch aus einer Schlucht stürzt
hinter ihm unwillkürlich der Held
das Herz im Hals die Hoffnung
Halblicht im Wald die Hand ausgestreckt
zum Baum mit der rauen Rinde
zur Höhle der Welt für den Schrei
mit ganzer Kraft den Abschlag
das fröhliche *Alle frei*
das aus dem Albtraum erlöst,
die fragile Utopie die nicht endet.

Unveröffentlicht, 2020

Der Notstand steigt aus den täglichen Meldungen, aus den Zeitungsseiten oder Computerbildschirmen mit den Toten, dem Verbreiten der Ansteckung, der Betretenheit der Politiker und Kommentatoren, dem Grauen vor all jenen, die die Lage zur Selbstdarstellung nutzen. Du schaust die Todesanzeigen an, die sich über die Zeitungsseiten ausbreiten, und fragst dich jedes Mal, ob der Name eines Freundes oder auch nur Bekannten dabei sein wird, und schämst dich beinahe dafür: Die anderen, Unbekannten, sind nicht weniger tot als die deinen. Du kannst das Bild vor einigen Wochen nicht vergessen, Militärlastwagen beim Abtransport der Särge aus Bergamo und Umgebung, wo sich zu viele Tote stauten. Die in ihrem Zwangsexil allein gelassenen Alten. Der Mann, der sich in seiner Bar in Pavia erhängt hat in seiner Verzweiflung.

Der Notstand steigt aus alledem, aus den irren Begegnungen im Supermarkt, den Augen, die dich geheimnisvoll anschauen hinter einer Schutzmaske, dem Gefühl der Einsamkeit und Isolation; aus den Telefongesprächen, den Botschaften, die körperliche Nähe, Kuss oder Umarmung zu ersetzen versuchen, aus dem Schweigen des vielleicht in eine Art Lethargie oder Depression Verfallenen, der deine Nachrichten nicht beantwortet, der verschwunden scheint. Daraus, wie du dich selbst manchmal gehen lässt, in Trägheit und Trostlosigkeit versinkst.

Der Notstand wächst aus der Furcht, dass manche, hier oder anderswo, nicht verstehen, nicht begreifen wollen oder können, was gerade passiert: Fühllosigkeit, Grobheit oder Arroganz derjenigen, die zu sagen scheinen, die Sache ginge sie nichts an, es sei alles übertrieben, was wirklich zähle, sei nur die Wirtschaft, der Umsatz, der Profit. Es sei ein Problem des Tessins, der Lombardei oder Italiens. Die Schuld liege bei den Chinesen oder in einem geheimen Labor. Wichtig sei jetzt, die Grenzen zu schließen.

Der Notstand wächst, wie immer, aus der Schwierigkeit. Zu verstehen versuchen, auch die politische Bedeutung von dem, was wir gerade erleben, zu erfassen, ist schwierig, manchmal hoffnungslos. Der Versuch zu denken ist so mühselig, das sagte schon Kant ...

Und schließlich setzt sich der Notstand im Geist fest, in der Nacht der Vernunft; und gerade in der Nacht macht er sich stärker bemerkbar, wenn du im Dunkeln aufwachst und alle Sorgen, die ganze Angst über dich einzubrechen scheint: Wie wird man den aktuellen Geschehnissen die Stirn bieten? Werden deine Lieben überleben? Und du, wirst du es schaffen? Und die Arbeit, die dringend zu erledigenden Dinge, die Projekte und Aufträge: Was wird aus ihnen? Ein Gefühl der Bedrohung, Bedrängung, Machtlosigkeit.

In der Nacht also zeigt sich neben der Angst, in der Angst selbst zaghaft die Erinnerung, wie das schwache Licht einer Kerze. Sie bringt ein altes Bild hervor aus der Zeit, in der wir Kinder Verstecken spielten: Einer, der *Fänger*, musste mit geschlossenen Augen warten, bis alle anderen sich versteckt hatten, und dann *ging er sie suchen*. Wenn er sie fand, kehrte er zur *Höhle* zurück (zu einem Baum oder jedenfalls einem bestimmten Ort, den alle kannten) und rief ihren Namen, worauf das Spiel für sie aus war, sie waren seine *Gefangenen*. Aber wenn es einem Spieler gelang, ihn zu täuschen, ungesehen aus seinem Versteck zu schleichen, schnell zur Höhle zu rennen und vor ihm anzukommen, konnte er *Frei für alle* rufen. Der Fänger war besiegt und alle waren wieder frei.

Ein kindliches, uraltes Spiel, dessen Ursprung bestimmt weit in vorchristliche Zeiten reicht und das überall verbreitet ist. Nur ein Spiel? Oder geht es dabei um etwas anderes? In einer alten Abhandlung über Dämonologie lese ich, dass im antiken Persien der böse Geist manchmal »der, welcher ausspäht und einfängt« genannt wurde. Ein wenig wie der Fänger im Versteckspiel, wie die Macht eines Virus oder eines globalen Systems, das unbesiegbar scheint.

Es sei denn ...

Am Beginn der Zukunft

von Stephan Thome

Am Morgen unserer Hochzeit beträgt meine Körpertemperatur 36,4 Grad. Das weiß ich so genau, weil das Verwaltungsamt Songshan – ein Stadtviertel im Osten von Taipei, wo wir seit fünf Jahren wohnen – strikte Eingangskontrollen durchführt. Alle öffentlichen Gebäude in Taiwan tun das derzeit. Um hineinzugelangen, müssen wir eine Gesichtsmaske tragen, uns die Temperatur messen und ein Desinfektionsmittel auf die Hände sprühen lassen. Dann erst fragt die Dame am Empfang, zu welchem Zweck wir gekommen sind. Ihre guten Wünsche für die gemeinsame Zukunft begleiten uns zum Fahrstuhl.

Mit Gesichtsmaske zu heiraten, finden die wenigsten Menschen romantisch. Wir hätten es auch lieber anders gehabt, und feiern werden wir erst, wenn man wieder sieht, wem man das Jawort gibt. Heute steht lediglich der Verwaltungsakt an, der in Taiwan Registrierung heißt. Dass wir damit nicht warten wollten, liegt an der begrenzten Haltbarkeit der Dokumente, die in unserem Fall für eine Eheschließung erforderlich sind. Die taiwanischen Behörden vertrauen mir eine Tochter des Landes nur an, wenn ich durch ein übersetztes, beglaubigtes und von der taiwanischen Vertretung in Deutschland legalisiertes Zeugnis nachweisen kann, dass ich dort nicht bereits verheiratet bin. Um mir dieses sogenannte Ehefähigkeitszeugnis auszustellen, benötigte das Standesamt Biedenkopf den ebenso aufwendigen Nachweis, dass meine künftige Frau keinen anderen Ehemann hat. Die Logik dahinter besagt, dass ich nur ledig sein kann, wenn sie es ebenfalls ist, verstehen Sie? Wie auch immer, nach elf Arbeitstagen wurde mir die

Ehefähigkeit bescheinigt, und zwar für sechs Monate. Es galt also, die Zukunft möglichst bald zu beginnen.

Vorher allerdings musste ich für sechs Tage in häusliche Quarantäne. Bei meiner Rückkehr aus Deutschland hatte Reisewarnstufe II gegolten, was mir für zwei Wochen leichte Einschränkungen auferlegte; acht Tage später war die Lage in Europa derart außer Kontrolle, dass ich den Regeln von Stufe III entsprechend nicht mehr vor die Tür durfte. Auch eine Form von Einstimmung auf die Ehe. «Du kommst von einem Gefängnis ins andere», stellte meine Frau freudig fest, als wir gleich am ersten Tag nach Ablauf der Quarantäne zum Verwaltungsamt aufbrachen.

Im vierten Stock empfängt uns ein neonbeleuchtetes Großraumbüro mit etwa zwanzig Schaltern. Virusbedingt ist der Andrang gering, im Wartebereich sitzen lediglich fünf maskierte Personen: meine Schwiegermutter sowie mein Schwager mit seiner Frau und zwei Kindern. Da ich erst in Deutschland und dann in Quarantäne war, haben wir uns über zwei Monate nicht gesehen, aber die Begrüßung fällt kurz aus; kaum habe ich eine Nummer gezogen, werden wir auch schon aufgerufen. Meine Eltern schicken per WhatsApp ein Foto der Sektflasche, die sie um drei Uhr nachts deutscher Zeit öffnen – der mit Abstand feierlichste Moment des sonst eher nüchternen Vorgangs. Weder eine Rede noch Ringe sieht das Protokoll vor. Wir werden nicht einmal *expressis verbis* zu Mann und Frau erklärt, geschweige denn gefragt, ob wir unsere Ehefähigkeit wirklich an genau dieser Person testen wollen.

Die einzige Verzögerung entsteht beim Unterschreiben der Urkunde. Soll ich meinen deutschen oder den chinesischen Namen benutzen? Das Gesetz lässt beides zu, auch die Standesbeamtin wirkt für einen Moment ratlos, dann stellt sie eine

Frage, die ich während meines vorbereitenden Hausarrests nicht bedacht habe. «Wie fühlen Sie sich denn eher?»

Es ist ein kurzes Innehalten auf der Schwelle zum Neuland. Wer bin ich und wer will ich sein? Ändert sich heute auch daran etwas? – dann entscheide ich mich für den deutschen Namen. Dass man den des Partners annimmt, ist im chinesischen Kulturraum übrigens nicht üblich und wäre in meinem Fall auch kurios. Meine Frau heißt mit Nachnamen Ni.

Danach trennt uns nur noch ein Bezahlvorgang vom Beginn der Zukunft. Die Gebühren fallen wie immer in Taiwan überschaubar aus, also heirate ich in bar. 330 NT, rund zehn Euro, das schließt die zwei englischen Kopien unserer Eheurkunde ein und ist weniger als ein Siebtel dessen, was mein Ehefähigkeitszeugnis gekostet hat. Daran allerdings haben deutsche Beamte auch elf Tage lang gefeilt.

Nun sind wir verheiratet. Der Moment verlangt nach einem Kuss, aber wir tragen ja Masken. Um die obligatorischen Fotos kommen wir dennoch nicht herum, in einer Ecke des Raums ist ein rosafarbener Vorhang mit dem Schriftzug *Just Married* angebracht, außerdem gibt es eine Kiste mit Requisiten: Pappschilder, auf denen steht *Die Braut ist so schön* oder *Endlich gehört er mir*. Auf Romantik kann man in diesem Land verzichten, Kitsch gehört unbedingt dazu.

Für den unbürokratischen Teil der Hochzeit beziehen wir am Nachmittag ein Hotel. Am Eingang wieder das Übliche, inzwischen beträgt meine Temperatur 36,6 Grad. Der geschickt eingeflochtene Hinweis, dass wir gerade unsere gemeinsame Zukunft beginnen, bringt uns eine Flasche Rotwein ein. Dann endlich sind wir allein und können die Masken ablegen.

Zwei Tage später gehen wir auf Hochzeitsreise. Dank des vorbildlichen Krisenmanagements der Regierung ist das in Taiwan auch in Zeiten des Virus möglich. Einen Lockdown gibt es nicht, das öffentliche Leben verläuft weitgehend ungestört, bloß mit Masken und Kontrollen. Obwohl das angesichts der geografischen Nähe zu China eine große Leistung ist, über die wir unterwegs oft sprechen, frage ich mich jedes Mal, wenn mich nur maskierte Gesichter umgeben, ob so die neue Normalität aussieht. Meine Frau beunruhigt das nicht, sie bezieht aus demselben Anblick die Gewissheit, dass alle ihren Beitrag leisten, um die Krise zu bewältigen und zur Normalität zurückzukehren.

In was für einer Welt wollen und in was für einer Welt werden wir leben? Zurzeit vergeht kein Tag ohne entsprechende Appelle und Prognosen. Die einen beschreiben Zukunft als etwas, das über uns hereinbrechen wird, die anderen als Folge unseres eigenen Handelns. Insofern sie die Konsequenzen früherer Entscheidungen mit sich bringt, kommt uns die Zukunft jedenfalls nicht entgegen, sondern holt uns ein. Wenn wir glauben, dass sie beginnt, hat sie in Wahrheit längst begonnen.

Das heißt, wir haben sie begonnen. Gemeinsam natürlich, wie sonst?

Innenleben
von Anna Kim

Ich rufe an, öfter, als ich es vorher tat, das Virus erinnert mich an meine Pflichten als Tochter. Ich bin ein Einzelkind, meine Mutter ist achtzig. Es verwundert mich nach wie vor, wie alt sie aussieht; wie alt sie ist. Als Kind dachte ich, sie würde niemals altern, sie würde immer so aussehen, wie sie damals aussah: wie jemand, der außerhalb von Zeit und Raum existiert. Damals dachte ich, es sei der Tod meines Vaters, der sie erstarren ließ; der ihr die Fähigkeit nahm, innerhalb von Zeit und Raum zu existieren.

Ich rufe an, sie hebt ab. Ich sage, ich bin es, deine Tochter, sie sagt, ich weiß, geht es dir gut? Ich sage, den Umständen entsprechend, ja. Sie fragt, krank bist du nicht? Ich sage, nein, krank bin ich nicht. Und du? Nein. Gut, sage ich. Ja, sagt sie, das ist gut. Heutzutage ist das sehr gut. Ich frage, bist du einsam? Meine Frage verwirrt sie. Dann lacht sie kurz auf und sagt, nein, ich habe viel zu tun. Du hast viel zu tun, frage ich. Aber ja, es ist immer viel zu tun, sagt sie. Was denn, frage ich. Dies und das, sagt sie. Aufräumen. Ordnung schaffen. Du weißt doch, im Alter muss man Ordnung schaffen. Ja, ich weiß, sage ich. Das wirst du mir noch einmal danken, sagt sie. Ich nicke, was sie nicht sehen kann, also sage ich, ja, das werde ich, vielen Dank. Immer diese Scherze, sagt sie. Immer musst du Witze machen. Das war kein Witz, sage ich, das war ernst gemeint. Ja, sagt sie, natürlich, bis nächste Woche, und legt auf.

Mutters Wohnung wurde zu einem Labyrinth, nachdem sie alle Umzugskartons geleert hatte. Damals sagte ich, du hebst alles auf. Sie widersprach. Nein, ich hebe nur Nützliches auf, alles, was ich aufhebe, kann ich später noch brauchen. Das

Nützliche verwuchs mit dem Teppich und den Zwischenräumen, es bildete Mauern, zuerst niedrige, dann hohe, versperrte das Licht. Mutters Wohnung wurde zu einem Labyrinth, nachdem ich meine Umzugskartons bei ihr untergestellt hatte. Ich hatte beschlossen, heimatlos zu bleiben, Heimat, das gab es nicht, nicht für mich, so eröffnete ich ein Lager in ihrer Wohnung, und sie nahm mein Bett in Besitz, meine Couch, meinen Schreibtisch, meinen Mikrowellenofen. Damals sagte sie, du hast nichts mehr zu Hause, wie kannst du so leben? Ich widersprach. Ich sagte, ich habe alles, was ich brauche. Soso, sagte sie, du hast alles, was du brauchst.

Nach zwei Tagen rufe ich wieder an. Sie hebt nicht ab. Ich versuche es eine Stunde später ein zweites Mal. Noch immer bleibt es beim Klingeln; ich werde unruhig. Ich weiß nicht, warum, ich mache mir normalerweise keine Sorgen um sie. Ich sorge mich, wenn ich meine, einen Zug oder einen Flug zu verpassen, aber nicht um Mutter. Ich drücke die Wiederwahltaste, mein Herz klopft. Vielleicht ist es auch nicht mein Herz, sondern die dicke Ader, die über meinem Bauch verläuft, direkt unter der Haut.

Als sie drei Stunden später abhebt, meldet sie sich mit einem freundlichen Hallo, das ich unfreundlich beantworte. Wo warst du, ich habe es drei Mal probiert, sage ich. Ach so, sagt sie leise, dann lauter: Ich war auf dem Friedhof. Auf dem Friedhof, sage ich, ist es klug, zurzeit auf den Friedhof zu gehen? Es ist eine rhetorische Frage, ich erwarte, dass sie sie mit einem klaren Nein beantwortet, doch sie sagt, ein Friedhof ist vermutlich zurzeit der sicherste Ort. Wie kommst du darauf, frage ich. Weil das Virus auf dem Friedhof genauso tot ist wie die Person, die das Virus hatte, sagt sie. Sie klingt fröhlich. Ich überlege, ob ich widersprechen kann; eigentlich möchte ich lachen, aber ihre Fröhlichkeit irritiert mich. Ich lege auf.

Sie hatte eine Wohnung in der Nähe des Friedhofs gesucht. Dass sie schon länger nach einer Wohnung in dieser Lage gesucht hatte, erfuhr ich erst, als ich erfuhr, dass ich ihr beim Umzug helfen müsse. Hast du es dir zum Beruf gemacht, zum Friedhof zu fahren, fragte ich. Immer diese Witze, seufzte sie. Hast du was dagegen, dass ich deinen Vater besuche? Du weißt doch, dass er auf dem Friedhof lebt. Nein, sagte ich, ich wusste nicht, dass er auf dem Friedhof lebt. Wenn er nicht dort lebt, sagte sie, wo dann.

Sie wiederholte den Satz, wenn er nicht dort lebt, wo dann, erst da erkannte ich, dass er eine Frage war, keine Feststellung. Ich antwortete also, in deiner Erinnerung, Vater lebt in deiner Erinnerung. Sie schwieg. Ich hörte ihren leisen Atem und wusste, dass sie mit meiner Antwort nicht einverstanden war. Schließlich sagte sie, sie klang verärgert, das weiß ich, dort lebt er *auch*. Sein Grab zu besuchen, ist bloß eine Geste, sagte ich, diese Geste zeigt, dass du ihn nicht vergessen hast, dass er in deiner Erinnerung lebt, in deiner Erinnerung, *nicht* auf dem Friedhof. Sie sagte, noch immer verärgert, wenn ich sein Grab besuche, besuche *ich* ihn, jedoch in meiner Erinnerung besucht *er* mich, und legte auf.

Am nächsten Tag rufe ich wieder an. Ich habe mir vorgenommen, Gespräche nicht mehr grußlos zu beenden. Jeder verdient einen Gruß zum Abschied, dachte ich, jeder. Sie fragt, rufst du schon wieder an, das ist das dritte Mal in dieser Woche. Geht es dir nicht gut? Sie klingt besorgt. Nein, sage ich, mir geht es gut. Du bist nicht krank, fragt sie. Nein, sage ich, mir geht es gut, wie geht es dir? Ich bin auch nicht krank, sagt sie. Ich bin gesund, aber ich habe viel zu tun. Du hast viel zu tun, frage ich. Ja, sagt sie, ich bin am Aussortieren. Ehe ich fragen kann, was genau sie aussortiert, höre ich ihre Türklingel im Hintergrund. Oh, sagt Mutter und legt auf.

Ich betrachte das Telefon in meiner Hand. Es ist ein mobiles Gerät. Ich betätige die Wahlwiederholungstaste und stelle mir vor, durch den Hörer eines Telefons zu sprechen, das man im Zorn auf die Gabel werfen kann. Hallo, sagt Mutter, wer ist da? Sie besitzt solch ein Telefon. Ich bin es, sage ich, du hast unser Gespräch beendet, ohne dich zu verabschieden. Wirklich, fragt sie. Ja, wirklich, sage ich. Das tut mir leid, sagt sie. Warum musstest du an die Tür, frage ich. Ja, sagt sie, ich musste die Tür öffnen. Warum, frage ich, warum? Ach, sagt sie und dehnt das A, das war nichts, das war die Müllabfuhr. Die Müllabfuhr, frage ich verwundert, macht Hausbesuche? Ach, sagt sie und dehnt wieder das A, ich meine doch den Entrümpelungsdienst.

Der Entrümpelungsdienst hatte kleinformatige Poster im Supermarkt aufgehängt. An diesem Nachmittag wollte ich meine alten Sachen wegschmeißen. Was tust du da, fragte Mutter und beobachtete mich vom Türrahmen aus. Ich schmeiße meine alten Sachen weg, sagte ich. Deine Sachen, wiederholte sie, was für Sachen? Ich deutete auf den Schrank, das Regal, die schwere Truhe. Nein, sagte sie, du kannst deine Sachen nicht wegschmeißen. Warum, fragte ich überrascht. Sie gehören dir nicht, sagte sie, sie gehören dir nicht mehr, du hast sie dagelassen, ihre Stimme wurde lauter, und ich habe sie aufgenommen. Ich.

Sie fragt, bist du noch dran? Ich sage, ja, ich bin noch dran, ich habe mich nur gewundert. Sie fragt, worüber? Darüber, dass du den Dienst bestellt hast. Den Dienst? Sie gibt sich begriffsstutzig. Ich weiß, dass sie weiß, was ich meine. Sie sagt, meinst du den Ent-rümpe-lungs-dienst. Sie verstümmelt das Wort, während sie es ausspricht. Komisch, dass du dich wunderst. Sie lacht gezwungen. In meinem Alter ist das nicht verwunderlich, das, was ich tue. Aber, sage ich, waren das nicht deine Erinnerungen? Wie kommst du denn darauf, fragt sie.

Weil du sie einmal so genannt hast, antworte ich, Knoten im Taschentuch, sage ich, Gedächtnisstützen. Mutter seufzt und sagt, ich habe gesagt, dass sie mich daran erinnern, nicht zu vergessen. Sie seufzt wieder. Ich habe mich lang genug erinnert, fünfzig Jahre lang. Das ist lang genug, findest du nicht?

Komischerweise widerstrebt es mir, ihr zuzustimmen. Aber warum, frage ich, hast du nicht vor zwanzig Jahren damit aufgehört, oder dreißig, oder vierzig? Du hättest ein Leben gehabt. Ja, sagt sie, ich hätte ein *anderes* Leben gehabt. Es ist kein schlechtes Leben, sagt sie, ein Leben in der Erinnerung. In der Vergangenheit, meinst du, sage ich. Nein, sagt sie, in der Erinnerung. Die Erinnerung ist bloß ein Ausschnitt der Vergangenheit. Sie seufzt. Sie sagt, ich konnte es mir nicht aussuchen, in der Erinnerung zu leben, sie war da, die Gegenwart war es nicht. Wo war die Gegenwart, frage ich. Mutter lacht leise, ich höre sie selten lachen. In der Ferne, sagt sie. Wo, frage ich. Sie sagt, in der Zukunft.

Ich frage, was ist denn noch da? Wie meinst du das, fragt sie. In deiner Wohnung, sage ich, was ist denn noch da? Hast du alles weggeworfen? Sie seufzt; die Angewohnheit, zu seufzen, ist neu. Nein, sagt sie endlich. Dieses Nein ist ein Ja. Alles, frage ich, auch seine Sachen? Seine Kleider, sein Radio, seine Bücher, seine Bilder? Auch seine Bilder? Es fällt mir schwer, das zu glauben. Sie sagt, nein, die Bilder habe ich behalten, aber nicht die Staffelei, die habe ich weggegeben. Ich frage, warum hast du sie weggegeben? Ich füge hinzu, ich hätte sie gerne gehabt. Das hast du nie gesagt, sagt sie. All die Jahre hast du nichts gesagt. Ich sage, schon in Ordnung, und lege auf.

Am nächsten Tag klingelt mein Telefon. Es ist Mutter. Sie sagt, ich bin's. Ja, sage ich, das habe ich gesehen. Sie sagt, es tut mir leid, dass ich dich nicht gefragt habe. Ja, sage ich, du hättest mich fragen können. Die Nummer vom Entrümpelungsdienst habe ich von dir, verteidigt sie sich. Das weiß ich, antworte ich. Trotzdem hättest du mich fragen sollen. Und was ist mit meinen Sachen, frage ich. Hast du sie auch weggeworfen? Sie schweigt. Schließlich sagt sie, ja, die jungen Männer haben alles mitgenommen. Der Mann, dem die Firma gehört, ist aus Syrien. Ich sage, und ich bin mir bewusst, dass ich feindselig klinge: Meine Vergangenheit für ihre Zukunft. Ich bin nicht die Verwalterin deiner Erinnerung, sagt Mutter und möchte auflegen; ich halte sie zurück.

Ich entschuldige mich. Sie nimmt meine Entschuldigung an. Ich frage, ist deine Wohnung nun leer? So leer wie mein Kopf, sagt sie. Ich fürchte, ich werde alles vergessen. Ja, sage ich, wahrscheinlich. Ich habe schon begonnen, sagt sie. Ich versuche mich an die Zeit vor seiner Krankheit zu erinnern, doch dort, wo die Erinnerung sein sollte, ist nichts. Sie seufzt. Ich habe die Wohnung geleert, sagt sie, in der Hoffnung auf etwas, aber dort, wo das Etwas sein sollte, ist nichts. Sie verabschiedet sich, es ist ein kleiner, zarter Laut, kein Wort. Ich sage, ich rufe wieder an. Wir legen gleichzeitig auf.

Skizze

von Cécile Wajsbrot

Aus dem Französischen von Esther van der Osten

Stille – ab und zu ein Auto, ein Martinshorn, und der Gesang eines Vogels. Ein Laufschritt. In dieser Gesellschaft der Mobilität, sagte Virilio, müsste man noch einmal neu definieren, was das Nomadische ist, was das Sesshafte ist, der Sesshafte fühlt sich überall zu Hause und der Nomade nirgends. Um zu arbeiten, brauche ich einen Laptop, einen Arbeitstisch, Schreibzeug. Auch etwas Wasser. Ein paar Bücher. Einen Drucker. Der mir nicht dazu dient, Texte auszudrucken, sondern ein Formular. Eine Autorisierung, die bei jedem Ausgang ausgefüllt und mit einem Beweggrund für meine Bewegung versehen werden muss – unbedingt notwendige Einkäufe, Hilfe für Hilfsbedürftige, körperliche Aktivität im Rahmen von einer Stunde und einem Kilometer im Umkreis der Wohnung – und dann muss man seinen Namen angeben, Geburtsdatum und -ort (tatsächlich unverzichtbare Präzisierungen) und die Uhrzeit des Augenblicks, in dem man den Fuß vor die Tür setzt. Dann hat man genau sechzig Minuten, nicht eine mehr. Frankreich liebt die Polizei und versäumt keine Gelegenheit, es unter Beweis zu stellen. Die Polizisten, die in den Straßen patrouillierten, um einen potenziellen Terroristen auszumachen, haben sich darauf verlegt, die ausfindig zu machen, die sich dem infektionsschutzrechtlichen Notstandsgesetz widersetzen. Sie fahren im Auto oder mit dem Rad umher oder gehen zu Fuß, stets in kleinen Gruppen. Kontrolle in der Schlange vor einem Obst- und Gemüsehändler, Kontrolle eines Mannes, der zwei große Taschen mit Vorräten schleppt, Kontrolle eines anderen, der aus der Bäckerei tritt, mit ... Brot. Ja, woher soll man denn wissen, und wenn der Anschein trügt?

Stille, der Lärm der Stadt ist kaum vernehmbar. Ein ungewöhnlicher Anblick, mein kleines Arbeitszimmer unter den Dächern steht verwaist, ist mit einem minimalistischen Provisorium vertauscht, ein Stück Zimmer in der Wohnung, die mein Lebensgefährte und ich uns teilen. Die Sicht ist eingeschränkt, anstelle des weiten Himmels, eines fernen Horizonts, ein Stück Welt, zwei Sträßchen kreuzen sich, Fassaden, manchmal eine Silhouette, aber ich schaue kaum, ich nehme das Licht wahr, Formen, das ist alles. Für jemanden, der schreibt, der übersetzt, unterscheidet sich das Leben zu Zeiten des Coronavirus nicht sehr von den normalen Zeiten. Keine Arbeitskollegen, keine Sitzungen, einsame Tage, eine Disziplin, Stille oder eine bestimmte Musik. Und doch ist sich nichts gleich. Wechsel des Orts, der Raumwahrnehmung, aber man kann noch so sehr über das Immaterielle der Wörter und Gedanken, der inneren Gefühle und Bilder arbeiten, etwas von den Ängsten der Welt sickert durch. Und dann ist auch die Zeit nicht dieselbe. Zugleich zerdehnt und zerstückelt. Zerstückelt durch die Praxis der Vorsichtsmaßnahmen. Die Schlange vor den Geschäften – Einkaufen dauert eine gute halbe Stunde länger. Dann die Rückkehr vom Einkauf – Mundschutz und Handschuhe ablegen, Hände waschen, desinfizieren, was geht, die Einkäufe auspacken – das dauert zwischen einer halben Stunde und einer Stunde, je nachdem, was man mitbringt. Diese zusätzliche Zeit, wo wird die weggenommen? Was hätten wir vorher stattdessen getan? Zerstückelt vom Telefon, das wieder ein Mittel mündlicher Kommunikation wird, ein bisschen wie zu der Zeit, als es noch keine Handys gab und folglich keine SMS. Festnetznummern sind wieder in Betrieb genommen – man ist sicher, die Leute zu Hause anzutreffen, ein wenig sicherer als vorher, sie nicht zu stören. Zerdehnt von der Ungewissheit, der Beklommenheit, zerdehnt von der Unmöglichkeit, sich abends mit Freunden zu treffen oder ins Kino, ins Theater, ins Konzert zu gehen.

Stille – und manchmal der melodiöse Gesang einer Amsel. Ich erinnere mich an die Straßen von Budapest, im Mai 1990, da gab es so wenige Autos, dass man das Klappern der Schreibmaschinen aus den offenen Fenstern hörte. In Paris gibt es keine Schreibmaschinen mehr, aber heute hört man manchmal die Klänge eines Klaviers.

Die Anwesenheiten haben sich gewandelt, die Wahrnehmung der Welt. Beim Einkaufen begegnet man bisweilen einem Nachbarn, einem Freund, einer Freundin aus dem Viertel, aber ansonsten bekunden sich diejenigen, die um uns sind und mit denen wir nicht zusammenleben, schriftlich – E-Mails oder SMS – oder mit der Stimme, mit Videoanrufen. Und so sind wir nun von virtuellen Anwesenheiten umgeben, via Skype oder FaceTime, WhatsApp. Sicherlich, wir können unsere Lieben sehen. Aber diese Anwesenheit in der Abwesenheit hat etwas Sonderbares. Vielleicht wird es später Studien über Kleinkinder zu Zeiten des Coronavirus geben, diese Kleinen, denen mit einem Schlag ihre Welt ohne Erklärung aus den Angeln gehoben war und die Anwesenheiten nur noch als Geschehnisse auf Bildschirmen sahen. Werden sie wohl, wenn es wieder Ausgänge und Kontakte mit den anderen, und sei es auf Distanz, geben wird, wenn die Straßen wieder bevölkert sind und es wieder Tage im Kindergarten gibt, werden sie dann die dreidimensionalen Wesen von denen auf der Leinwand unterscheiden können, werden sie sagen können, welches die Wirklichkeit ist? Und wir, werden wir ermessen können, was uns widerfährt, was uns widerfahren ist? Zu Beginn der 70er Jahre, im Nachhall von ’68, hatte Doillon einen Film nach einem Drehbuch von Gébé gedreht, *L'An 01*, der unter dem Motto stand: Wir halten alles an und fangen von vorn an. In dem Film begann man auf anderen Grundlagen neu. Heute ist alles ungewollt angehalten. Werden wir auf anderen Grundlagen neu beginnen? Nichts ist weniger sicher …

Werner und Walter, damals und heute

von Anna Felder

Aus dem Italienischen von Ruth Gantert

Ich hatte eine schöne Geschichte geschrieben, schön in dem Sinn, dass sie wahr war, dass sie abgesehen von ein paar Tricks und Details der Wirklichkeit entsprach.

Sie kam mit einem Minimum an Personen aus (zwei Männer mit ihrem Namen und eine zuweilen zerstreute Frau), mit einem Minimum an Dingen (drei Fahrräder) und Handlungen (ein erwiderter oder verpasster Gruß).

Diese wenigen, im Grunde genommen banalen Elemente, die jedem, vor allem der Frau, auf den Leib geschrieben waren, dienten dazu, in fast schon gewonnener Wette auf die Existenz der Frau zu setzen, auf ihr tägliches, belebendes Abenteuer, vielleicht auch auf jene der beiden Radfahrer, wenn es denn tatsächlich zwei waren und nicht, letztlich, einer: ein doppelter, wer weiß warum.

Ganz sollte es nicht aufgehen – das gehört zum Spiel.

Gleich werde ich die Geschichte nachfolgen lassen. Sie ist, wie gesagt, wahr, zu schweigen einzig von ein paar schlichten Kniffs oder Maskeraden. Mit geringen Retuschen könnte ich mich beispielsweise leicht in der zerstreuten Frau wiedererkennen; desgleichen für das Fahrrad, auch meines ist in einem grünen Quartier der Deutschschweiz unterwegs, und die beiden Männer wären zwei ohne weiteres auffindbare Personen: Noch heute – es ist Sonntag – könnte ich sie mit eigenen Augen vorbeiradeln sehen, zumindest einen ganz gewiss, der mich gegrüßt hat. Heute.

Heute, da man mit einer Maske über dem Gesicht auf die Straße geht, mit einer aus der Apotheke, die in manchen Fällen obligatorisch ist, unter der Herrschaft der Pandemie. Da man sich kaum grüßt, zwei Meter Abstand, Gummihandschuhe, die sofort weggeworfen werden.

Mir fällt ein, dass auch in meiner Geschichte Handschuhe vorkommen: Wirft man sie weg? Warum sollte man? Wenn schon wirft man sie hin. Überlegungen, die damals gültig waren.

Damals, als ich diese Geschichte schrieb, war Mitte Januar 2020. Heute ist der 26. April 2020. Alles hat sich seither verändert, selbst die Bedeutung der Wörter, der Gesten, selbst ein einfacher Gruß. Am 27. Februar schaltete man im Tessin eine extra eingerichtete Hotline frei: Nichts gilt mehr wie früher, alles muss überdacht werden.

Meine Personen, Walter, Werner, die Frau, waren damals wahr. Sie liefen so etwas wie ihrem Glück hinterher, einem Krümel täglicher Seligkeit, da keine Pandemie regierte, positiv oder negativ auf ihre Weise, nicht zwingend als Laborbefund.

Hier sind sie.

Und heute?

Werner und Walter: Zwei Namen, doch zuallererst zwei Personen und für Lena auch zwei Fahrräder. Die beiden Silben von Werner: zwei Räder, Wer-ner, die von Walter: zwei Räder, Wal-ter.

Lena: In ihrem Wohnquartier grüßten sich mit der Zeit die Leute, die dort lebten; sie sagten einander Grüezi, oder sie nannten sich sogar beim Namen, Salü Walter, Salü Werner, fast als wär's jedes Mal ein Fest. Umso mehr, als sich sowohl Walter und Werner als meistens auch Lena ihren Gruß auf zwei Rädern zuwarfen, im Flug, bergauf nach Hause radelnd, oder bergab zur Stadt.

Nicht dass Walter und Werner miteinander verwandt oder in irgendeiner Art verbunden wären, auch nicht mit Lena. Soviel Lena wusste, hatten sie völlig verschiedene und voneinander unabhängige Leben, Familien und Schicksale. Der eine, der Typograf Werner, groß, präzis, hölzern; der andere, der Tenor Walter, geschmeidig, melodisch, schwungvoll.

«Salü Lena», stimmte Walter für sie an und hob dabei die Hand von der Lenkstange, als dirigierte er einen Chor; «Sali Leni», rief ihr der andere, Werner, eilfertig zu, den Handschuh und die Schlüssel womöglich noch im Mund verkeilt, was all diese spitzen I's hervorbrachte.

Das Einverständnis zwischen ihnen und Lena beschränkte sich auf das Fahrrad: offenkundiger in der warmen Jahreszeit als im Winter; wahrscheinlicher in den Gassen der Anhöhe, in denen vor allem Hunde verkehrten, als in der Stadt, und nachgerade häufiger am Sonntag als unter der Woche.

Sodass mit der Zeit für Lena der Sonntag zum Test schlechthin wurde, zum Tag, der sich als «erfüllt» oder «nicht erfüllt» erwies, je nach dem Gruß, der unterwegs geäußert oder verpasst wurde.

Am Abend gewisser Sonntage wurde ihr nämlich bewusst, dass sie in all den verflossenen Stunden mit ihrer Stimme kein einziges volles Wort gesprochen hatte, mit niemandem, kein Lebenszeichen, nicht einmal für sich selbst, kein Ciao oder Grüezi, kein Salü, gar nichts, nicht einmal zur Nachbarskatze, die sonst immer ihre Bettelrunde machte, nichts, auch nicht am Telefon: ein stimmloser Abgang.

Da nahm sie sich an einem dieser «unerfüllten» Sonntage vor, für den kommenden Sonntag auf die beiden Radfahrer zu setzen, auf den Gruß im Sattel, den sie auf den Straßen des Quartiers dem einen oder anderen, oder beiden, erwiderte.

Zwar war es seit einiger Zeit, seit wann?, seit einer Weile wohl, nicht mehr zu einem Treffen mit Werner gekommen, bei dem sie ihn auf dem Rad grüßte, ihn mit all seinen I's zwischen den Zähnen. Oder stammte der Refrain von gestern, jenes «Sali Leni», das Lena noch im Ohr hatte, als wär's ein aktueller Werbespruch?

Mit einigen Tricks hingegen, manchmal wirklich mit großer Mühe, war es Lena, während sie bergauf radelte und dabei den Hunden auswich, gelungen, mehrere Sonntagstreffer zu landen, mit einem vielleicht oben auf der Anhöhe oder am Waldrand erfolgten Gruß. Jenes «Salü Walter», das sie danach sorgfältig in die Agenda eintrug, gab Lenas Sonntagen eine Stimme, rettete sie, indem sie ihr einen Namen schenkte.

Nur dass sie an einem zerstreuten Tag, vielleicht einem Donnerstag, an dem Lena das Haus früh verließ, in der Kurve von Walters Gruß überrascht als erste Antwort abbremste, wer weiß warum; damit nicht genug, verwechselte sie beim Erwidern des Grußes den Namen, wer weiß warum, «Salü Werner», sagte sie und korrigierte sofort zu «Walter», doch nun war der Name schon hinter der Kurve geblieben. Welcher Name? Werner oder Walter? Ach, die Namen, die Namen!

Lena wurde plötzlich vom Zweifel gepackt, von tausend Zweifeln: Wer war nun Werner, der Typograf oder der Tenor? Und Walter? Wen hatte sie gegrüßt? Mit wessen falschem Namen?

Zu leichtfertig hatte sie sich womöglich der Namen und Grüße bemächtigt, sie womöglich bei der Berg- oder Talfahrt verkehrt gebraucht, mit lauter Stimme Namen, Personen und Berufe verwechselt, Walter mit Werner, der Typograf mit dem Tenor, die Steigung mit der Neigung. Wer war wer?

Lena stieg vom Rad in der Hoffnung, an Ort und Stelle im letzten Moment den richtigen Namen, der ihr soeben entwischt war, hinter der Kurve zu erhaschen, Walter oder Werner, Typograf oder Tenor, dies zu wissen war allzu leicht gewesen.

Kein Hauch längs der Mauer, kein Echo eines Namens, Werner oder Walter, beide verschwunden längs der Einfriedung der Kurve, wo allerdings jemand einen einzelnen grauen Handschuh hinterlassen hatte.

Das passende Gegenstück tauchte nicht auf; nicht am nächsten Tag, nicht am Sonntag, nie.

Ein Donnerstag musste vergehen, dann ein anderer und noch einer, bevor der einzelne Vergessene vom Mäuerchen verschwand; zerknautscht unterdessen, durchweicht.

«Wer wollte den noch?», fragte man sich im Quartier.

Eine gute Seele hatte ihn immerhin auf einen dünnen Ast gespießt: damit er besser gesehen würde auf dem Mäuerchen, damit er ein Zeichen gäbe und dabei auch gleich trockne.

Das sei Werners Tochter gewesen, hieß es, ein Prachtmädchen mit einem französischen Namen.

Aus dem Mund des Mädchens wusste man auch, dass Werner wegen seines Alters, wegen seines Berufs mit den strengen Arbeitszeiten in die Stadt gezogen sei, recht so; der Handschuh war nicht seiner. Er gehörte niemandem. Der Vater des Mädchens war jemand, er hatte einen Namen, Werner, alle im Quartier erinnerten sich an ihn, und Typograf war er wirklich.

Walter hingegen? Walter versicherte Lena diesmal, an einem Sonntag, persönlich und direkt, dass er gar nichts dagegen habe, Walter genannt zu werden, im Gegenteil, das passe ihm gut. Heißen würde er Werner. Er sagte es ihr und modulierte dabei die Stimme nach dem *Tenore di grazia*, dem Spieltenor, mit einem Fuß auf dem Pedal und dem anderen auf dem Boden, bereit, wegzufahren oder zu bleiben.

«Der Name Walter», sang er, «bringt mir vielleicht Glück, *mi porta forse fortuna*».

Bei diesem Wort drückte Lena die Daumen für die kommenden Sonntage, die Wette galt, dies die Namen, seit je von den Fahrradglocken des Quartiers geklingelt: Walter oder Werner, Werner oder Walter, sie drehten und drehten sich wie die Räder des Glücks.

Welturlaub, oder: Unverschämt schöner Frühling
von Katja Petrowskaja

Wie in einem Schlitten glitt ich langsam in den Lockdown, denn ich las gerade erneut den *Zauberberg* und entdeckte die Langsamkeit wieder. Plötzlich waren wir alle «da oben», wo die Zeit ganz anders abläuft, es gab keine Eile angesichts der Zeit «hier oben», ich selbst wurde ruhiger, meine Furcht, etwas nicht zu schaffen, hatte sich beinahe aufgelöst, wurde durch eine viel größere Furcht überdeckt. Wochenlang blieb ich in einem inneren Sanatorium, allein, mit all seinen Wiederholungen und der Unmöglichkeit, jemals entlassen zu werden. Die Pandemie ähnelte vielen bekannten Phänomenen. Sie brachte aber auch etwas ganz Neues, weil nun die gesamte Welt in der «Blockade» war – unabwendbar ruft dieses Wort in mir Kriegsbilder aus Leningrad hervor. Die Welt war isoliert von sich selbst, abgesondert, als wären nicht nur die Kranken krank, sondern wirklich alle.

Ich genoss meine einsamen Spaziergänge, als wären sie nicht nur für mich, sondern als würde ich lebensbejubelnde Rituale vorführen. Ich versuchte alle Gedanken zu vermeiden, wann eine Zeit «danach» kommen würde, und der Satz eines Philosophen: «Du stirbst nicht, weil du krank bist; du stirbst, weil du am Leben bist!» pochte in meinem Kopf wie ein Mantra. Ich war am Leben. Die Bilder aus den Krankenhäusern drangen in mein Herz, ich versuchte die Trauer und Panik zu zügeln, mit meinen langsamen Schritten und meinem Atem. Ich hoffte, dass die Quarantäne nicht ewig dauern würde. Quarantäne, *quaranta*, vierzig, die vollkommene Zahl, Zahl der Reife. Vierzig Jahre in der Wüste. Vierzig Tage auf einem abgesonderten Schiff außerhalb Venedigs. Vierzig Tage nach

Ostern – so lang wie die Seele in der Nähe des Körpers nach dem Tod bleibt – werde ich mich selbst ausführen, auf den kurzen Wanderungen, als Vermesser der Zeit. Als ich hin und her ging, ist in Jerusalem ein Kind geboren, Ester, die Tochter meines Bruders. Die erste hygienische Quarantäne der Geschichte wurde in der Tora im Buch Levitikus beschrieben: Nach der Geburt eines Kindes muss die Frau vierzig Tage fern vom Tempel bleiben. Auch in der Malerei sehen wir die Mutter von Jesus nie mit einem Neugeborenen, sondern mit einem über vierzig Tage gehüteten Säugling.

Die Berliner Quarantäne sah in meiner Gegend wie ein Welturlaub aus. Im Park kannte ich bald jeden einzelnen Baum. Meine alten Freunde habe ich kaum vermisst, vielleicht war ich unter Schock, weil wir füreinander zur Bedrohung geworden waren. Nächstenliebe sollte sich nun durch Entfernung äußern. Die ganze Optik hat sich verändert, die ganze Geschwindigkeit. In unserem Park liefen Jogger vorbei an einem riesigen Beton-Slogan der polnischen Untergrund-Armee: «Für unsere und Eure Freiheit», als würden sie unsere Befreiung durch eine bestimmte Kilometer-Strecke erreichen. Mir schien, als liefen sie im Labyrinth des Minotaurus, der nach weiteren Opfern verlangte.

Es war ein unverschämt schöner Frühling. Über meiner sonst sehr lauten Straße herrschte Sonntagsstille und der Himmel war so blau wie nie. Die Autos waren verschwunden, die Straßenbahn fuhr leer und pünktlich, mit wenigen körperlosen Gestalten, wie ein Geisterschiff. Angesichts zurücktretender Zivilisation sangen im Park dicke Nachtigallen sogar tagsüber. Es gab kaum Kinder auf den Straßen, Spielplätze waren geschlossen, wie damals in Kiew, im «Tschernobyl-Sommer» 1986.

Plötzlich gab es viel Zeit, oder es schien zumindest so, eine schöne Illusion. Es erinnerte mich an mein Teenager-Alter, an das Gefühl, eine planlose Zukunft zu haben, leere Räume epischer Zeit. Ich malte die Blumen, die auf meinem Tisch standen, ich habe mir erlaubt zu malen, so wie damals. In der Stille hörte ich, wie meine Nachbarin hinter der hellhörigen Wand in bellendem Staccato hustete, so, dass mich Panik ergriff, dass wir alle sterben werden. Ich steuerte dagegen mit Gesangs-Unterricht – französische Chansons, sephardische Lieder, Händel – und übte so fleißig, als könnte ich dadurch meine Nachbarin heilen – eine wilde Idee.

Doch dann ist meine Stimme gebrochen, beim Singen von Pergolesis *Stabat Mater*, wie schon einmal zuvor in meiner Kindheit – und damit war Schluss mit Corona-Träumerei, neuem Lernen und Selbstoptimierung. Ich verstummte, alles in mir war erstarrt, als hätte mich eine innere Blockade erobert. Ich vereinsamte innerlich, den Todeszahlen entsprechend. Mein Körper wurde gelähmt, es war keine Hypochondrie, ich selbst wurde zum *pars pro toto* des Planeten und konnte mir kein Recht auf eine absolute Gesundheit erlauben. Eine Freundin schrieb mir im paradoxalen Imperativ: «Lass uns die Verzweiflung nicht verlieren!» – jene Worte, die einst auf dem Höhepunkt des stalinistischen Terrors an Anna Achmatowa gerichtet waren. Ich hatte eine neue Pest eher durch ein Aufkommen des Populismus erwartet, von einem neuen Diktator, aber nicht von einer Fledermaus. Ist niemand daran schuldig – oder ist es die ganze Menschheit zusammen?

Die ganze Welt zerfiel in kleine Stückchen, wurde auf Einzugsgebiete reduziert, auf Heim und Herd. Alle kehrten zurück, und es wurde noch offensichtlicher, dass viele gar kein Zurück und kein Zuhause haben. Die Vorteile, die ich durch die Pandemie erlebte, schienen mir inakzeptabel, als hätten diese Privilegien mich von realen Erfahrungen ausgeschlossen. Mein Verzicht sah nicht nach Askese aus, sondern eher nach einem Überfluss von Kulturangeboten, meine Isolation nach Gemütlichkeit, Distanzierung, Konzentration. Irgendwo starben Menschen zu Hunderten und Tausenden, auch in mir gut bekannten Städten. Sie starben an Erstickung, langsam, vom kalten Wasserstrom bedeckt, mit einem Gefühl des Ertrinkens. Und ich saß an meinem Arbeitstisch und brütete, gequält von meiner eigenen Systemirrelevanz, und spürte, dass dies nicht die Stunde des Redens, sondern die Stunde des Schweigens war. Im Park habe ich Arbeiter angesprochen, die altes Laub aufsammelten und Bäume pflanzten, ich wollte ihnen behilflich sein, irgendwie nützlich, um dem Frühling und seinen Gräsern den Weg zu bahnen, schweigend.

Meine liebe Putzfrau war sofort nach Hause gefahren, nach Czernowitz, und schickte mir bald einen Gruß per WhatsApp: eine Audionachricht mit einem Aufschrei ihrer Freundin, die in Italien als Altenpflegerin arbeitete. Sechs Minuten lang beklagte sie den Tod eines alten Mannes aus einem kleinen italienischen Dorf, der in ihren Armen gestorben war, auf Ukrainisch und in all den anderen Sprachen der Stadt Czernowitz, der Stadt von Paul Celan. Wann erreicht diese Welle auch uns? Wir übten Distanzierung und Demut mit Desinfektionsmitteln. An einem Tag, als niemand mehr vom Balkon klatschte oder Hymnen für den Zusammenhalt sang, ging ich die Rykestraße entlang. Am Fenster stand eine sehr alte Frau, eine Greisin, und spielte die Ode an die Freude auf der Mundharmonika, nachträglich. Es klang wie das Lied vom Tod. Sie winkte mir zu, lächelnd, ich war allein auf der ganzen Straße, die ganze Ode war für mich. «Seid umschlungen, Millionen! Diesen Kuss der ganzen Welt!» Werde ich noch einmal meine in Kiew lebenden Eltern umarmen? Ich wollte sie gerade besuchen, sie sind alt und schwach. Ich fürchte es, diese Worte auszusprechen, aber: Mein Besuch könnte sich in einen Tötungsakt verwandeln – durch Distanzierung aber könnte ich es verpassen, ihnen beizustehen. Was ist nun menschlicher? Nach welchem ethischen System soll ich entscheiden? Ein Freund von mir hat das Begräbnis seiner an Lungenentzündung im hohen Alter gestorbenen Mutter stoisch per Zoom miterlebt.

Susan Sontag, die als Sechzehnjährige den *Zauberberg* las und sofort danach Thomas Mann in Los Angeles besucht hatte, nannte sein Werk später ein «Lagerhaus für Krankheits-Mythen des frühen 20. Jahrhunderts». In ihrem Essay *Krankheit als Metapher* über die kulturelle Existenz von Tuberkulose, Syphilis und Krebs analysiert Sontag die gesellschaftliche Wahrnehmung von Krankheit, ihre mythologisierte Wirkung auf die Kreativität und das menschliche Dasein. Was hätte Sontag heute über das Aufflackern und die Ausbreitung der Informationen über das Virus gesagt? Über das Verhältnis von Kranken und Betroffenen? Ahmt die Krankheit die Struktur des Informationsfelds nach, oder umgekehrt? Leben wir bereits in solchen Zeiten, in denen die Struktur unserer Informationsgesellschaft einer Pandemie ähnelt?

Das sich schnell verbreitende Virus führt uns zum *Zauberberg* zurück, da auch Covid die Lungen angreift, jenes Organ, das sich als letztes vor der Geburt des Menschen formt und dessen Versagen die meisten Todesfälle in hohem Alter verursacht. Verliert die Menschheit ihre natürliche Stimme? *Aspire*, Atem, unsere konkrete sekündliche Metamorphose. Eine Metapher für einen ganzen Planeten, vielleicht, der unter Atemnot leidet und an uns Menschen erstickt?

Wer werden wir im nächsten Jahr um diese Zeit sein?

von André Aciman

Aus dem Englischen von Ingo Herzke

Über die Zeiten der Pandemie und das zukünftige Leben

Wir wissen nicht, wer wir im nächsten Jahr um diese Zeit sein werden. Wir wissen nicht einmal, wie viele von uns nicht mehr da sein werden, wenn das alles vorbei ist. Genauso wenig wissen wir, wann es aufhören wird, oder wie anders unser Leben und unsere Lebensweise aussehen werden, wenn die Pandemie endlich hinter uns liegt. Wird sie je hinter uns liegen? Wird die Zeit uns wieder zu denen machen, die wir vor kaum zwei Monaten waren, als alles, sagen wir mal, normal war? Wenn Thanksgiving und die nächste Feiertagssaison kommen, werden wir wissen, wie viele ihre Arbeit, ihr Einkommen, ihr Zuhause, ihre Krankenversicherung verloren haben – und wer kann schon voraussagen, welche katastrophalen Kreise es ziehen wird, wenn die Börse richtig einbricht? Voraussagen sind sinnlos. Die moderne Welt hat so etwas noch nicht erlebt.

Es erinnert mich an die AIDS-Krise, noch bevor wir überhaupt wussten, dass es eine Epidemie war oder wie das Virus übertragen wird. Wir wussten nur, die Krankheit war tödlich. Mehr nicht. Menschen verschwanden, einer nach dem anderen. Jeder konnte der Nächste sein. Und manchmal war es eben jemand von uns.

Hier noch zwei Beispiele.

Die Welt hatte keine Ahnung, welche Wirkung die Anschläge vom 11. September auf New York haben würden, und wir hatten auch nicht den leisesten Schimmer, wie trostlos unsere Straßen aussehen könnten, oder dass New York ohne Touristen, ohne das Gedränge von Menschen aus allen Teilen der Welt, innerhalb weniger Tage seine großspurige, brandaktuelle Fassade verlieren und in die Aufmachung der frühen Sechziger zurückfallen würde – eine düstere, nackte Asphaltlandschaft, am besten eingefangen in Billy Wilders Schwarzweißfilm über zwei verlorene Figuren, die sich nicht mal verlieben können.

Nachdem die Zwillingstürme eingestürzt waren, erstarb das Leben auf den Straßen, die Straßenhändler von Chinatown verschwanden plötzlich, die ausgehöhlte Madison Avenue gehörte nur noch den Geschäftsleuten, niemand ging shoppen, die Menschen waren wie betäubt, und wir alle zuckten jedes Mal zusammen, wenn wir das klagende Heulen der Sirenen hörten, die über verlassene Avenues jagten, so wie während des Zweiten Weltkriegs – oder so wie jetzt, Tag und Nacht. Die Zeit war stehengeblieben, die Mitte konnte kaum halten, das Leben hatte sich unvorstellbar verändert. Wir waren immer noch dieselben, doch wir brauchten unsere Freunde, andere riefen von überall auf der Welt an, und wir wollten unsere Kinder und unsere Angehörigen in der Nähe haben.

Das andere Beispiel ist ebenso trübselig. Es ist eine Szene aus der Fernsehserie *Band of Brothers* über das Schicksal einer Kompanie amerikanischer Soldaten im Zweiten Weltkrieg. Hier sieht man die GIs, wie sie sich in einer zerbombten deutschen Stadt ausruhen, umgeben von zerstörten Häusern, Schutt und Trümmern, während mitten im Chaos vier Musiker das kurze Adagio aus Beethovens 14. Streichquartett in cis-Moll spielen, vielleicht eines der beiden schönsten Musikstücke, die jemals komponiert wurden. Wussten diese geschlagenen Deutschen, die da Beethoven spielten, dass ihre Großeltern und andere alte Menschen Backsteine und kaputte Möbel aus den Trümmern sammeln würden? Kam es der verführten deutschen Nation nie in den Sinn, dass alle Kriege letztlich immer nur zu einem Ende führen? Hatten sie sich je gefragt, wer *sie* sein würden, wenn der Krieg vorüber war?

Vielleicht einmal. Als es zu spät war.

Was mich an den Blitzkrieg in Großbritannien erinnert, wo die Menschen hörten, wie ein Haus auf der anderen Straßenseite getroffen wurde, dann ein weiteres zwei Häuser weiter, und alle, die verschont geblieben waren, dachten sich, dass sie diesmal Glück gehabt hatten, aber leicht beim nächsten Mal dran sein könnten.

Wer konnte ahnen, dass Mailand und Paris die Härten des Krieges wieder durchleben sollten, dass Menschen in erzwungener Quarantäne in ihre Häuser gesperrt würden? Wer alt genug ist, den Mangel und die Rationierungen des Zweiten Weltkriegs miterlebt zu haben – oder wer einen der zahllosen Bürgerkriege irgendwo auf dem Globus durchlitten hat –, kann sich bestimmt erinnern, wie Ausgangssperren sich anfühlen. Die Menschen singen von ihren Balkonen – eine Demonstration herzlicher Solidarität und Tapferkeit.

In Wirklichkeit klagen sie von ihren Balkonen.

Unser Präsident hat die Corona-Krise einen Krieg genannt. Dies ist kein Krieg, sondern schlimmer, denn die jüngsten Statistiken zeigen, dass weltweit Millionen Menschen an Covid-19 erkrankt sind. Also waschen wir uns die Hände und desinfizieren uns – doch wir wissen alle, hier und dort haben wir geschlampt, so wie wir alle wissen, wenn der Feind uns erwischen will, dann wird er uns finden, egal wie viel Abstand wir voneinander halten oder wie sorgfältig die Menschen in die Armbeuge husten oder niesen. Einfach nur ohne Maske mit einem anderen zusammen zu sein, kann den Virus weitergeben.

Wir werden verändert sein. Allgemeines Küssen bei Silvesterfeiern wird wahrscheinlich noch jahrelang als leichtsinnig gelten, ein Handschlag zwischen Menschen, die gerade einen soliden Vertrag abgeschlossen haben, als trügerische Geste. Sich drücken zur Begrüßung? Riskantes Unterfangen. Eine warme Umarmung beim ersten Rendezvous? Wer weiß. Stellen Sie sich einen winzigen Laden ohne Handdesinfektion vor, einen Barkeeper ohne Einweghandschuhe, oder einen Umschlag aus dem Briefkasten zu nehmen, ohne ihn sofort mit Alkohol abzuwischen und dann die Hand zu waschen, die den Umschlag berührt hat. Den auch der Briefträger berührt hat und den irgendjemand anders vorher in der Kette ebenfalls berührt hat, und dann erneut die Hände zu waschen, weil Sie vergessen haben, vor dem Öffnen des Briefkastens den Schlüssel zu desinfizieren. Es ist Stoff für Comedy-Sketche.

In Krisenzeiten denke ich auch oft an meine Lieben. Doch anstatt uns jetzt alle in einer Wohnung zusammenzudrängen, in der wir uns sicher fühlen, müssen wir uns voneinander fernhalten. Meine Söhne wollen mich nicht besuchen, weil sie fürchten, mich mit etwas anzustecken, das sie in sich tragen, obwohl sie keine Symptome zeigen. Freunde werden für immer verbannt. Freunde von Freunden? Keine Chance. Der Mann vom Kabelanbieter ist *persona non grata*.

Also denke ich an kommende Tage: Wir werden auf unser altes Leben zurückblicken und uns erinnern, dass wir es uns nicht zweimal überlegten, ob wir ins Theater oder ins Restaurant gehen oder uns im Sportstudio auf eine angeblich saubere Matte legen sollten, oder dass eine volle U-Bahn kein Grund zur Sorge war, solange man nur an der Person am Eingang vorbeikam, weil die sich gern gegen die Tür lehnt, sobald sie wieder zugeht.

Stellen Sie sich vor, es gab Zeiten, da Menschen Pläne für den Sommer machten. Sommerpläne? Mal im Ernst! Flugtickets, Hotelreservierungen, Konzertkarten, Sportveranstaltungen, Privatunterricht, Zahnarzttermine, das Leben selbst – wir haben alles abgesagt, was nicht andere schon für uns abgesagt haben. Abendessen mit Freunden? Gehören der Vergangenheit an. Manche von uns mochten sogar volle Kinos, selbst wenn der Mensch hinter uns einen Eimer Popcorn wegknusperte. Nie wieder.

Sobald ich jemanden husten höre, bin ich raus!

Es heißt, die psychologische Wirkung des Virus könne eine Generation lang anhalten. Das sind zwanzig Jahre. Bis dahin werden wir vergessen haben, wie man etwas oder jemanden anfasst. Was wird das für eine Welt sein.

Dennoch freue ich mich auf eine Zeit, in der wir alle auf diese Tage zurückblicken – die vielleicht unsere Sternstunde sein werden, vielleicht auch nicht – und nicht sagen werden: *Dies war der Anfang vom Ende* oder *das Ende des Anfangs*, sondern: Was um Himmels willen hat sich unser Präsident dabei gedacht, eine konfuse Idiotie nach der anderen zu äußern und sich dabei für Winston Churchill zu halten, der zu einer Nation unter feindlichem Beschuss spricht?

... und erst die Fußgängerzone – mon Dieu!

Marathon im Gefängnis

Ein Fortsetzungsroman in 20 Kapiteln

Geschrieben von Bas Böttcher, Monica Cantieni, Martina Clavadetscher, Zsuzsanna Gahse, Sascha Garzetti, Jürg Halter, Jan Koneffke, Judith Kuckart, Joël László, Demian Lienhard, Simone Meier, Andreas Neeser, Stephan Pörtner, Jaroslav Rudiš, Ralf Schlatter, Nathalie Schmid, Ruth Schweikert, Monique Schwitter, Bettina Spoerri und Michael Stavarič.

Das Prinzip des Fortsetzungsromans ist einfach: Die Autorinnen und Autoren schreiben miteinander und nacheinander an einer Geschichte. Für jede Folge übernimmt eine neue Autorin/ein neuer Autor, schreibt eine Folge – und nennt ein Wort, das im nächsten Kapitel eingebaut werden soll; dann wird der «Stab» an die Kollegin/den Kollegen weitergegeben.

Folge 1 von Jaroslav Rudiš

Wir sitzen wieder in unserer Sauna im Böhmischen Paradies, und derjenige von uns, der als Gefängniswärter arbeitet, sagt:

«Wir haben da jetzt einen Marathonläufer.»

Und derjenige von uns, der sich früher in unserer Kleinstadt um das Fußballstadion gekümmert hat, jetzt in Rente ist, viel Freizeit hat und deshalb viel liest, sagt:

«Wie, Marathonläufer?!»

«Der Typ läuft in seiner Bude den ganzen Tag von Wand zu Wand, fünf Meter in die eine Richtung, fünf Meter in die andere. Den ganzen Tag lang.»

«Jeder bei euch im Knast wird irgendwann verrückt.»

«Er sagt, er macht es, um nicht verrückt zu werden.»

«Deswegen lese ich Bücher, seitdem ich Rentner bin. Ich will auch nicht verrückt werden. Was soll ich mit der ganzen Freizeit denn sonst machen? Ich lese Bücher, gehe in die Sauna und dann in die Kneipe. Jeden Tag. Ich sag's dir, Rentner zu sein kann schlimmer sein, als in den Knast zu kommen.»

«Und deine Frau?»

«Meine Frau freut sich, dass ich nicht verrückt bin. Sie sagt, es reicht, wenn andere gerade durchdrehen. Gestern hat sie vom Balkon aus einen Autofahrer beobachtet, der eine Stunde im Kreisverkehr gefahren ist, einfach so. Meine Frau glaubt, er ist am Lenkrad eingeschlafen. Viele, die das gesehen haben, denken das auch.»

«Und dann?»

«Dann ist er einfach wach geworden. Er hat die Ausfahrt genommen und ist weitergefahren, Richtung Berge.»

«Du, meine Tochter fährt gerade auch in so einem Kreisverkehr. Sie sollte auch aufwachen und endlich die Ausfahrt nehmen und sich von ihrem Mann trennen.»

«Das tut mir leid.»

«Doch sie hat Angst, die Ausfahrt zu nehmen. Sie sagt, sie liebt ihren Mann. Sie glaubt, er hört mit dem Trinken auf. Doch er hört mit dem Trinken nicht auf, das sage ich dir.»

«Der Mensch ist vielleicht nicht das Problem. Das Bier ist das Problem. Das Bier schmeckt einfach zu gut.»

«Nein, ihr Mann ist das Problem. Und ihre Angst.»

«Und warum hat man den Marathonläufer denn eigentlich eingelocht?»

«Er hat seine Frau einfach zu sehr geliebt.»

«Ach so.»

«Doch leider hat seine Frau noch einen anderen Mann geliebt. Er wollte es mit dem Typen klären, ganz entspannt, beim Bierchen in der Kneipe, doch plötzlich kam es einfach zu einer Schlägerei, er nahm seinen Bierkrug in die Hand … Und so ist er jetzt bei uns. Und bleibt für ein paar Jahre.»

«Verrückt.»

«Wenn er nicht läuft, schreibt er Liebesbriefe an seine Frau. Doch sie schreibt ihm nie zurück.»

«Was ist er eigentlich von Beruf?»

«Hautarzt. Er hat eine schreckliche Schrift. So wie ein Arzt eben.»

«Vielleicht kann seine Frau nicht lesen, was er ihr schreibt.»

«Ja, vielleicht.»

«So läuft es manchmal. Nicht nur beim Marathon.»

Wort, das Monica Cantieni in Folge 2 einbauen soll: «Hautarzt».

Folge 2 von Monica Cantieni

«Da sagst du was.»

Der von uns, der als Gefängniswärter arbeitet, seufzt, wischt sich den Schweiß von der Stirn, seufzt noch einmal; wie immer, wenn er angestrengt nachdenkt.

«Was?»

«Wie, was?»

«Worüber denkst du nach?»

«Warum einen Hautarzt?»

«Wie bitte?»

«Warum heiratet man einen Hautarzt?»

«Warum nicht? Außerdem: Es ist das größte Organ des Menschen. Da gibt's einiges zu tun. Eine richtige Spielwiese für alles Mögliche. Höchst interessant.»

«Du musst es ja wissen.»

«Besser als Urologe.»

«Was bist du unappetitlich! Sind wir ehrlich: Es gibt einfach Arztsorten, von denen die Allgemeinheit deutlich mehr hat. Wenn du den Frauen schönere Brüste machst oder weniger Falten und all das, da kriegt man dann auch was zu sehen. Danach, meine ich. Und als Arzt kommst du von der Arbeit nach Hause und hast was geschaffen, was allen Freude macht.»

«Weißt du, wer hier unappetitlich ist? Deine Knastbrüder tun dir nicht gut.»

«Ach, komm mir nicht so! Zudem vergolden sie dir das, es ist Dienst an der Menschheit. Alles andere ist unspektakulär, sieht man doch schon an der Gage dafür. Also wenn du dich um Akne und diese Dingens da – Posiaris oder so ähnlich – kümmerst ... Hat ja heute auch jeder Zweite. Und von denen, die die Kranken umlagern, reden wir erst gar nicht. Die sind am Ende der Nahrungskette. So ist es eben.»

«Du bist dran.»

«Womit?»

«Mit dem Aufguss. Außerdem würde es dir auch guttun, mal ein Buch zu öffnen. ‹Psoriasis› nennt sich das.»

«Ist das ansteckend?»

«Nein. Die nicht. Anderes schon.»

«Machst du jetzt?»

Der von uns, der als Gefängniswärter arbeitet, setzt sich betont langsam auf, ächzt und lehnt sich ganz erschöpft an die Rückbank, sodass der andere entnervt sein Tuch zurückschlägt und aufschießt.

«Bloß keine Hektik.»

Energisch macht er den Aufguss und verschwindet in einer Wolke aus Dampf, die sich allmählich verteilt.

«Schon gut. Setz dich doch wieder hin.»

«Es ist nicht eben mal ‹so›.»

«Was?»

«Das mit den Gagen. Wir machen das. Wir. Das ist ein Wertesystem. Kapiert?»

«Ja, mach mir den Moralapostel. Du und deine schlauen Bücher.»

«Wie lange noch?»

«Die Sanduhr steht erst auf ein Viertel. Ist dir schon zu heiß?»

«Ich sag dir immer, du sollst nicht so viel aufgießen.»

«Wärst du gegangen.»

«Mir wird's leicht zu eng. Ich sag dir immer wieder, ich vertrag das nicht.»

«Dafür verträgst du Bier danach umso besser.»

«Das verträgst du auch ganz gut. Mein lieber Schwan! Erinnerst du dich an unser gemeinsames Wochenende im Hotel Rustikal?»

«Ja, vor allem ans Badezimmer mit blaugelben Kacheln. Da fuhr ich auch im Kreisverkehr.»

«Genau. Aber geschlafen hast du dabei nicht.»

«Stimmt.»

«Himmel, ist das heiß. Machst du mal die Tür auf?»

«Spinnst du jetzt?»

«Nur einen Spalt. Ich will das Paradies sehen.»

«Dann geh doch raus.»

Beide wedeln mit den Händen, damit sich der Dampf etwas verteilt. Ihre nass geschwitzten, roten Köpfe drehen sich in Richtung der Sanduhr.

«Ich kann's nicht richtig sehen.»

«Ach was, die Zeit ist noch nicht reif.»

Derjenige von uns, der sich früher in unserer Kleinstadt um das Fußballstadion gekümmert hat, hebt den Kopf und fragt: «Und du? Du sagst gar nichts heute?»

Wort, das Judith Kuckart in Folge 3 einbauen soll: «Tochter».

Folge 3 von Judith Kuckart

Die Tochter, die den Kreisverkehr ihrer Ehe bisher überlebt hat, weil sie mit Handbremse fährt und manchmal auch gern ein wenig ins Schleudern gerät, vor allem bei Schnee, diese Tochter macht jetzt das Radio an. Sie ist allein. «Mitternachtskrimi», sagt eine Frau aus dem Lautsprecher, der ein frühes Nachtleben die Stimme so rau gemacht haben mag. Die Tochter kennt die Sendung schon. Es ist eine Wiederholung. Viele Sendungen werden im Moment wiederholt. Was aktuell ist, ist auf schmerzhafte Weise aktuell. Da freut man sich über alles, was man schon kennt. Wie diese Krimisendung, die sie an eine Zeit nah unserer Zeit erinnert und an die Anfänge mit ihrem Mann, mit dem es längst vorbei ist, obwohl es noch dauert.

Er trinkt. Früher war das anders. Aber früher war auch nicht alles wie früher.

Ihr Haus liegt auf der anderen Seite der Bahngleise, am östlichen Stadtrand, wo selbst im böhmischen Paradies mit seinen dichten Kiefernwäldern Rand und Stadt kaum voneinander zu unterscheiden sind.

In einer halben Stunde ist man vom Zentrum zu Fuß im Wald und hat alles gesehen: das Fußballstadion, die kleine Brauerei, die zwei Kirchen, das Gefängnis, ein paar Eckkneipen, den Pizza-Service des Türken, ein Kino und eine Fußgängerzone mit eingepflasterten, dünnen Bäumen. Angekommen beim Waldschwimmbad am Stadtrand mit Blick auf einen wüsten, leeren Parkplatz bei der Sauna, die bis vor kurzem noch und drei Jahre lang vorübergehend geschlossen hatte, ist man auch am Rand einer Welt angelangt, die sich nach nichts anfühlt. Aber wer hier lebt, dem macht das wenig aus. Der denkt, alle leben so.

Die Tochter und ihr Mann wohnen wenige Schritte von der Sauna entfernt. Das Haus ist ein solides, kleines Ding aus den 50er Jahren, das sehr eigenständig aussieht mit seiner karminroten Fassade. Als sie hier einzogen, haben sie und ihr Mann noch über Jalousien nachgedacht und abends am Küchentisch Kataloge von Wohnmärkten studiert, zu denen sie dann nie oder höchstens ein Mal gemeinsam gefahren sind. Ihr Vater hat ihnen das Haus damals gekauft, weil es Ähnlichkeit mit ihr hat, der Tochter. Ein Haus mit braunen Augen. Es liegt eigentlich zu weit von ihrer Arbeitsstelle in der nächstgrößeren Stadt entfernt.

Wort, das Michael Stavarič in Folge 4 einbauen soll: «Arbeitsstelle».

Folge 4 von Michael Stavarič

Da wohne ich also in einem Haus mit braunen Augen, wohingegen meine Arbeitsstelle einen klaffenden Mund aufweist, dachte sich die Tochter, die zudem lieber grüne Augen gehabt hätte. Mit grünen Augen wäre bestimmt einiges mehr drin gewesen in ihrem Leben, mal abgesehen davon, dass der Vater ein völlig anderes Haus erstanden und sie am Ende gar einen (auf lange Sicht) besseren Mann abbekommen hätte.

Die Tochter stellte das Auto ab, um sogleich umständlichst mit beiden Händen in ihrer Handtasche herumzukramen (die neben ihr am Beifahrersitz lag), es war schon erstaunlich, dass sie bei aller Routine regelmäßig etwas vergaß, immer etwas vollkommen anderes. Vorvorgestern den Lippenstift. Vorgestern die Hustenbonbons. Gestern das Handdesinfektionsmittel. Und heute? Ihr wollte ums Verrecken nicht einfallen, was das gewesen sein könnte.

Sie schloss das Auto ab, das dabei entstehende Geräusch erinnerte sie an das Entsichern einer geladenen Waffe, sie musste sich jeden Tag mit aller Kraft beherrschen, sich nicht mehrfach (gar panisch?) umzudrehen. Neuerdings dachte sie öfters an Waffen, schon während der Fahrt zu ihrer Arbeitsstelle kamen ihr wiederholt die seltsamsten Gedanken: Ob etwa ein Käfig auch eine Waffe sei? Und wie sie ihr Mann sogleich belehren würde, dass ein Käfig keine Waffe darstellen könne, denn eine solche müsse definitiv etwas tun, sie müsse unmittelbar und aktiv vernichten. Eine der wirksamsten Waffen wäre vielleicht der Durst, hing sie weiter ihren Gedanken nach, während sie bereits auf ihre Arbeitsstelle zuging: Ich richte den Durst auf die Welt und alle tanzen nach meiner Pfeife!

Klar doch, sie hatte ihre Packung *Nervenruh forte* zu Hause vergessen, jetzt fiel es ihr endlich ein, dreissig Milligramm

Baldrianwurzel, achtzehn Milligramm Passionsblumenkraut, fünfzehn Milligramm Hopfenblüten, das würde ihr den ganzen Tag über fehlen.

Was ihr gewiss so gar nicht abgehen würde: die alles zersetzende Alltäglichkeit ihrer Ehe, das klobige Fußballstadion (mit dem wiederkehrenden, frenetischen Geheule der einander beflegelnden, in zwei Lager gespaltenen Menschen), die kleine Brauerei, deren Geruch sich unentwegt in ihrer Kleidung festsetzte (dabei trank sie nie Bier!), die zwei viel zu düsteren Kirchen (die freilich auch nach Bier stanken), das Gefängnis mit seinen Ecktürmen und Stacheldrahtverhauen, die Kneipen mit ihren Arbeitslosen, die dort Tag um Tag anschreiben ließen, der türkische Pizzalieferant, der zwar für einen jeden ein aufrichtiges Lächeln überhatte, doch schmeckte seine Ware nicht, das Kino, vor dem mitunter ein paar Jugendliche herumlungerten und knutschten und man ihnen doch nur zurufen wollte, lauft, lauft weg von hier, so weit ihr nur könnt, und erst die Fußgängerzone – *mon Dieu!*

Mittlerweile fand sie sich vor dem klaffenden Mund wieder, einer übergroßen, proportional sich nicht in die Hausfassade einfügenden, sperrangelweit offenstehenden Tür, der Portier an ihrer Arbeitsstelle sah niemals auf, sie hätte unmöglich sagen können, welche Farbe seine Augen aufwiesen.

Wort, das Zsuzsanna Gahse in Folge 5 einbauen soll: «Fleischwolf».

Folge 5 von Zsuzsanna Gahse

Auf der gegenüberliegenden Straßenseite geht wieder jener Mann vorbei. Justus oder Justin heißt er, so hat ihn kürzlich jemand gerufen, und ich bin froh, still am Fenster zu stehen. Die letzten Tage habe ich zu viel geredet. Der Mann geht weiter, zwischendurch schlendert er und schaut in eine unbestimmte Ferne, als wäre ihm gerade etwas eingefallen.

Dann fahren zwei Landwirtschaftsmaschinen vorbei, in Richtung Waldrand, die beiden Lenker (ein alter Mann im Hemd und eine Frau mit Schildmütze) sind Insassen in ihren Gefährten, das kann man nicht anders sagen. Knast im Traktor. Gleich danach weit und breit keine Fahrzeuge, und wieder sehe ich den Mann drüben auf der anderen Straßenseite. Er ist stehen geblieben und fotografiert, fotografiert auch den Zementmischer, der in Richtung Osten vorbeirollt und der mich (weil ich selten Zementmischer sehe) an einen alten Traum erinnert.

In dem vor unsrem Haus gelegenen Park stand ein Fleischwolf, und wir alle aus der näheren Umgebung mussten anstehen, bis wir an der Reihe waren, um über eine Leiter in den hochgelegenen Trichter zu steigen. Alle warteten still, rückten voran, stiegen still die Leiter hoch, und als ich dran war, als ich allein oben bei dem Trichter angelangt war, erwachte ich.

Vielleicht hat jeder eine Art Fleischwolf im Kopf, denn einmal spielte in einem Theaterstück (in Stuttgart) so ein Riesending die Hauptrolle. Dort polterten aus dem Mundstück (aus der vorderen Öffnung des großen Wolfs) Beine und Köpfe hervor.

Jetzt ist der Mann wahrscheinlich auf dem Rückweg, in Richtung Osten, wo die leeren Parkplätze liegen, dahinter die abgelegene Welt der Fabrikhallen.

Früher, als der Verkehr dichter war, stand ich kaum je am Fenster, jedenfalls ist mir dieser Justin (ich bleibe bei Justin) nicht aufgefallen, und während ich nun seinen Gang zu beschreiben versuche, fällt mir auf, wie vergesslich ich sogar mit ernst gemeinten Vorhaben umgehe. Längst hatte ich vor, einen Mann möglichst positiv zu beschreiben und so, dass er vorstellbar wird. Es wird keine anziehenden Männerfiguren geben können, wenn sie nicht beschrieben werden, wenn es kein Bild von ihnen gibt. Dieser Justin (unabhängig davon, ob er Bier trinkt oder nie Bier trinkt) hat gelenkige Hüften, daher stelzt er nicht, versucht es auch nicht mit einem federnden Gang, hat nicht zu breite Schultern, den Kopf bewegt er ruhig, schaut zwischendurch zu Boden und hat schmale Augen. Ein Spaziergänger. Auf eine nicht abweisende Art ist er bei sich, nehme ich an. Sobald es mir oder sonst jemandem gelingt, ihn einleuchtend darzustellen, gibt es neben der Anna Karenina, der Effi Briest und den übrigen guten Frauenfiguren eine Justin-Figur.

Ich stehe also am Fenster, und jetzt hat er zu mir hochgeschaut. Das allerdings hilft meinem Plan nicht weiter.

Wort, das Nathalie Schmid in Folge 6 einbauen soll: «unabhängig».

Folge 6 von Nathalie Schmid

Justin spürt, dass ihn jemand betrachtet, es ist ein Gefühl, als würde sich eine Hand auf seinen Nacken legen, als stünde da jemand direkt neben ihm. Er blickt an der gläsernen Fassade des Bürogebäudes auf der anderen Straßenseite hoch. Im dritten Stock steht eine Frau am Fenster. Sie schaut sehr aufmerksam zu ihm hin, als hätte sie schon sehr lange dort gestanden und über ihn nachgedacht. Justin blinzelt gegen die Sonne und blickt genauso aufmerksam zurück.

Du kannst mich erzählen, wie du möchtest, denkt er, aber Lachfalten hätte ich gerne. Viele Lachfalten um die Augen und eine glatte Stirn, die ich zwar in Falten legen kann, wenn es sein muss, aber ich will keine von diesen festgebrannten Sorgenfalten im Gesicht, ja? Ich brauche in deinen Beschreibungen nicht schön auszusehen, aber in meinen Augen spiegelt sich, auch wenn sie schmal sind, meine ganze Aufmerksamkeit. Ich brauche geschickte Hände, denn ich mag es, Dinge selber zu reparieren, Fotoapparate, Stühle, Tretlager, Anlasser, Hühnerställe.

Da du beschlossen hast, mich möglichst positiv zu beschreiben, unabhängig davon, was du tatsächlich von mir weißt, mache ich es dir einfach: Ich spreche zu dir. Du kannst mich durch meine eigene Stimme hören. Du kannst jetzt sagen: Ich erzähle euch von diesem jungen Mann.

Also, wo wohne ich? In einem kleinen Haus hinter den Fabrikhallen, wo die Wiesen weit werden. Es ist ein Haus mit einem Garten, das muss sein. Kein riesiger Gemüsepflanzplatz, aber ein Labyrinth aus Kräutern, daneben Rosen, verschiedene Beeren, das wäre schön. Der Garten muss wild bleiben an den Rändern, es gibt viele Sorten Blumen, Akelei, Dahlie, Borretsch, – die brauchen wir jetzt hier nicht alle aufzuzählen, aber füge ruhig welche hinzu, die du gerne magst.

Es muss Sitzgelegenheiten geben rund um das Haus, wo man selbstvergessen, im Halbschlaf versunken, bleiben kann. Ich bin ein Menschenfreund. Ich weiß, dass sich Dinge immer wieder ändern, das musst du beschreiben: Die Grenze meines Gartens ist der Horizont.

Jetzt bist du schon erschöpft vom Zuhören? Kannst dich nicht so gut konzentrieren diese Tage? Komm raus, setz dich ein bisschen in die Sonne, schließe die Augen. Schau, dass du deinen Kiefer dabei etwas entspannst, klapp den Mund ein paar Mal auf und zu und atme in den Bauch, aber so, dass der Bauch sich ausdehnt.

Wort, das Andreas Neeser in Folge 7 einbauen soll: «Handschlag».

Folge 7 von Andreas Neeser

«Wir sind in der Kneipe um die Ecke, wie immer.»

Sie fährt zusammen, schüttelt etwas aus der Schulter und dreht sich um.

Die Stimme in der offenen Bürotür trägt einen schäbigen dunkelgrauen Anzug und ein ungebügeltes Hemd.

«Wir halten dir einen Platz frei», sagt die Stimme und schließt sich den andern an, die jetzt zu Dutzenden aus ihren Büros kommen, flach und klanglos zum Treppenhaus am Ende des Flurs eilen.

Sie hebt abwehrend die Hand, setzt sich und starrt auf den schwarzen Bildschirm.

«Heute kein Mittagessen», sagt sie kaum hörbar. «Aber danke.»

Sie lehnt sich zurück, legt den Kopf in den Nacken. – Laub. Alles klingt wie unsichtbares Laub hier. Es raschelt, wenn sie reden, du denkst, da ist was, aber da ist nichts. Nur dieses Geräusch von Laub. Sie erscheinen pünktlich zur Arbeit, Tag für Tag, und weil sie nirgendwo hinkommen, gehen sie am Abend wieder. In die Sauna, zum Fußballspiel, in die Kneipe. Wenn sie zu viel trinken, schlagen sie zu mit dem Bierkrug, und dann kommen sie nicht mehr zur Arbeit. Aber das tut nichts, denn es kommen andere. Stimmen in dunkelgrauen Anzügen. Sie beschäftigen sich mit Papieren und Zahlen, sie stapeln und stapeln um, sie rechnen und rascheln rauf und runter und kommen doch zu keinem gültigen Resultat. Nicht vor dem Mittagessen, nicht danach. Und deshalb –.

Sie setzt sich sehr aufrecht hin, überblickt ihren Schreibtisch, atmet in den Bauch. Dann schmunzelt sie. Mit drei Klicks schaltet sie den Rechner aus, wischt die Papierstapel vom Tisch und stellt sich wieder ans Fenster. Auf der Straße kaum Verkehr. Ein Lieferwagen, ein Traktor mit Anhänger, eine Radfahrerin. Auf dem Gehsteig gegenüber ein paar dunkelgraue Anzüge. Justin ist nicht mehr zu sehen.

«Genau deshalb», sagt sie, schlägt mit den Handflächen gegen die Fensterscheibe. «Nach sieben Jahren Kreisverkehr. – Gras, Justin. Saftiges, grünes Gras. Frühling. Eine Stimme mit Gesicht.»

Sie zieht die schwere Jacke an, stellt die Handtasche auf den Schreibtisch und durchsucht ein Fach nach dem andern. – Ich geh jetzt da raus, als wäre ich nie hier gewesen, als hätte es das alles nicht gegeben. Ich fahre nach Hause und tu es endlich. Ich erzähl dich mir. Ich erzähl dich uns, Justin. Wen, wenn nicht dich – und du willst es doch auch. Auch deshalb. Ich spaziere dir jetzt nach, mit oder ohne Lippenstift und jedenfalls ganz ohne Eile, denn wir werden einander finden.

«Vertrau mir», werde ich sagen, «Handschlag.»

Wort, das Bettina Spoerri in Folge 8 einbauen soll: «Paradies».

Folge 8 von Bettina Spoerri

«Wir werden einander finden», murmelt sie wie eine Beschwörung vor sich hin, als sie das Gebäude verlässt. Wie und wo könnte sie Justin finden? Sie geht mit langen Schritten den Gehweg entlang, ihr leichter Mantel flattert im Wind, sie geht und geht, ohne nachzudenken, immer weiter, an dem Brunnen vorbei, in dessen Becken sie als Kind im Sommer jeden Tag ihre Hände gestreckt hat, um sie zu kühlen, vorbei am neuen, immer verwaisten Spielplatz, die Rundung des Kreisels am Eingang des Dorfs entlang und die kleinere Straße zum Waldrand hoch. Seltsam still empfangen sie die Bäume, als hielten sie wegen ihr den Atem an. Kein Vogelgezwitscher, kein Blätterrascheln, kein Holzknacken, und nach einigen Schritten bemerkt sie, dass sie auch nicht hört, wie ihre Schuhe auf dem staubigen Kiesweg auftreten. Bin ich taub geworden, denkt sie, bin ich taub, sie greift an ihr rechtes Ohr, massiert und drückt auf den Knubbel vorne an der Ohrmuschel, hält sich beide Ohren zu und lässt wieder los, doch sie hört nichts außer ihrem Atem in ihrer Nase, in ihrem Kopf drin. Sie murmelt «Justin», sie schreit «Justin!», ihren Schrei kann sie hören, doch so, als ob sie in einem abgeschlossenen Glastrichter stehen würde. Ich sollte zurück, aus dem Wald raus, zurück zu den Häusern, zu anderen Menschen, denkt sie, und sie dreht sich um, geht zurück, woher sie gekommen ist. Doch der Wald wird immer dichter. Hat sie sich in der Richtung geirrt? Jede Drehung scheint sie noch mehr ins Innere des Waldes zu führen. «Justin!», ruft sie, «Justin! ...», keucht sie erschöpft. Vom hektischen sich nach links und rechts Drehen hat sich ein kräuselndes Gefühl unter ihre Schädeldecke geschlichen, ein Schwindel, der jetzt mit wachsendem Druck ihr Gehirn, ihren Kopf, ihren Körper umfasst hält. «Justin ...», flüstert sie, ohne noch zu wissen, was der Klang dieses Wortes bedeutet. Das dürre Laub, in das sie fällt, fühlt sich zerbrechlich fein an und riecht nach ... Blumen ... Akelei, Dahlie, Borretsch ... Sie schließt die Augen, nimmt einen tiefen Atemzug, und als ein gleichzeitiges langsames Fallen und Schweben einsetzt, fühlt sie sich so leicht und schwerelos, als sei sie bereits in dem Paradies, von dem ihre Großmutter so oft gesprochen hat.

Das Wort, das Joël László in Folge 9 einbauen soll: «Budapest».

Folge 9 von Joël László

Zum Paradies hat sie freilich nur telefonischen Kontakt. Dafür ist dieser Kontakt umso inniger, solange Großmutter Aranka noch lebt. Arankas erste Himmelfahrt liegt ziemlich genau zehn Jahre zurück. Kurz vor Feierabend hat man ihr den Anruf der Großmutter ins Büro durchgestellt. Grußlos und ohne stimmliche Nuancen verkündete Aranka: «Mein Zug geht um halb sieben. Über Wien.»

«Wieso über Wien?», fragte sie verständnislos.

«Worüber denn sonst», antwortete Großmutter Aranka, wobei die Enkelin allmählich begriff und ihrerseits zurückfragte: «Nach Budapest? Allein? Sag, bist du verrückt geworden? In einer Woche wirst du neunzig!»

Aber da hat sie bereits aufgehängt. Seit dem Tod ihres Mannes ist es Großmutter Aranka zur Gewohnheit geworden, möglichst gravierende Entscheidungen ganz für sich alleine zu fällen und diese präzis im Moment des unwiderruflich Werdens per Telefon-Stenograf an ihre Lieblingsenkelin weiterzugeben. Ihr kommt es dann zu, den Entrüstungssturm der Familie über sich ergehen zu lassen, um solche Gespräche rituell zu beenden mit Sätzen wie: «Sie ist eure Mutter, nicht meine, aber glaubt mir, Aranka weiß, was sie tut.»

Doch wusste sie es wirklich? Arankas Zug ging in diesen Minuten und niemand vermochte zu sagen, ob es sich bei der Reise nach Budapest um ein erstes Anzeichen gravierender Demenz, eine Form präklinischer Senioren-Hybris oder, gerade im Gegenteil, um das sagenhafte Finale einer langen Reihe von präzise abgezirkelten Alters-Eulenspiegeleien handelte. Ihre Mutter (Arankas älteste Tochter) jedenfalls meinte kategorisch: «Diesmal geht sie zu weit. Sobald sie den Fuß am Ostbahnhof auf die Erde setzt, trifft sie der Schlag.»

Aranka war in der Zwischenkriegszeit in einem Haus auf dem Rosenhügel aufgewachsen. Sie hatte das Land 1956 wie viele andere verlassen. Oft und gerne sprach sie vom Garten ihrer Kindheit mit seinen unzähligen Blumen, deren Namen sich außer ihr niemand merken konnte. Eben auf diesem Rosenhügel nun hatte sich Großmutter Aranka bereits Wochen vor der Zugfahrt eine kleine Wohnung gemietet und eine neue Existenzform eingerichtet. Besuch war strikt untersagt. Diesen Ort, stenografierte sie, werde es nicht geben, und weil es ihn nicht gebe, gehe er nur sie etwas an. Anrufe jedoch – jederzeit erwünscht.

So kam es, dass Großmutter Aranka zum Wunschkonzert und Sorgentelefon eines untergegangenen Jahrhunderts wurde. Nachmittage lang führte sie Gespräche, diskutierte Lebensentwürfe mit Enkelinnen und Enkeln, tauschte zotige Anekdoten und bunte Erinnerungsbuketts aus mit Weggefährtinnen in Paris oder Toronto. An einem kleinen Tischchen sitzend, den Aschenbecher, das Adressbüchlein und einen in Gold gefassten Kugelschreiber vor sich, hatte Großmutter Aranka den realen und persönlichen Weg in die Fiktionalisierung eingeschlagen und war siegreich und quicklebendig am anderen Ufer angekommen.

Sooft sie nur konnte, griff auch die Lieblingsenkelin zum Telefon. Mit einer Tasse Kaffee stellte sie sich ans Fenster, blickte auf die Straße und profitierte vom direkten Draht ins Paradies. Denn jedes Mal, wenn sie fragte, wie es ihr gehe, antwortete Aranka: «Wie soll es mir schon gehen auf dem Rosenhügel? Paradiesisch, meine Liebe, paradiesisch!» Worauf sie einen gut hörbaren Zug von der Zigarette nahm und lachte. Ein Lachen, das nicht selten in einen Husten überging, was dem Paradiesischen jedoch keinen Abbruch tat.

Ihre Großmutter war tot. Sie selbst lag im Wald und wühlte den Kopf tiefer ins Laub. Die Blätter husteten ihr in die Ohrmuschel. Aranka, hörst du mich? Soll ich etwa auch mein Haus verkaufen? Eine Fahrkarte lösen? Doch wohin? Mit oder ohne Justin – wohin?

Das Wort, das Ralf Schlatter in Folge 10 einbauen soll: «unbehaust».

Folge 10 von Ralf Schlatter

Etwas raschelt, im Laub neben ihrem Ohr. Sie öffnet die Augen einen Spalt breit. Ein Mäuschen huscht vorüber. Es dämmert. Ein Waldkauz ruft «Kikwit, ku-witt». Wusstest du, Aranka, dass es das Weibchen ist, das ruft, und dass man früher glaubte, es rufe «Komm mit, komm mit!», und hole jemand Todkrankes ab, hinüber ins andere Reich? Bist du das etwa, Großmutter?

Rufst du mich, zu dir hinüber, ins Paradies? Ist das nicht noch etwas früh für mich? Oder ende ich tatsächlich jetzt hier, als Leiche im Wald, und die Fortsetzungsgeschichte wird zu einem dieser Lokalkrimis, mit einem kauzigen Kommissar, einer schönen, alleinstehenden Gerichtsmedizinerin und einem Aussteiger, der am Rand des Dorfes in einem alten Bauernhaus lebt und Skulpturen aus Metallteilen baut und dem der Mord angehängt wird, obwohl es ja gar kein Mord war, aber das hat mit einer Geschichte von früher zu tun, mit einer Männerfreundschaft zwischen ihm und einem Gefängniswärter und einem Fußballstadionabwart und einem Saunawettbewerb, bei dem der Gefängniswärter beinahe erstickt wäre, was er dem Aussteiger nie verziehen hat, und am Ende des Krimis erwacht der Kommissar, weil sein Handy klingelt, er windet sich aus den Armen der Gerichtsmedizinerin, sagt «Wo? Ich komme sofort!», und der Aussteiger hat sich in seinem Bauernhaus an einer seiner Metallskulpturen erhängt und hat zuvor noch ins Metall geritzt, dass die Tote im Wald in Wahrheit seine Tochter war und nicht die des Gefängniswärters?

Warum kann ich mich eigentlich nicht mehr bewegen? Und warum ist mir das so seltsam egal? Von unten kriechen Kälte, Feuchtigkeit und diese längs gestreiften, ausländischen Nacktschnecken an mir empor, aber es macht mir nichts. Wie war das noch mal mit den Bäumen, die unterirdisch kommunizieren, über gigantische Pilzsysteme? Vielleicht kann ich ja zuhören, wenn ich das Ohr noch tiefer in den Waldboden lege. Worüber die sich wohl unterhalten? Was meinst du, Aranka? Zum neusten Lokalkrimi?

Ich könnte ja einfach hierbleiben. Im Wald weiterleben. Frei, nackt und unbehaust. Was für eine schöne Vorstellung. *Oh Baby, you should go and love yourself.*

Warum fällt mir dieses Lied jetzt ein? Von wem ist das? Baum, kannst du mir helfen? So red doch ein bisschen lauter, ich versteh dich kaum, wenn du so nuschelst. Biber? Was für ein Biber? Gibt es hier Biber? Ach, du meine Güte. Justin!

Und in diesem Augenblick legt sich eine Hand auf ihre Schulter.

Das Wort, das Jürg Halter in Folge 11 einbauen soll: «Casablanca».

Folge 11 von Jürg Halter

«Aranka! Um Himmels willen! Bist du verrückt?! Weshalb hast du das Paradies verlassen?!», ruft sie aus und erhebt sich taumelnd vom Waldboden, «überhaupt, in dieser Szene sollte doch Justin auftauchen! Ach! Jetzt ist die nette Dramaturgie dahin!»

«Maria», spricht Großmutter Aranka mit annähernd sanfter Stimme, «wer sagt denn, dass ich nicht Justin bin? Hast du wieder von den verbotenen Pilzen genascht, mein Waldkäuzchen? Habe ich dir denn nicht dringlich davon abgeraten?»

«Ich heiße also Maria? Danke. Endlich einen Namen! Dachte schon ... », nach kurzem Zögern fährt sie fort, «und weißt du, Aranka, das mit den Pilzen, wie soll ich sagen, ich muss halt irgendwie durch die Tage kommen, denn das hier ist nicht meine Geschichte», erklärt sich Maria, wieder gefasst, «verstehst du, Justin?»

Großmutter Aranka bietet ihr großmütterlich lächelnd großmütterlich eine Zigarette an.

Nachdem Maria sie angezündet und heftigst dran gezogen hat, jubelt sie nun in den ausgeblasenen Rauch hinein: «Krasser Stoff! Der erzählt mir jetzt aber grad eine ganz andere Geschichte. Woher hast du dieses Zeugs, Aranka?»

«Ach, Maria! Hast du's denn vergessen? Vom Händler unseres Vertrauens in Casablanca.»

«Casablanca», flüstert Maria beschwörend, «ach, ja, jetzt geht mir alles wieder auf, dort hatte es doch eigentlich angefangen?»

«Lass uns jetzt in die Stadt gehen, Käuzchen, ich zeige dir meine neue Wohnung, ein Paradies!», fordert Aranka Maria auf und beginnt schallend zu lachen wie ein verrückter Fliegenpilz in einem klassischen, japanischen Gut-gegen-Böse-Anime.

Als die beiden das Paradies also erreicht und also sogleich die Küche betreten, also Kaffee gekocht, also in die gute Stube gesessen, also gelangweilt ein paar sogenannt alte Fotografien angeschaut, also einen Cognac zum Kaffee gekippt und also die nächste Wunderzigarette angezündet haben, empfiehlt sich Maria nun also in Richtung Toilette. Doch als sie diese erreicht, macht sie erschrocken drei Schritte rückwärts und bleibt vor dem kleinen Spiegel im Flur, die Zigarette im linken Mundwinkel, ungläubig stehen: «Justin! Das bin ja ich!»

Großmutter Aranka ruft aus der Stube: «Was ist denn los? Rauch mir nicht das ganze Zeug weg!»

«Aranka, komm her!», ruft Maria Justin, und Großmutter Aranka erscheint sogleich im Flur, erblasst sogleich und applaudiert sogleich: «Justin, es ist so weit! Wir sind in Casablanca angekommen!»

Das Wort, das Demian Lienhard in Folge 12 einbauen soll: «Entzug».

Folge 12 von Demian Lienhard

Ganz genau. Casablanca. Da hatte alles angefangen. In einer Stadt, die härter ist als jeder Entzug. *Agadir – rien à dire*, reimt der Marokkaner, *Tanger – danger, Marrakech – Arnakesch, Safi, ça suffit, Essaouira, ça ira.* Ja. Und was reimt sich nun auf *Casablanca*? Eben.

Dabei hatte alles so verlockend geklungen damals. In einem Reiseführer, der seine besten Zeiten freilich gesehen hatte: bräunlich-vergilbte Seiten, Kaffeeflecken (Aranka hoffte jedenfalls, dass es Kaffee war), überall Eselsohren. Es fehlte auch hier und da eine Seite, und der Umschlag, tja, der war ohnehin abgerissen. Und dieser Reiseführer nun beschrieb Casablanca als – na, als was denn eigentlich? Paradies? Vielleicht. Jedenfalls hieß es dort Folgendes:

«Dem Reisenden, den es nach mehreren Tagen der Einsamkeit im Mittleren Atlas nach neuen Bekanntschaften gelüstet, wiewohl auch dem Daheimgebliebenen, der sich nach so etwas wie Paris sehnt, Paris selbst aber durch und durch überdrüssig geworden ist, weil er viel zu oft schon dort war – beiden sei indes Casablanca empfohlen. Hier findet Ersterer alles, wonach er für gewöhnlich in Paris sucht, Letzterer schließt ganz leicht Bekanntschaften.

Nachdem er im Hotel Quartier bezogen hat, sollte sich der Reisende schnurstracks zum westlichsten Ende der Avenue Mohammed V. begeben, in deren schattigen Arkaden sich vorzüglich flanieren lässt. Hier gilt es Ausschau zu halten nach jenen mit besonderer Inbrunst ausgetragenen Auseinandersetzungen, die allenthalben zwischen fliegenden Händlern und Ladenbesitzern ausbrechen. Letztere nämlich platzieren sich mit in der Regel preiswerteren, da gefälschten Waren in den Arkaden und machen so dem ansässigen Gewerbe die Kunden abspenstig, was – so viel sei hier schon verraten – nicht allzu lange gut gehen kann.

Rasch zieht ein solcher Streit Heerscharen von Flaneuren, Müßiggängern und Nichtstuern an. Entgegen den gebetsmühlenartig wiederholten Ratschlägen des Auswärtigen Amtes, sich von größeren Menschenansammlungen doch bitte tunlichst fernzuhalten, sollte man sich eiligst einen Platz in der ersten Reihe sichern, die sich in gebührendem, aber doch nicht allzu großem Abstand zu den beiden Streithähnen zu formieren beginnt – Faustregel ist hier der in den Ländern des Maghreb in besonderem Ansehen stehende Steinwurf. Und während der Reisende nun dem sich für gewöhnlich in hoher Geschwindigkeit entwickelnden Konflikt beiwohnt, ist die Gelegenheit besonders günstig, um mit der lokalen Bevölkerung in Kontakt zu treten.

Man schlage sich zu diesem Zweck auf eine Seite und trage diese Parteinahme offen zur Schau; wer sich für den Ladenbesitzer und die geringe Anzahl nadelstreifenanzugtragender Herren entscheidet, hat – was noch nie schlecht war – die Sympathien des Großkapitals auf sicher, wird folglich schnell zu Minztee und französischen Buttercroissants in einem der schicken Cafés der Vorstadt eingeladen und darf auf einen Rabatt beim involvierten Ladenbesitzer hoffen; wer mit der großen Masse paktiert, kann indes sicher sein, des Abends, wenn er ins Hotel zurückkehrt und sich in eine der zahlreichen Gassen voller klebstoffschnüffelnder Halbwüchsiger verirrt, seine Brieftasche heil nach Hause zu tragen. Tunlichst abgeraten sei dagegen von der vielleicht durch die bereits erwähnten Reisehinweise des Auswärtigen Amtes von Reisenden viel zu häufig praktizierten Zurückhaltung; eine solche wird gemeinhin als Beleidigung empfunden, und zwar von jeder Seite, ganz nach dem Leitspruch: Wer nicht gegen meinen Feind ist, ist gegen mich.

Es bedarf nicht viel der Fantasie, um die Folgen abzusehen: Man wird nach Einbruch der Nacht um seine Brieftasche erleichtert, und das, ohne wenigstens zuvor vom vorzüglichen Minztee gekostet zu haben, der bereits für sich gesehen eine Reise nach Casablanca lohnt.»

Ja, das hatte in diesem Reiseführer gestanden. Und jetzt also, da das echte Casablanca vor ihnen lag, sahen sie auf einmal das:

Das Wort, das Simone Meier in Folge 13 einbauen soll: «klebstoffschnüffelnd».

Folge 13 von Simone Meier

Ein riesiges Nutella-Glas. Es hatte die Größe eines drei- oder fünfstöckigen Hauses. Und Maria wusste, dass der Trip gleich zu Ende sein würde. Dass sie Casablanca verlassen, sich im Häuschen der Großmutter wiederfinden und auch gleich wieder Justin heißen und sein würde. Nutella war immer das Ende. Justin hatte das schon als klebstoffschnüffelnder Jugendlicher erlebt. Egal was er sich reinzog, Leim, Koks oder das irre Zeug seiner Großmutter, sobald es abklang, verwandelte er sich in einen Nutella löffelnden Zombie. Die Pampe war Trost. Und niedriger als der niedrigste Trip. Der süße, fettige Schlusspunkt. Nutella essen und sterben.

Schade. Er war gern Maria gewesen. Fast hatte er sich in Maria verliebt. Sie war zart und zupackend zugleich, eine coole Elfe, und wäre seine Großmutter eine Hexe oder Fee, so hätte er sie gebeten, ihm eine Maria zu zaubern.

Ab jetzt also wieder Justin. Und Aranka. Aranka aus Ankara. Das Wortspiel, mit dem die Nachbarkinder seine Großmutter früher geärgert hatten. Sie kam nicht aus Ankara. Sie kam aus … wie hieß das kleine Dorf, das im Frühling im Kirschblütenschaum unterging? Gleich würde er sich erinnern, er brauchte bloß ein paar Löffel seiner heimlichen Kraftnahrung. Aber wo hatte Aranka das verdammte Glas stehen? Er vermutete im Küchenschrank, neben der Blechdose im feuerfesten Alubeutel, in der sie ihr Geld versteckte.

Er hätte ihr gerne das Online-Banking beigebracht. Oder wenigstens einen kleinen Safe eingemauert, aber sie war stur. Und er liebte sie genau ihrer Sturheit wegen. Und weil sie sich kleine Dinge in gar nicht so kleinen Mengen zu gönnen verstand. Die legendären Obstbrände ihrer alten Heimat. Preisverdächtigen Cognac. Und mehr. Als alte Frau konnte sie sich alles erlauben. Niemand verdächtigte sie. Niemandem fiel es auf, wenn sie sich einmal einen Tag lang nicht im Garten oder auf der Straße blicken ließ. Man hielt sie dann für müde. Kein Mensch wusste, dass sie gerade in Casablanca Pfefferminztee trank oder Opium rauchte und dabei dem Geruch nachsann, der entstand, wenn Regen auf trockene Erde fiel. Der Geruch trug sogar einen Namen: Petrichor. Gewiss konnte man danach auch süchtig werden. Man konnte nach allem süchtig werden. Ihm fiel da so einiges ein: Casablanca, Maria, die Liebe.

Das Wort, das Bas Böttcher in Folge 14 einbauen soll: «Petrichor».

Folge 14 von Bas Böttcher

Justin litt am Loop-Syndrom. Alles, was er tat und anfing, begann sich irgendwann zu wiederholen und im Kreis zu verlaufen. Er konnte nichts dagegen machen. Neulich schaute er aus dem Fenster und beobachtete sich selbst, wie er auf der anderen Straßenseite entlangging. Dann schaute er von der anderen Straßenseite zurück und führte ein Selbstgespräch quer über die Straße mit einer weiblichen Ausgabe seiner eigenen Person.

Ob das Loop-Syndrom im Zusammenhang mit seinen geliebten Substanzen stand, wusste er nicht. Aber auch die Substanzen konsumierte er gerne in Endlosschleifen. Als neulich die Absinth-Vorräte aufgebraucht waren, trank er ein starkes Petrichor-Parfum, welches ursprünglich zum Übertönen diverser Gerüche gekauft worden war, ob seines Alkoholgehaltes. Danach fing er an, sich regelmäßig auf Waldböden zu wälzen.

Selbst die Streite mit seiner Ehefrau verliefen immer nach demselben Muster. Er sei halt polytoxisch veranlagt, argumentierte Justin jedes Mal gegenüber Britney, wenn sie sich wieder über seinen ständigen Rauschzustand echauffierte. Als Tochter eines Gefängniswärters drohte sie gelegentlich damit, ihn bei der Polizei zu verpfeifen. Er erinnerte sie dann an ihre stündliche Dosis *Nervenruh forte*. Außerdem solle sie sich nicht so aufregen. Ihr Waffenfimmel sei neuerdings mindestens genauso schlimm.

Zurück im Braunaugenhaus war mit Justin auch der Alltagstrott wieder eingekehrt. Er nahm für den wöchentlichen Großeinkauf im Darknet einen Tausend-Franken-Schein aus der unscheinbaren Aranka-Gedächtnis-Dose im Kühlschrank. Da sah er die Nervenruh-Tropfen seiner Frau im Gewürzregal stehen. Britney war ohne ihre Tropfen in die Brauerei gefahren! Ihm war klar, dass er ihr sofort hinterherfahren musste. Er musste ihr die Tropfen bringen und durfte dabei auf keinen Fall wieder in einen Loop geraten.

«Jetzt bloß nicht in einen Loop geraten», nuschelte er zu sich selbst. «Ja. Jetzt bloß nicht in einen Loop geraten», hörte er sich antworten.

Er schnappte das Nerven-Fläschchen, prüfte, ob der Deckel fest verschlossen war und steckte es in die Jackentasche. «Jetzt bloß nicht in einen Loop geraten», beschwor er sich selbst.

Er verließ das Haus, prüfte, ob die Tür hinter ihm wieder fest verschlossen war und öffnete per Fernbedienung das Auto. «Jetzt bloß nicht in einen Loop geraten», schärfte er sich ein.

Er stoppte. Was, wenn er beim Drücken der Autofernbedienung möglicherweise auch auf den Knopf für die Haustürfernbedienung gekommen war und jetzt die Haustür samt kostbarer Aranka-Gedächtnis-Dose offenstünde? Er lief zurück zur Haustür. «Jetzt bloß nicht in einen Loop geraten.» Er rüttelte fest an der Haustür und fand sie verschlossen. Er lief zurück zum Auto. Aber was, wenn die Tür durch das starke Rütteln irgendwie aufgesprungen war? Er rannte samt Fläschchen wieder zurück zur Haustür.

Das Wort, das Monique Schwitter in Folge 15 einbauen soll: «Flummikuss».

Folge 15 von Monique Schwitter

Der Gefängniswärter hätte sie ohrfeigen können. Links und rechts. Wie sie ihm während der vereinbarten Besuchszeit an der Tür diesen Wisch unter die Nase hielt und «Hier. Bitte schön. *Return to sender.* Geben Sie den Brief bitte dem Verfasser zurück», sagte. Wie sie sich abwandte und die Frage, ob sie ihren Mann denn gar nicht sehen wolle, überging. Rechts, links! Wie sie sich noch einmal umdrehte und «Nicht einmal die Anrede ist leserlich!», sagte. «Ich kann mich gar nicht gemeint fühlen. Der Brief könnte für jede sein.» Links und rechts und gleich noch mal. Der Gefängniswärter blickte ihr nach. «*Dem Verfasser.* Deinem Mann, du!», rief er ihr tonlos hinterher. Wie immer fiel ihm kein passendes Schimpfwort ein. Du Schnitzkalbin durfte er ja nicht mehr sagen, das hatte ihm sein Freund Jaro jüngst in einer seiner Saunapredigten dargelegt. Die Begründung hatte der Gefängniswärter sich nicht gemerkt, wohl aber, in Versalien: SCHNITZKALBIN TOT. Nun fehlte sie ihm. Er seufzte.

Dann faltete er den Brief auf. Er rückte ihn ins rechte Licht und begann zu lesen.

Was hatte sie nur?

«Liebste» – okay, den Namen konnte er auch nicht entziffern.

Aber sonst? So schlimm war die Handschrift gar nicht. Die Augen des Wärters flogen über den Brief, flink und frei. Hier und da musste er ein bisschen raten, eine Kleinigkeit ergänzen oder interpretieren, aber wo ein Wille ist, ist auch ein Leser.

«... heute Nacht erschienst du mir im Traum als schöne Fremde, nanntest mich Herr Doktor (wie früher) und batest mich, dir eine Tätowierung zu entfernen. Als du den Rock hobst, um sie mir zu zeigen, erblickte ich ein Knast-Tattoo der schäbigsten Sorte. In krakeliger Schrift stand da Flammenkuss. «Ich bin schuldig», sagtest du nur. Geliebte! Schuldig sind wir alle, mehr und weniger. Du mehr, ich weniger.

Ich verzehre mich nach dir, dein Doktor.

PS: Wie weit muss ich noch gehen?»

Der Wärter ließ den Brief sinken. Zugegeben, ein paar Worte hatte er aufgehübscht. «Flummikuss». Beispielsweise. Das konnte ja nur «Flammenkuss» bedeuten. Oder «seduldig» –

da ergab doch nur «schuldig» einen Sinn. Man brauchte halt etwas guten Willen und auch eine Portion Sprachgefühl und gesunden Menschenverstand. All das besaß der Gefängniswärter, wie er fand.

Der gute alte Onkel Doktor! Wenn die Ehefrau den Brief nicht wollte, würde der Gefängniswärter ihn eben an seine Tochter weitergeben. Die war für kraftvolle Worte empfänglich. Und gegen einen Hautarzt als Schwiegersohn hätte er auch gar nichts einzuwenden. Besser als das jetzige Modell wäre der Mörder aus Leidenschaft auf jeden Fall.

Das Wort, das Martina Clavadetscher in Folge 16 einbauen soll: «systemrelevant».

Folge 16 von Martina Clavadetscher

Außerdem, was hieß schon Mörder? Er war immerhin auch Hautarzt, Ex-Ehemann, Biertrinker, Marathonläufer und, na gut, eben auch ein bisschen Mörder. Aber das musste ja nichts Schlechtes heißen. Der Gefängniswärter faltete den Brief zusammen und kramte in seiner Schublade nach einem neuen Umschlag. «An die schöne Fremde» kritzelte er darauf und gab sich dabei alle Mühe, die Krakelschrift des Häftlings zu imitieren.

Nur zwei Tage später wurde der Marathonläufer mitten in seinem täglichen Hin und Her von Zellenwand zu Zellenwand unterbrochen.

«Ein Brief», murmelte der Wärter beiläufig und ergänzte kaum hörbar: «Wer hätte das gedacht?»

Außer Atem und mit zitterigen Händen öffnete der Marathonläufer den Umschlag.

«An den Fremden, den Doktor», stand am Kopf der Adresszeile – damit war wohl er gemeint, grübelte der Marathonläufer, zweifellos, er war schließlich der einzige Doktor hier, das hatte er schon nach wenigen Tagen in Erfahrung gebracht, der einzige mit Job und Geld und Ansehen, wohlhabend und systemrelevant, außer die Wärter natürlich, aber die zählte er nicht mit, nein, der Brief konnte also nur für ihn bestimmt sein.

Mit Stolz begann er zu lesen, eilte über die Zeilen, und er erfuhr dabei von einer Unbekannten, die gerne am Fenster stand und Menschen beobachtete, die ihre Großmutter liebte, die gerne durch Wälder streifte, dabei abschweifte, in Gedanken, in fremde Länder, andere Zeiten, und die ihm über eine Seite lang etwas vom Elend des Kreisverkehrs und all den verpassten Ausfahrten erzählte, obwohl er sich am Ende fast sicher war, dass sie damit nicht wirklich den Kreisverkehr gemeint hatte. Am Schluss des Schreibens fragte sie ihn noch, ob er zufälligerweise Justin hieße, und unterzeichnete schließlich mit:

«Maria, vielleicht.

PS. Ich bin tatsächlich tätowiert.

PPS. Geh einfach noch ein bisschen weiter, dann sehen wir, wohin es uns führt.»

Der Hautarzt senkte den Brief, las ihn dann nochmals durch, senkte den Brief erneut, las ihn daraufhin mindestens noch viermal, roch am Papier, las ihn erneut und verlangte schließlich beim Wärter nach Papier und Tinte – er sagte tatsächlich: «Man bringe mir Papier und Tinte!» Weil er fand, dass diese Formulierung seiner Situation angemessen war und er so seinen Sonderstatus als Häftling einmal mehr hervorheben konnte.

Man brachte ihm Notizblock und Kugelschreiber.

Und der Doktor Querstrich Marathonläufer Querstrich Hautarzt begann zu schreiben.

Das Wort, das Jan Koneffke in Folge 17 einbauen soll: «Oktopus».

Folge 17 von Jan Koneffke

«Liebe Maria-vielleicht», schreibt der Gefangene auf der Kante seiner Pritsche vor Aufregung noch unleserlicher als sonst, «dem täglichen Marathonlauf sei Dank ist es mir gelungen, in diesen engen vier Wänden nicht verrückt zu werden – verrückt bin und bleibe ich nur nach dir!

Ja, ich bin so klar im Kopf», schreibt der Doktor, «dass mir natürlich nicht entgangen ist, dass Maria-vielleicht niemand anders bist als du: meine Frau. Frau Doktor. Nebenbei: Dass man dich auf der Straße als Frau Doktor ansprach, wie es in Kleinstädten und so einer wie unserer sowieso üblich ist, hat dir immer sehr gefallen, nicht wahr? Die Frau eines Eifersuchtsmörders zu sein, verständlicherweise viel weniger, da war der Titel futsch ... Ach, alles, alles sei dir verziehen, auch dein langes Schweigen, wenngleich ..., dass du gerne am Fenster stehst und fremde Männer beobachtest ... da könnte ich vor Eifersucht schon wieder aus der Haut fahren.

Sicher, du musstest erst Abstand finden, um zurückzukehren. Dich als Unbekannte auszugeben (wie schön du deine Schrift verstellst), die ihre Großmutter liebte (du hast deine in Wahrheit gehasst) und gerne durch Wälder streift (die Natur sagte dir auch nichts, Shopping war dir lieber), ist eine geniale Idee (so genial warst du früher nie ... wahre Liebe macht erfinderisch).

Ja, Liebste, Maria-vielleicht, das ist die Ausfahrt, so können wir den Kreisverkehr verlassen (ich brauchte ein wenig Zeit, um es zu begreifen, als Mediziner verstehe ich mich nicht besonders auf Metaphern) und einen neuen Weg einschlagen: Ich habe niemanden umgebracht, heiße Justin-vielleicht, und wir lieben uns unschuldig wie am ersten Tag!», schreibt der Hautarzt, holt tief Luft, faltet die Blätter zusammen, will den Umschlag mit der Zunge anfeuchten und zukleben ...

Besser nicht. Im Knast sollte man nichts ablecken. Außerdem geht der Brief ja eh erst durch die Zensur. Als der Gefängniswärter ihn abholt, ist der Doktor bereits wieder mit dem Laufen beschäftigt. Das erschüttert den Wachmann. Mehr aber noch der Brief, den er sofort liest (die reinste Qual bei dieser Klaue).

Jetzt hat es den Doktor also doch erwischt, denkt er. Der Wahnsinn ist ein Oktopus mit tausend Armen, der sich alle greift. Sein Schwiegersohn, dieser Suchtmensch, leidet ja schon lange an Zwangsverhalten. Aber selbst der Studierte dreht sich nur noch im Rad.

Dabei habe ich mir doch echt was einfallen lassen, um ihm zum Ausbruch zu verhelfen – bildlich gesprochen, natürlich, denkt der Gefängniswärter.

Was soll er jetzt nur anfangen mit diesem Brief?

Das Wort, das Ruth Schweikert in Folge 18 einbauen soll: «ertappt».

Folge 18 von Ruth Schweikert

Und dann – José, der Gefängniswärter, sah es als Erster – wurde die Sauna im böhmischen Paradies geschlossen.

Kein Zweifel, jemand hatte die Eingangstür verriegelt. Das ganze Gebäude war verriegelt, stellte José im Mondlicht fest, mit gut gelagerten Fichtenbrettern aus dem Böhmischen Wald, die noch aus der Zeit vor dem sauren Regen stammten (danach hatten erst die Borkenkäfer das Zepter übernommen, abgefressene, fahle Baumstämme, die wie Menetekel in den Himmel ragten; doch mittlerweile hatte der Wald sich erholt, zum Erstaunen der Wissenschaftlerinnen; je weniger der Mensch dem Wald zu helfen versuchte, umso schneller erholte er sich. Und im Blöckensee vermehrten sich die Spiegelfische).

Es war vier Uhr morgens und fröstelig kühl. José trug den Brief des lauffreudigen Hautarztes buchstäblich auf seinem Herzen – wann hatte er zuletzt *Postillon d'Amour* gespielt? –, das dreifach zusammengefaltete Papier haftete unter dem Unterhemd auf seiner verschwitzten Brust. Darüber trug er seinen senfgelben Trainingsanzug, den Sofia ihm zum 50. Geburtstag geschenkt hatte, das war nun auch schon wieder zwölf Jahre her. Tatsächlich hatte Sofia ihn ertappt, als er aus dem Ehebett stieg, um Maria Britney – welch unsäglicher Kompromiss zwischen seiner amerikanophilen Frau und Josés spanischer Mutter, Gott hab sie selig – den durchgeknallten Liebesbrief an Maria-vielleicht zu überbringen, in der elenden Hoffnung, sie aus dem Kreisverkehr ihrer Ehe zu katapultieren. Sofia hätte ihn ausgelacht, wenn er ihr von seinen Plänen erzählt hätte. Warum soll es meiner Tochter besser ergehen als mir, hätte sie wahrscheinlich gesagt. Durchgeknallte Hautärzte rennen in der Zelle Marathon, warum also sollte ein übergewichtiger Gefängniswärter nicht mitten in der Nacht joggen gehen, hatte er zu Sofia gesagt, aber sie war bereits wieder eingeschlafen, ein kleiner Speichelfaden hing aus ihrem zugegebenermaßen noch immer hübschen Mund.

Doch bevor José dazu kam, den ominösen Brief auf die Schwelle des braunäugigen Häuschens zu legen, erblickte er die verriegelte Sauna. Er atmete dreimal tief ein und aus, dann alarmierte er die Polizei.

Einen Moment lang sei er versucht gewesen, Feuer zu legen, gab José im Morgengrauen den zwei freundlichen Polizistinnen zu Protokoll, die Verrieglung einfach abzufackeln, allerdings wäre dabei auch die Sauna draufgegangen.

Die beiden Polizistinnen nickten und protokollierten.

Bereits am ersten Freitag des übernächsten Monats wurde eine Untersuchung eingeleitet.

Das Wort, das Sascha Garzetti in Folge 19 einbauen soll: «Präsidentin».

Folge 19 von Sascha Garzetti

Andere Landstriche und andere Städte hätten die Zeit genutzt. Sie wären zur Bühne geworden. Das hier aber war keine Stadt, kein Landstrich. Hier war ein Flecken auf der Landkarte oder auf dem Bildschirm. Ein vorläufiger Punkt. Das hier war nicht Paris, nicht Prag, nicht Casablanca. Hier ging nicht einmal die Zeit ins Land. Das war ihr nämlich zu dumm: sich einer Metapher so leicht hinzugeben. Stattdessen stand sie still.

Das Regionalblatt listete in der Rubrik *Verschiedenes* auf: «Im Garten von Frau Brunner wurden über Nacht die Dahlien ausgegraben.» Für Frau Brunner – ihres Zeichens Präsidentin des örtlichen Kegelvereins – war der Fall klar: Das war der Anfang vom Ende – oder der Dachs.

Dabei hätte sich in sechs Wochen allerhand ergeben können. In sechs Wochen konnte man: von Berlin nach Algier spazieren, einen Roman schreiben, eine große Liebe finden oder eine kleine, einen Krieg anzetteln und verlieren. In sechs Wochen konnte man einen Liebesbrief schreiben und ihn im Kopf 41 Nächte lang umschreiben. Man konnte eine Sprunggelenkfraktur auskurieren und ein Wertesystem durch den Fleischwolf drehen. Nach sechs Wochen lächelt ein Baby zum ersten Mal. Sechs Wochen umfasst das Temperatur-Gedächtnis einer Pflanze – so zum Beispiel dasjenige der hallerschen Schaumkresse. Der junge Engländer, der im Jahr 2015 während des Formel-1-GPs in Singapur die Strecke betrat, saß sechs Wochen im Gefängnis.

In sechs Wochen konnte José zweiundvierzig Mal den gleichen Traum träumen: Er sah sich im Beobachtungsturm in der Mitte eines Panoptikums sitzen. Vom Turm führte keine Treppe nach unten. Während die Plattform ausgeleuchtet war, lagen die Zelltrakte im Dunkeln. Vermutlich waren sie leer. Aber wer konnte das so genau sagen? Der Traum machte ihm weder Angst noch langweilte er ihn, da er sich am nächsten Morgen nie daran erinnern konnte, ihn geträumt zu haben.

Es geschah also wenig. Und doch war es eine seltsame Zeit. Die Wälder dufteten nach Yves Saint Laurent und Paco Rabanne.

Das Wort, das Stephan Pörtner in Folge 20 einbauen soll: «Kunstpause».

Folge 20 von Stephan Pörtner

«Wie davongelaufen?», fragt derjenige von uns, der jetzt Rentner ist.

«Zur Tür hinaus und einfach davongelaufen», sagt derjenige von uns, der als Gefängniswärter arbeitet, und macht eine Kunstpause. «Die Sache bleibt unter uns. Verstanden?»

Wir nicken und überlegen, wem wir die Geschichte als Erstes erzählen werden.

«Vor ein paar Tagen, nach Feierabend, musste ich meiner Tochter etwas bringen.»

«Was bringen?»

«Einen Brief.»

«Was für einen Brief?»

«Das erkläre ich später», sagt der Gefängniswärter. «Weil die Sauna geschlossen ist, habe ich bei ihr ein Bad genommen, bei uns gibt es kein Warmwasser, wisst ihr ja. Sie hat meinen Schlüssel aus der Jackentasche gefischt, ist zum Gefängnis gefahren und hat die Zelle des Marathonläufers aufgeschlossen. Er ist einfach davongelaufen, der Straße entlang, bis er verschwunden war.»

«Woher weißt du das?»

«Die Nachbarn haben es gesehen. Die Nachbarn sehen alles. Sie haben mir alles berichtet, und ich fuhr zu dem Haus mit den braunen Augen und musste feststellen, dass sie auch weg war.»

«Davongelaufen», sagt der Rentner.

«Gefahren, das Auto ist verschwunden. Sieht so aus, als sei sie aus dem Kreisverkehr ausgebrochen.»

«Mit dem Hautarzt?»

«Wer kann das wissen?»

«Die beiden werden bald geschnappt», sagt derjenige von uns, der sonst nichts sagt.

«Sie werden nicht einmal gesucht. Stell dir vor, ihr Mann, der Säufer, hat nach einer intensiven Unterredung mit der Polizei, die Tage, nachdem ich sie gerufen habe, endlich auftauchte, gestanden, dass er es war, der den Liebhaber der Frau des Hautarztes mit dem Bierhumpen erschlagen hat.»

«So ein Unsinn, der war doch an dem Abend gar nicht in der Kneipe. Die Zeugen ...»

«Verkommene Subjekte, allesamt besoffen. Haben sich eben getäuscht, das werden sie schon einsehen. Die Zelle ist wieder besetzt, und keiner rennt den ganzen Tag von Wand zu Wand. Alles ist so, wie es sein muss.»

«Außer das mit der Sauna», sagt derjenige, der sich um das Fußballstadion gekümmert hat und jetzt Rentner ist.

Kurzbiografien der Autor/innen

André Aciman, *1951 in Alexandria/Ägypten, ist amerikanischer Schriftsteller, der Romane, Memoiren und Essays schreibt sowie sich mit Literatur des 17. Jahrhunderts auseinandersetzt. Er ist u. a. Autor der Romane *Call Me by Your Name*, *Eight White Nights* und *Find Me* sowie des Erinnerungsbuchs *Out of Egypt*. Seine Essaysammlung *Homo Irrealis* wird 2021 erscheinen; demnächst erscheint seine neue Novelle *The Gentleman from Peru*. Aciman ist Direktor des Writer's Institute und lehrt Komparatistik am Graduiertenkolleg der Columbia University in New York.

Zsófia Bán, *1957 in Rio de Janeiro, aufgewachsen in Brasilien und in Ungarn, studierte Anglistik und Romanistik in Budapest, Lissabon, Minneapolis und New Brunswick. Heute ist sie Dozentin für Amerikanistik an der Budapester Universität ELTE, wo sie sich mit moderner amerikanischer Literatur, visueller Kultur, zeitgenössischer Literaturtheorie und den Beziehungen zwischen Gender und literarischen Texten beschäftigt. In Deutsch ist von ihr der neueste Band mit Erzählungen 2020 erschienen: *Weiter atmen* (Suhrkamp; aus dem Ungarischen übersetzt von Terézia Mora).

María Cecilia Barbetta, *1972 in Buenos Aires, wuchs dort in dem Einwandererviertel Ballester, in dem ihr Roman *Nachtleuchten* spielt, auf und besuchte die deutsche Schule. 1996 zog sie nach Berlin und blieb. Ihr erster Roman, *Änderungsschneiderei Los Milagros* (2008), wurde u. a. mit dem aspekte-Literaturpreis ausgezeichnet. Barbetta schreibt auf Deutsch. Ihr zweiter Roman über den Vorabend eines Umsturzes, *Nachtleuchten* (S. Fischer, 2018), wurde u. a. mit dem Döblin-Preis geehrt und stand auf der Shortlist für den Deutschen Buchpreis. 2020 war sie Residenzgast des Aargauer Literaturhauses.

Marica Bodrožić, *1973 im Hinterland von Split in Dalmatien, siedelte 1983 nach Hessen über. Sie schreibt Gedichte, Romane, Erzählungen, Essays. Seit dem Debüt *Tito ist tot* (2002) sind mehrere Bücher erschienen, die sich mit Gedächtnis und Erinnerung, Philosophie und Mystik auseinandersetzen. Sie erhielt u. a. den European Prize for Literature (2013) und den Literaturpreis der Konrad-Adenauer-Stiftung (2015). Sie lebt in Berlin und ist Mitglied des Deutschen PEN-Zentrums. Zuletzt erschienen: *Poetische Vernunft im Zeitalter gusseiserner Begriffe* (Matthes & Seitz, Berlin 2019).

Bas Böttcher, *1974 in Bremen, lebt in Berlin. Studium am Bauhaus in Weimar. Lehrte am Deutschen Literaturinstitut und am Deutschen Literaturarchiv Marbach. Er zählt zu den Mitbegründern der deutschsprachigen Spoken-Word-Szene. Auftritte in der Elbphilharmonie, der Bibliothèque Nationale de France oder an der University of Berkeley. Erfinder neuer Medienformate für Lyrik: Looppool (Hypertext), Poetry Clip (audiovisuell), Textbox (Live-Performance). Sein dritter Lyrikband *Vorübergehende Schönheit* erschien 2012 bei Voland & Quist. Vgl. *www.basboettcher.de*

T. Coraghessan Boyle, *1948 in Peekskill, N.Y., ist der Autor von insgesamt 27 Romanen und Erzählbänden, die in zahlreiche Sprachen übersetzt wurden. Bis 2012 lehrte er Creative Writing an der University of Southern California in Los Angeles. Zuletzt von ihm erschienen: *Die Terranauten* (Roman, Hanser 2017), *Good Home* (Erzählungen, Hanser 2018) sowie *Das Licht* (Roman, Hanser 2019). T.C. Boyle lebt mit seiner Familie in Montecito bei Santa Barbara in Kalifornien.

Monica Cantieni, *1965 in Thalwil (CH), veröffentlicht seit 1992 literarische Texte. Sie lebt heute als Schriftstellerin in Wettingen im Kanton Aargau. Ihre Kurztexte wurden mehrfach ausgezeichnet, darunter die Erzählung *Hieronymus' Kinder* (Rotpunkt, 1996). Ihr Debütroman *Grünschnabel* (Schöffling & Co., Frankfurt a.M. 2011) wurde für den Schweizer Buchpreis sowie für den First Book Award des

Edinburgh International Book Fest nominiert; außerdem wurde er in mehrere Sprachen übersetzt. Vgl. auch *www.monica-cantieni.net*

Amir Hassan Cheheltan, *1956 in Teheran, veröffentlichte 1976 seinen ersten Erzählband, beendete sein Elektrotechnik-Studium in England. Es folgten Wehrdienst und Einsatz im Irakkrieg (1980-88). Während des Krieges entstand sein erster Roman, der jedoch erst 2002 unter strengen Auflagen erscheinen durfte. Bisher hat er sechs Romane und fünf Erzählbände veröffentlicht; in Deutsch zuletzt: *Der Zirkel der Literaturliebhaber* (Roman, C.H. Beck 2020). Der Autor hielt sich mit seiner Familie wegen Bedrohung durch das Regime zwei Jahre in Italien auf. Er lebte in Berlin und Los Angeles und heute auch wieder in Teheran.

Martina Clavadetscher, *1979 in Zug (CH), studierte Germanistik, Linguistik und Philosophie. Seit 2009 arbeitet sie als Autorin und Dramatikerin. Für die Spielzeit 2013/2014 war sie Hausautorin am Luzerner Theater. Mit dem Theaterstück *Umständliche Rettung* gewann sie 2016 den Essener Autorenpreis und war für den Heidelberger Stückemarkt nominiert. Für *Knochenlieder* (edition bücherlese, Hitzkirch) erhielt sie 2016 den Preis der Marianne und Curt Dienemann-Stiftung und wurde 2017 für den Schweizer Buchpreis nominiert. Vgl.: *www.martinaclavadetscher.ch*

Robert Cohen, *1941 in Zürich, Literaturwissenschaftler und Schriftsteller, studierte an der französischen Filmhochschule IDHEC, realisierte Industrie-, Werbe- und TV-Filme. Seit 1983 lebt er in New York City. Nach einem Germanistikstudium lehrte er bis 2012 als Adjunct Professor an der New York University. 2009 erschien sein Epochenroman *Exil der frechen Frauen* (Rotbuch Verlag Berlin). Seit dem 19. Januar 2017, dem Tag der Amtseinsetzung Trumps, führt er ein New Yorker Tagebuch (Teil 1 erschien 2019 bei Wallstein: *Abwendbarer Abstieg der Vereinigten Staaten unter Donald Trump*). Sein Text in diesem Band ist eine Auswahl aus fortlaufenden Notaten.

Nicolas Couchepin, *1960 in Lausanne (CH), lebt heute im Ort Cormérod im Kanton Fribourg. Er ist Präsident des Schweizer Autor/innenverbands A*dS seit Mai 2019. Als Schriftsteller und Übersetzer hat er mehrere Romane und Theaterstücke verfasst (u. a.: *Le Sel*, Roman, 2000; *La théorie de papillon*, Roman, 2008), zuletzt: *Les Mensch* (Roman, Seuil 2013; auf Italienisch übersetzt bei Clichy Edizione 2020 erschienen). Couchepins nächste literarische Veröffentlichung wird der Roman *Si Franck avait vécu* sein.

Dorothee Elmiger, *1985 in Wetzikon (CH). Studium am Schweizerischen Literaturinstitut in Biel und am Deutschen Literaturinstitut Leipzig sowie Studium der Geschichte, Philosophie und Politikwissenschaft an der Universität Luzern und der FU Berlin. Für ihre bisher zwei Romane (*Einladung an die Waghalsigen* und *Schlafgänger*, beide bei DuMont 2010 bzw. 2014 erschienen) wurde sie für den Schweizer Buchpreis nominiert. Sie erhielt u. a. auch den aspekte-Literaturpreis, einen der Schweizer Literaturpreise des Bundesamts für Kultur, den Erich-Fried- und den Conrad-Ferdinand-Meyer-Preis.

Anna Felder, *1937 in Lugano (CH), Literaturstudium in Zürich und Paris, Promotion über Eugenio Montale, danach Tätigkeit als Italienischlehrerin und Schriftstellerin. Lebt in Aarau und Lugano in der Schweiz. 1998 Schillerpreis für das Gesamtwerk, 2004 Aargauer Literaturpreis, 2018 Schweizer Grand Prix Literatur. Zuletzt in Deutsch erschienen: *Quasi Heimweh*. Übersetzt von Federico Hindermann. Limmat, Zürich 2019; *Circolare*. Erzählungen. Übersetzt von Maja Pflug, Barbara Sauser, Clà Riatsch, Ruth Gantert. Ebd., 2018.

Zsuzsanna Gahse, *1946 in Budapest. Seit 1956 lebte sie in Wien, Stuttgart, Luzern, heute in Müllheim (Thurgau, CH). Ihre literarische Arbeit bewegt sich zwischen Prosa und Lyrik, erzählerischen und szenischen Texten. Es liegen von ihr viele Buchpublikationen vor, zuletzt: *Schon bald* (Edition Korrespondenzen, Wien 2019), sowie *Andererseits*, Salzburger Vorlesungen (Sonderzahl, Wien 2020). Für ihre

Übersetzungen aus dem Ungarischen erhielt sie den Johann-Heinrich-Voß-Preis der Deutschen Akademie, Darmstadt. 2019 wurde sie mit dem Schweizer Grand Prix Literatur geehrt.
Vgl.: *www.zsuzsannagahse.ch*

Sascha Garzetti, *1986 in Zürich, lebt heute in Baden (CH). Er studierte Germanistik, Geschichte und Nordistik an der Universität Zürich. Garzetti schreibt Lyrik und Prosa und unterrichtet Deutsch am Gymnasium. Er erhielt u. a. den Heinz-Weder-Anerkennungspreis für Lyrik 2011. Neben Publikationen in Zeitschriften und Anthologien – z. B. in *Lyrik von jetzt – Babelsprech* (Wallstein 2015) – sind zuletzt die Gedichtbände *Und die Häuser fallen nicht um* (Wolfbach 2015) und *Mund und Amselfloh* (ebd. 2018) erschienen.
Vgl. *www.saschagarzetti.ch*

Jürg Halter, *1980 in Bern, wo er meistens lebt. Schriftsteller, Spoken-Word-Artist, Redner, Transdisziplinärkünstler. Studium der Bildenden Künste an der Hochschule der Künste Bern. Zahlreiche Buch- und CD-Veröffentlichungen. Zuletzt erschienen: *Das 48-Stunden-Gedicht* (mit Tanikawa Shuntaro; Wallstein Verlag, 2016), *Mondkreisläufer* (Der gesunde Menschenversand, Luzern 2017). 2018 erschien sein Romandebüt *Erwachen im 21. Jahrhundert* (Zytglogge, Basel), und 2019 wurde am Konzert Theater Bern *Das Resort – ein Singspiel über das tragische Ende der Selbstoptimierung* uraufgeführt.
Vgl.: *www.juerghalter.com*

Kendel Hippolyte, *1952 in Castries/St.Lucia (KAR), studierte an der Universität der Westindischen Inseln in Jamaika. Er ist Dramaturg und Regisseur bei der Lighthouse Theatre Company, die er mitbegründete, und schreibt Theaterstücke. Sein bekanntestes Stück, *Drum-maker*, verwendet idiomatische karibische Sprache und erforscht die indigene Kultur in politischem Kontext. In der Poesie arbeitet er in traditionellen Formen, freien Strophen sowie mit von Rap und Reggae beeinflussten Formen. Seine Lyrik zeichnet sich durch einen modernistischen, freien Stil aus. Zuletzt erschienen: *Night Vision* (Peepal Tree Press, 2014).

Laurynas Katkus, *1972 in Vilnius. Schriftsteller und Übersetzer. Er studierte litauische Philologie und Komparatistik in Vilnius, Leipzig und Berlin. Auf Deutsch liegen zwei Gedichtbände und ein Essayband (*Moskauer Pelmeni.* Leipziger Literaturverlag 2017) vor. Seine Texte sind in mehr als zehn Sprachen übersetzt. Er übersetzt u. a. Hölderlin, Benjamin, Susan Sontag, Jan Wagner ins Litauische. Ausgezeichnet wurde er u. a. mit einer Residency des International Writing Program der University of Iowa und einem Stipendium der Akademie der Künste Berlin. Er lebt mit seiner Familie in Vilnius.

A. L. Kennedy, *1965 im schottischen Dundee, wurde bereits mit ihrem ersten Roman *Einladung zum Tanz* (2001) bekannt und zählt zu den wichtigsten zeitgenössischen englischen Autorinnen. Für ihr Werk wurde sie mit vielen Literaturpreisen ausgezeichnet. 2007 erhielt sie den Österreichischen Staatspreis für Europäische Literatur, 2016 den Heinrich-Heine-Preis. Kennedy lebt in Wivenhoe (GB) und unterrichtet kreatives Schreiben an der University of Warwick. Seit Januar 2020 berichtet sie in einer Kolumne in der *Süddeutschen Zeitung* aus dem Land des Brexit. Ihr neuester Roman heißt *Süßer Ernst* (Hanser, 2018).

Etgar Keret, *1967 in Ramat Gan/Israel, ist einer der bedeutendsten zeitgenössischen Schriftsteller Israels. Er gilt als Meister der Kurzgeschichte, seine Short-Story-Bände sind in Israel Bestseller und wurden bisher in vierzig Sprachen übersetzt. *Tu's nicht* (Aufbau, 2020) wurde mit dem National Jewish Book Award ausgezeichnet und stand auf den Jahres-Besten-Listen von *The Guardian, The Times, Financial Times, Buzzfeed* und vielen weiteren. Etgar Keret schreibt auch Drehbücher und Graphic Novels. Er lebt mit seiner Familie in Tel Aviv.

Anna Kim, *1977 in Südkorea. 1979 zog ihre Familie nach Deutschland und schließlich weiter nach Wien, wo die Autorin seit 1984 lebt. In Wien studierte sie Philosophie und Theaterwissenschaft. 2004 erschien ihr Debütband *Die Bilderspur* bei Droschl, 2008 folgte der Roman *Die gefrorene Zeit*. 2012 erschien ihr Roman *Anatomie einer Nacht* im Suhrkamp Verlag. Für ihr Werk erhielt sie zahlreiche Auszeichnungen, u. a. den Heinrich-Treichl-Preis, das Elias-Canetti-Stipendium und den European Union Prize for Literature. Zuletzt erschienen: *Die große Heimkehr* (Suhrkamp, Berlin 2017).

Jan Koneffke, *1960 in Darmstadt, wuchs in Gravenbruch und Braunschweig auf. Philosophie- und Germanistikstudium an der FU Berlin, freier Schriftsteller seit 1987. Nach einem Villa-Massimo-Stipendium verbrachte er sieben Jahre in Rom, seit 2003 pendelt er zwischen Wien, Bukarest und Măneciu (Karpaten). Er schreibt Romane, Gedichte, Kinderbücher, Essays, Hörspiele, übersetzt aus dem Italienischen und Rumänischen. Zuletzt erhielt er den Uwe-Johnson-Preis (2016) und war Residenzgast des Aargauer Literaturhauses (2019). Mit *Ein Sonntagskind* schloss er 2015 seine Kannmacher-Trilogie ab, es folgte 2018 *Als sei es dein* (Lyrik, Wunderhorn), 2020 erscheint *Die Tsantsa-Memoiren* (Roman, Galiani).

Judith Kuckart, *1959, wuchs in Schwelm am Rand des Ruhrgebiets auf. Studium der Literatur- und Theaterwissenschaften an der Universität Köln und der FU Berlin, es folgte eine Tanzausbildung an der Folkwang-Hochschule Essen. 1984 gründete sie die freie Tanztheatergruppe *Skoronel*, mit der sie bis 1998 siebzehn Produktionen realisierte. Seit 1999 arbeitet sie als freie Regisseurin. Ihr erster Roman *Wahl der Waffen* erschien 1990. Es folgten u. a. *Der Bibliothekar*, *Lenas Liebe*, *Kaiserstraße* und *Wünsche*. 2019 erschien ihr neuer Roman *Kein Sturm, nur Wetter* (DuMont). Sie erhielt zahlreiche Preise und Stipendien. Mehr unter *www.judithkuckart.de*

Joël László, *1982 in Zürich, ist im Kanton Aargau (CH) aufgewachsen und hat Geschichte und Islamwissenschaften an der Universität Basel studiert. Heute lebt er mit seiner Familie in Basel und schreibt Prosa, Hörspiele und Theatertexte, zudem arbeitet er als Übersetzer. In der Spielzeit 2017/18 war er Hausautor am Theater Basel. Seine jüngsten Arbeiten sind *Die Verschwörerin* (2018 uraufgeführt am Theater Basel), *Ante oder der Thunfisch* (Hörspiel, BR) sowie die Erzählung *Sinai* im neu erschienenen Sammelband *Dunkelkammern* (Suhrkamp 2020).

Demian Lienhard, geboren 1987 in Baden/Schweiz, hat in Klassischer Archäologie promoviert. Er lebt als freier Schriftsteller in Zürich und Berlin. Er erhielt zahlreiche Stipendien und Preise, u. a. das Schwazer Stadtschreiberstipendium 2017 und das Atelierstipendium des Aargauer Kuratoriums in Berlin. Sein Romandebüt *Ich bin die, vor der mich meine Mutter gewarnt hat* (FVA, 2019) stand auf der Shortlist des Klaus-Michael-Kühne-Preises für das beste deutschsprachige Debüt des Jahres. 2020 erhielt er dafür den Schweizer Literaturpreis.

Simone Meier, *1970, aufgewachsen im Kanton Aargau (CH). Sie arbeitet als Redaktorin beim Newsportal *watson*, wo sie über Themen wie Feminismus, Fernsehen und alles Fleischliche schreibt. 1998 war sie Herausgeberin von *Domino – ein Schweizer Literatur-Reigen* mit Beiträgen von Ruth Schweikert, Klaus Merz, Gertrud Leutenegger, Erika Burkart u.v.a. Sie publizierte bisher drei Romane mit den Titeln *Mein Lieb, mein Lieb, mein Leben* (2000), *Fleisch* (Kein & Aber, Zürich 2017) und *Kuss* (ebd., 2019). Zurzeit arbeitet sie an ihrem vierten Buch mit dem Arbeitstitel *Trost*.

Andreas Neeser, *1964, studierte Germanistik, Anglistik und Literaturkritik an der Universität Zürich. Von 2003 bis 2011 Aufbau und Leitung des Aargauer Literaturhauses Lenzburg. Seit 2012 lebt er als Schriftsteller und Lehrer in Suhr. Für sein formal und inhaltlich vielfältiges Werk wurde er mit zahlreichen Auszeichnungen und Preisen bedacht. Jüngste Publikationen: *Wie halten Fische die Luft an* (Lyrik,

Haymon 2015), *Wie wir gehen* (Roman, Haymon 2020) und *Alpefisch* (Roman, Zytglogge, Basel 2020). Vgl.: *www.andreasneeser.ch*

Katja Petrowskaja, *1970 in Kiew, studierte Literaturwissenschaft und Slawistik in Tartu (Estland) und promovierte 1998 über die Prosa des russischen Schriftstellers Wladislaw F. Chossadewitsch in Moskau. Seit 1999 lebt sie in Berlin, wohin sie zuerst als Journalistin russischer Medien zog. Ihre literarischen Texte schreibt sie auf Deutsch. 2013 gewann sie den Ingeborg-Bachmann-Preis. 2014 erschien ihr Romandebüt *Vielleicht Esther* (Suhrkamp), das u. a. mit dem aspekte-, dem Ernst-Toller- und dem Schubart-Literaturpreis ausgezeichnet wurde.

Stephan Pörtner, *1965, Schriftsteller und Übersetzer in Zürich, wo seine sechs Kriminalromane mit dem Ermittler Köbi Robert spielen. Der letzte Köbi-Band *Pöschwies* (Bilger, Zürich 2019) wurde vom Kanton Zürich mit einem Werkbeitrag ausgezeichnet, für *Stirb, schöner Engel* erhielt Pörtner den Zürcher Krimipreis. Für *Die Wochenzeitung* schreibt er Geschichten, für das Schweizer Radio Hörspiele. Er hat u. a. Werke von Tony O'Neill und Marjane Satrapi übersetzt. Sein Stück *Der Wolf im Sihlwald* wurde 2017 bei Zürich uraufgeführt. Er ist Co-Autor der Komödien *Polizeiruf 117* und *Die Bank-Räuber*. Vgl.: *www.stpoertner.ch*

Fabio Pusterla, *1957 in Mendrisio (CH), lebt in Norditalien, unterrichtet in Lugano am Gymnasium. Studium in Pavia. Er ist Essayist und Übersetzer aus dem Französischen und Portugiesischen, war Mitherausgeber der Zeitschrift *Idra*. Aus dem Französischen hat er einen Großteil des Werks von Philippe Jaccottet übersetzt. 2007 erhielt er den Gottfried-Keller-Preis und 2013 den Grand Prix Literatur für sein Gesamtwerk. 2018 erschien über ihn der Dokumentarfilm *Libellula Gentile – Fabio Pusterla, il lavoro del poeta* von Francesco Ferri. Zuletzt in Deutsch erschienen: *Bockste*n. Übersetzt von Jacqueline Aerne, Limmat, Zürich 2010.

Jaroslav Rudiš, *1972 in Turnov/CZ. Schriftsteller, Drehbuchautor, Dramatiker, Publizist, Musiker (*Kafka Band*). Er studierte Deutsch und Geschichte in Liberec, Zürich, Berlin, arbeitete u. a. als Lehrer und Journalist. Die Graphic Novel *Alois Nebel* entstand mit dem Künstler Jaromír 99. *Winterbergs letzte Reise* (Luchterhand Literaturverlag, 2019) ist der erste Roman, den er auf Deutsch geschrieben hat; er war für den Preis der Leipziger Buchmesse nominiert. 2018 erhielt er den Preis der Literaturhäuser, 2020 den Chamisso-Preis/Hellerau. *Grand Hotel*, *Nationalstraße* und *Alois Nebel* wurden verfilmt. Rudiš lebt in Berlin und Böhmen.

Judith Schalansky, *1980 in Greifswald (D), studierte Kunstgeschichte und Kommunikationsdesign. Ihr Werk, darunter der international erfolgreiche Bestseller *Atlas der abgelegenen Inseln* (Mare, 2009) sowie der Roman *Der Hals der Giraffe* (Suhrkamp, 2011), ist bisher in mehr als zwanzig Sprachen übersetzt und vielfach ausgezeichnet worden. Schalansky ist Herausgeberin der *Naturkunden*-Reihe im Matthes & Seitz Verlag und lebt als Gestalterin und freie Schriftstellerin in Berlin. Zuletzt ist *Verzeichnis einiger Verluste* (Suhrkamp, 2018) erschienen.

Ralf Schlatter, *1971 in Schaffhausen (CH), lebt als Autor und Kabarettist in Zürich. Seine aktuellen Bücher sind der Roman *Steingrubers Jahr* (2017), das Kinderbuch *Margarethe geht* (2019) und die Erzählung *Muttertag* (2020, alle bei Limbus). Seit 2009 schreibt und liest er im Schweizer Radio Morgengeschichten, schreibt Hörspiele. Gemeinsam mit Anna-Katharina Rickert tritt er seit 2000 als Kabarett-Duo *schön & gut* auf, wofür sie u. a. mit dem Salzburger Stier, dem Schweizer Kabarettpreis Cornichon und dem Schweizer Kleinkunstpreis 2017 ausgezeichnet wurden. Vgl.: *www.ralfschlatter.ch* und *www.schoenundgut.ch*

Nathalie Schmid, *1974 in Aarau, lebt in Freienwil (Kanton Aargau, CH). Zahlreiche Veröffentlichungen in Literaturzeitschriften und Anthologien. Zuletzt sind von ihr die Lyrikpublikationen *Atlantis lo-*

kalisieren (Wolfbach, Zürich 2011) und *Gletscherstück* (ebd., 2019) erschienen. Für ihre literarische Arbeit hat Nathalie Schmid mehrere Auszeichnungen erhalten, zuletzt u. a. einen Werkbeitrag des Aargauer Kuratoriums und ein London-Residenzstipendium der Schweizer Landis & Gyr (Kultur-)Stiftung. Vgl.: *www.naschmid.ch*

Ruth Schweikert, *1965 in Lörrach, aufgewachsen in der Schweiz. Heute lebt sie mit ihrer Familie in Zürich und ist als Schriftstellerin und Theaterautorin tätig. 1994 debütierte sie mit dem vielbeachteten Erzählband *Erdnüsse. Totschlagen*, es folgten die Romane *Augen zu* (1998), *Ohio* (2005), *Wie wir älter werden* (2015) und *Tage wie Hunde* (S. Fischer, 2019). Für ihre Arbeit wurde sie u. a. beim Ingeborg-Bachmann-Wettbewerb mit dem Bertelsmann-Stipendium (1994), mit dem Preis der Schweizerischen Schillerstiftung (1999), dem Kunstpreis der Stadt Zürich (2016) und dem Solothurner Literaturpreis (2016) ausgezeichnet.

Monique Schwitter, *1972 in Zürich, seit 2005 lebt sie in Hamburg. Schriftstellerin und Schauspielerin. 2004 erhielt Schwitter das Hermann-Lenz-Stipendium. Für ihren Debütband *Wenn's schneit beim Krokodil* (Droschl, 2005) wurden ihr der Robert-Walser-Preis und der Förderpreis der Schweizer Schillerstiftung verliehen. 2008 erschienen ihr Roman *Ohren haben keine Lider* und ihr Theaterstück *Himmels-W*, danach folgte ihr zweiter Band mit Erzählungen, *Goldfischgedächtnis* (Droschl, 2012). 2013 wurde Schwitters Werk mit dem manuskripte-Preis gewürdigt.

Steinunn Sigurðardóttir, *1950 in Reykjavik, ist eine der wichtigsten isländischen literarischen Stimmen. 1995 wurde sie für ihren Roman *Herzort* (Ammann, 2001) mit dem Isländischen Literaturpreis ausgezeichnet. Zu ihren bekanntesten Werken gehören *Der Zeitdieb* (Ammann, 1997), *Der gute Liebhaber* (Rowohlt, 2011) und *Jojo* (Rowohlt, 2014). Ihre Biografie über die Schäferin Heida wurde in Island zum Bestseller und ist 2018 unter dem Titel *Heidas Traum* bei

Hanser auf Deutsch erschienen. Nach sieben Jahren in Berlin lebt Sigurðardóttir heute in Island und Frankreich.

Bettina Spoerri, *1968 in Zürich, aufgewachsen in Basel, studierte Germanistik, Philosophie und Theater- und Musikwissenschaft in Zürich, Berlin und Paris. Autorin, Kuratorin, Dozentin, Moderatorin. Als Schriftstellerin hat sie bisher veröffentlicht: *Konzert für die Unerschrockenen* (Roman, Braumüller, Wien 2013), *Herzvirus* (Roman, ebd., 2016), *Zürich abseits der Pfade* und *Budapest abseits der Pfade* (mit Fotografien von Miklós Klaus Rózsa, ebd., 2019 bzw. 2020). Auszeichnungen u. a.: diverse Preise sowie ein Werkjahr des Kantons Zürich 2017. Seit 2013 Leitung des Aargauer Literaturhauses.
Vgl.: *www.seismograf.ch*

Peter Stamm, *1963, aufgewachsen in Weinfelden (CH), lebt heute in Winterthur bei Zürich. Nach einer kaufmännischen Lehre einige Studiensemester der Anglistik, Psychologie und Psychopathologie an der Universität Zürich. Seit 1990 freier Autor und Journalist. Stamm schrieb Reportagen und Satiren u. a. für die *NZZ* und den *Nebelspalter*. Auslandaufenthalte u. a. in Paris, New York, Berlin. Er hat viele Hörspiele und Theaterstücke geschrieben, 1998 erschien sein Romandebüt *Agnes*, seither sind weitere Romane sowie Erzählbände u. a. m. erschienen, zuletzt *Wenn es dunkel wird* (S. Fischer, 2020).
Vgl.: *www.peterstamm.ch*

Michael Stavaric, *1972 in Brno, lebt als freier Schriftsteller, Übersetzer und Dozent in Wien. Zahlreiche Stipendien und Auszeichnungen, u. a.: LeseLenz Preis für junge Literatur, Adelbert-Chamisso-Preis, Österreichischer Staatspreis für Kinder- und Jugendliteratur, Kinderbuchpreis der Stadt Wien, German Design Award, Hohenemser Literaturpreis. Neuere Publikationen: *Fremdes Licht* (Roman, Luchterhand, 2020), *Die Menschenscheuche* (Kinderbuch, Kunstanstifter, Mannheim 2019), *Gotland* (Roman, Luchterhand, 2017), *in an* *schwoazzn kittl gwicklt* (Gedichte, Czernin, Wien 2017), *Der Autor als Sprachwanderer* (Essay, Sonderzahl, Wien 2016).

Stephan Thome, *1972 in Biedenkopf/Hessen (D) geboren. Er studierte Philosophie und Sinologie und lebte und arbeitete zehn Jahre in Ostasien. Seine Romane *Grenzgang* (Suhrkamp, 2009) und *Fliehkräfte* (ebd., 2012) standen auf der Shortlist des Deutschen Buchpreises. 2014 wurde Thome mit dem Kunstpreis Berlin für Literatur ausgezeichnet. 2015 erschien sein Roman *Gegenspiel*, 2018 *Gott der Barbaren* (alle bei Suhrkamp); mit letzterem stand er auf der Shortlist für den Deutschen Buchpreis. Stephan Thome lebt in Taipeh.

Christina Viragh, *1953 in Budapest, kam im Alter von sieben Jahren mit ihrer Familie in die Schweiz. Sie studierte Philosophie, französische und deutsche Literatur an der Universität Lausanne. Seit den 1980er Jahren arbeitet sie als Kulturjournalistin, Schriftstellerin und Übersetzerin. Sie übersetzte unter anderem Marcel Proust, Imre Kertész, Sándor Márai und Péter Nádas. Daneben schrieb Viragh sechs eigene Romane, etwa *Eine dieser Nächte* (Dörlemann, Zürich), der mit dem Schweizer Literaturpreis ausgezeichnet und für den Deutschen Buchpreis nominiert wurde. Christina Viragh lebt in Rom.

Cécile Wajsbrot, * 1954 in Paris geboren. Wajsbrot studierte Literaturwissenschaften und arbeitete anschliessend als Französischlehrerin. Heute lebt sie als freie Schriftstellerin und Übersetzerin aus dem Englischen (Virginia Woolf) und Deutschen (Marcel Beyer, Peter Kurzeck) abwechselnd in Paris und Berlin. 2014 war sie Residenzautorin des Aargauer Literaturhauses. 2016 erhielt sie den Prix de l'Académie de Berlin. Von ihr zuletzt erschienen: *Zerstörung* (Wallstein, 2020).

Anne Wieser, *1969 in Basel, lebt heute in Zürich, leitet seit Februar 2019 den Bereich Werkstätten im Aargauer Literaturhaus. Sie absolvierte eine Verlagslehre und gründete 2005 die Literaturagentur Hermes Baby. Es folgten die Realisierung diverser Kulturprojekte sowie die Tätigkeit als Agentin für Autorinnen und Autoren wie Sibylle Berg, Sunil Mann oder Richard Reich. Im September 2015 Abschluss des Studiengangs MAS Kulturmanagement an der Universität Basel.

Alejandro Zambra, *1975 in Santiago de Chile, ist Schriftsteller, Literaturwissenschaftler und -kritiker. Er arbeitet als Dozent und als Kritiker für mehrere größere Zeitungen Chiles. Seit einiger Zeit lebt er in Mexico City. Seinen bisher größten Erfolg erzielte er mit seinem Debütroman *Bonsái*, der in verschiedene Sprachen übersetzt und von Christian Jiménez verfilmt wurde. Für seine Artikel, Erzählungen und Gedichte hat Zambra bereits viele Auszeichnungen erhalten. Seine Werke *Die Erfindung der Kindheit* (Roman) und *Ferngespräche* (Erzählungen) sind, von Susanne Lange ins Deutsche übersetzt, 2015 bzw. 2017 bei Suhrkamp erschienen. Sein aktuellster Roman heißt *Poeta chileno*.

Wie keine andere Kunstform ist Street Art dazu geeignet, unsere gemischten Gefühle und Reaktionen zu dokumentieren. Viele der weltweit bekanntesten Street-Art-Künstler wurden durch die Coronakrise zu einigen ihrer brillantesten Werke inspiriert: Pøbel, Gnasher, Novy, SeiLeise, Ben Apache, Ragazzini. Im Zuge der Pandemie sind aber auch einige erstaunliche neue Künstler ans Tageslicht getreten, u. a. aus São Paulo, Teheran oder Shanghai. Diese Sammlung fängt das Beste ein und liefert die perfekte Aufzeichnung einer merkwürdigen Zeit.

ISBN 978-3-03876-184-6

Projektleitung und Herausgeberinnen: Bettina Spoerri und Anne Wieser
Korrektorat: Silvia Bartholl
Satz: Ulrich Borstelmann
Cover: Gregory C. Zäch
Druck und Bindearbeiten: CPI books GmbH

Wir danken den Unterstützern dieser Publikation:

ERNST GÖHNER STIFTUNG prohelvetia SWISSLOS Kanton Aargau